岁月心旅

吴生荣 著

北方文艺出版社
·哈尔滨·

图书在版编目（CIP）数据

岁月心旅 / 吴生荣著. -- 哈尔滨：北方文艺出版社，2023.8
ISBN 978-7-5317-5995-9

Ⅰ.①岁… Ⅱ.①吴… Ⅲ.①散文集－中国－当代
Ⅳ.①I267

中国国家版本馆 CIP 数据核字（2023）第 138985 号

岁 月 心 旅
SUI YUE XIN LÜ

作　　者 / 吴生荣
责任编辑 / 滕　蕾　　　　　　　　装帧设计 / 圣立文化

出版发行 / 北方文艺出版社　　　　邮　　编 / 150008
发行电话 /（0451）86825533　　　经　　销 / 新华书店
地　　址 / 哈尔滨市南岗区宣庆小区 1 号楼　网　　址 / www.bfwy.com

印　　刷 / 成都新凯江印刷有限公司　开　　本 / 710mm×1000mm 1/16
字　　数 / 203 千　　　　　　　　印　　张 / 16.25
版　　次 / 2023 年 8 月 第 1 版　　印　　次 / 2023 年 8 月 第 1 次印刷

书　　号 / ISBN 978-7-5317-5995-9　定　　价 / 72.00 元

序

落笔寄深情

顾维林

他,当过农民、干过民办教师,也当过乡镇干部,现从事新闻宣传和地方党报的采编工作。他爱好文学、摄影和旅游,著有个人诗集《大雁从我头顶飞过》、通讯集《风采记录》和散文集《忘情山水》。

小镇的岁月

难忘的日子总是刻骨铭心。吴生荣对文字的热爱,发端于一个小小的广播站。

光阴之箭穿过时空隧道,来到了20世纪90年代——

1992年,而立之年的吴生荣正在故乡宣州区古泉镇的一所乡镇农民技校就职。尽管工作并不惹眼,但一个月75元的收入却让他非常满足。

平稳的日子如潺潺溪流,在一方沃土慢慢徜徉,静谧而安详。直到这年的阳春三月荡起微澜。

那是十五六号的一天,镇广播电视站长"寻人"来到技校,找到了吴生荣。"你愿不愿到镇广播电视站从事新闻采编工作?"站长话一开口，吴生荣如获至宝，激动不已。仅仅半个月后，吴生荣便准时来到了小镇广播电视站，坐在了二楼东边的第一个办公室里。从此，他便与新闻打起了交道，成了一位乡土记者。

日子过得很快，转眼就是午季。那时，农村还没有免除农业税，为了在规定的时间里完成农业税任务，镇上采取"扬先促后"激励措施，广播站的喇叭每天都要有这样的新闻：某某村某某组谁谁谁，已经超额完成农业税任务。为了及时获取第一手信息，吴生荣顶着烈日，骑着一辆永久自行车，整天穿梭在镇村干部征收的各个点上。

"每天要跑几个村，记得最多的一天跑了6个村，然后赶回站里拿笔就写，因为明天一早的广播新闻要播放。"吴生荣回忆说，那时经常很晚下班，大楼里总是空无一人，只有自己最后一个拖着疲惫的身体，踏着自行车朝五公里外的住家飞奔。

从最初的一周采编一档，到后来的一周五档，有时还有临时增加的专题节目，"奔波"和"忙碌"逐渐成了吴生荣生活的常态。

这期间，他犹豫过，但始终没放弃。

一天，一月，一年……天道酬勤，1997年10月，上级广电局来了一份文件，说是要给大家转正。凭借着优异的成绩，第二年，吴生荣便被转为了正式编制。

2005年9月，吴生荣突然接到一个电话。电话那头说准备借调他到区委宣传部，因为要办宣州区委机关报《宣州专刊》。不久，吴生荣就看见了写有他名字的借调公函。

在小镇的岁月里，吴生荣留下了最美好的青春，也汲取了故乡最丰富的养分，为他今后的写作积累了最厚实的素材。

与文字相恋

2005年的金秋，怀着对小镇的不舍之情，吴生荣来到了宣城城区，走上了全新的工作岗位。

"部门的全称叫《宣州专刊》供稿中心，因为暂定为临时机构，只得寄居在民政局的一楼。"聊起起初的艰苦日子，吴生荣道出了这样一组数据："6个人、5张办公桌、1台电脑、1部相机、一周出一期报纸。条件艰苦，但我和其他同事一个个乐此不疲。"

"干我愿意干的事情，是苦也甜。"吴生荣说，每每捧着散发淡淡墨香的报纸，一切辛劳顿觉化为乌有，真的是累并快乐着！

2008年，为了提高报纸质量，宣传部领导派吴生荣去宣城日报社学习编辑工作。从此，这与已经搬到区委5楼办公（现状元中路）的距离相比，吴生荣每天至少要来回多行四五公里，风里雨里，从不退缩。

花开叶落，寒风又至。当年12月，完成学习的吴生荣回到已经搬迁到市区叠嶂路上的海城宾馆五楼办公室。"当时条件好多了，居然两人一个办公室，人人一部电脑。"吴生荣说，到后来，他还拥有了自己专管专用的佳能数码相机。"做编辑，我是从一版开始，到后来的二版、三版都干过……"

2009年5月，吴生荣被任命为《宣州专刊》采编中心副主任（后为宣州区新闻中心副主任）。后来因为队伍的壮大，他选择了自己爱好的、有副刊的三版。

这几乎是吴生荣最沉稳的一次抉择。在编排副刊的岁月里，他的文字视野从新闻写作拉开，映照到了文学创作的领域。

也是在那段时光，一有空他就静坐书桌旁，让生活和感悟从笔尖自然流淌，久远而绵长。

2012年，在吴生荣的人生岁月中尤其值得标注。"我的人生已经整整地步入了五十个春秋，俗话叫年过半百了。"他思前想后觉得，是时候对自己的爱好进行一次总结了。

"我这一辈子一定要出书，而且是三本！第一本是新闻类的，另外两本是诗歌散文集。"在《我这二十年》一文中，吴生荣写下了这样的话语。

这是一个浩大的工程，但吴生荣却底气十足：整整二十年积累起来的人物记录，再加上不少篇幅的相关图片和附稿，不足以先出一本书吗？

"我愿是一粒沙，贴在历史的高楼大厦上，不管风吹雨打，不管后来飘向何方，我都会对着明天放声歌唱！"与文字相恋多年，吴生荣仍然长情，并为此倾心付出。

2012年11月，梦想照进现实。中国文联出版社出版了吴生荣的个人诗集《大雁从我头顶飞过》及人物通讯集《风采记录》。2015年6月，吴生荣的散文集《忘情山水》也出版发行。

耕耘生活间

如今，加在吴生荣身上的头衔很多：中国诗歌学会会员、中国散文学会会员、《中国报告文学杂志》特约作家、安徽省作家协会会员、安徽省散文家协会宣城分会主席（2019年1月19日当选为宣城市散文家协会主席）……吴生荣觉得，无论哪个"头衔"，总绕不开自己的文字。

"这是一条清澈见底、蜿蜒曲折、妩媚多姿的溪流，它从心底流出，流向遥远的名山大川，流向故乡的老屋、水坝与老枫树，更流经在刻骨铭心、挥之不去的生命记忆里。"这是宣城音乐人、国家一级作曲孔令培先生读完《忘情山水》后扑入心头的第一印象。

在《涓涓不息入心田——评吴生荣的散文集〈忘情山水〉》一文中，孔令培说，或许你只有读了这本散文集后，才会彻底了解吴生荣在人生事业道路上的奋斗与求索，苦闷与欢欣，获得与失去，感恩与回馈，以及奔突于内心世界的情感撞击和灼灼而动人心扉的精神火光。

的确，文学是离不开虚构的，但吴生荣的多数文章却都在不经意处，流淌着浓浓的情思和对生活的热爱——

他写黄山的壮美，只用凝练的笔触，独特的视角，把黄山的松、石、云、泉，做了较为全面而精准的概括，文字虽短，但黄山的雄浑、博大、灵秀、神奇，尽在笔中。

《大路朝天到我家》，只是把老家修路的事，像谈家常一样娓娓道来，但读完此篇，你不会不感受到改革开放为生活带来的巨大变动。

《门前那棵老枫树》是一篇历史感极强的短文。写老枫树的文字很短，它是被意象化了。正是这棵老枫树，见证着历史的沧桑。岁月的泪痕，往事的忧伤，似乎被老枫树尽收眼底……

"在不动声色、有时又很生动的叙述里，潜藏着某种哲理，某种寓意，某种思考，某种玄机，应该被看成是吴生荣散文的一大特色。"孔令培说。

扎根生活，紧贴时代，沾满了浓郁的乡土气息，吴生荣把对生活的热爱，全都倾注到了细腻的笔端。

中国戏剧家协会会员、国家一级编剧黄廷洪先生曾在《寻梦：在故园山水与他乡风景之间——浅谈吴生荣的散文》一文中这样说："纵观当代文坛，三十多岁的小说家不乏其人，三十多岁的散文家却鲜有所见。这是因为散文作者既要有曲折的生活经历，又要有丰富的人生阅历；而吴生荣的散文创作也多少印证了我的这个观点。每每读到吴生荣的作品，尤其是那些记叙家乡的文字，心里总能引起一阵温馨的共鸣。"

他还总结了吴生荣文学作品的特点：扑面而来的生活气息，流动着的画面感，鲜明的职业特色，令人感动的真情，一气呵成的创作灵气。

如今，已近花甲之年的吴生荣仍然以笔为马，以文为家。在新闻写作和文学创作间纵情享受，笔墨寄深情，耕耘生活间……

（序文作者系中国宣城网、《宣城日报》记者。全文刊载于宣城市委宣传部主管的《新宣城》杂志2017年第6期，中国宣城网和绩溪视窗刊发和传播）

目录

皖南篇

003 - 为一个春天的故事
006 - 神山圣水有贤人
010 - 醉入你铺开的画卷
014 - 水孕神奇宝峰岩
017 - 又见秋色诗意浓
020 - 小桥流水大龙川
022 - 好一片荷花坡上红
025 - 满塘惊艳是莲花
028 - 古镇见韵味
030 - 绿得芭蕉翠欲滴
032 - 入得海心闻啼鸟
034 - 我们是舞者红杉林
036 - 振翅飞鲤
039 - 静在闺中的胡家涝
042 - 四月艳阳天
045 - 醉在青隐山
048 - 走进金鸡笼
051 - 寻访小岭
054 - 慢悠悠的旌德

故园篇

- 057 - "双抢"：那些被汗水浸透的日子
- 067 - 故乡的春
- 071 - 故乡的秋
- 074 - 故乡的冬
- 081 - 回家打板栗
- 084 - 收板栗的日子
- 086 - 我家的老物件
- 092 - 那些难忘的家

旅途篇

- 097 - 心安池杉湖
- 100 - 石潭小记
- 103 - 到凤阳道凤阳
- 106 - 云端上的古村落
- 109 - 海宁散记
- 112 - 小岗人的手印
- 114 - 桉树伟岸

至亲篇

- 117 - 我的阿母——写在母亲逝世一周年之际
- 121 - 想起我的脱贫户
- 126 - 岳父的目光

129 - 二　弟
132 - 小妹文花
135 - 孙儿吴锦诚
138 - 你在他乡可安好
141 - 焕子叔
144 - 河根叔
147 - 魁嘴叔
150 - 李老李世清
152 - 大辫子先生
154 - 又见束老师

心语篇

161 - 吃在岁月里的宣城
165 - 在缘分的天空下
167 - 记得晒书
169 - 跑步去上班
171 - 我们都是追梦人
173 - 为了必须的爱

人物篇

179 - 大源河在鸣咽
183 - 与谁分享敬亭秋——谨此悼念敬爱的高正文先生

186	-	访丁芒先生
189	-	兵哥三题
200	-	致敬李舸
203	-	成功者范昌喜
208	-	"佘老太君"
214	-	鲁猛的梦
218	-	琥珀之光
222	-	传艾者美
225	-	"徽派黄酒领袖"潘跃国

241	-	后　记　我与"宣散"的七年之痒

皖南篇

岁月
心旅

为一个春天的故事

你本是静静的
静静得几乎成洪荒
一个小镇叫陈村
只有晨曲是那么鲜亮
一阵天籁的喧响
永远都抵不过你春的水涨
归后又是静静的一潭桃花水
如清秀的女子睡着了
那么美轮美奂
……

记不清这是我哪年写的小诗《静静桃花潭》开头的一段。对于我们皖南宣城泾县的桃花潭，我是没有真正意义上去过那里。如果硬是让我找出与它有一点瓜葛什么的，那还是25年前的一个春天：那时我在一个小镇上做宣传工作，因为防汛抗旱的准备工作去了青弋江东干渠，然后又来到了桃花潭的上游陈村水库。当时因为时间紧、任务重，我想去看桃花潭的要求被带队领导一口给否决了……归来的路上我无精打采，谁的话也不愿意搭理。伴随着汽车的一路颠簸，恍惚中，我分明看见一个人：他，高挑、长衫、昂首、飘须……特别是他举杯畅饮的神态，是那样潇洒、壮怀，一身的道骨仙风，一脸的豪情飘逸，在桃花绽放的春天里，在春天绽放的桃花丛中……这是一幅人物画吗？不，这是一个美丽的故事，一个关于春天与唐诗的故事。

后来，在多少个春天的日子里，我总会想起桃花潭，想象它在春天里的故事该是多么美。——那是大唐天宝年间的哪一个春天（我确定这一定是一个春天），曾经在泾川大地上任过一县之长的徽州人汪伦，得到一个确切的消息，自己一直仰慕的诗仙李白正旅居在他南陵的叔父李阳冰家。于是，一封很有诱惑力的书信便摊开在李白的面前："先生好游乎？此处有十里桃花。先生好饮乎？此处有万家酒店……"你看，如果这个故事发生在冬天，聪明的汪伦会用桃花说事吗？李白自然来了，有酒，有花，有人邀，李白干吗不来？

十里桃花在哪开？万家酒店在何处？面对汪伦的盛情款待，特别是他搬出用桃花潭水酿成的美酒，与自己一次次畅饮后，李白，深知被人"愚弄"的李白，反而哈哈大笑，他是被汪伦的盛情所感动啊。

春风桃李花开日，群山无处不飞红。那是怎样的一个春天？桃花落溪流，潭水见碧天，翠峦倒映影，清澈晶莹绿，美酒醉醇香……天下没有不散的筵席，李白要走了。热情好客的汪伦在古岸阁上设宴，为自己敬爱的诗人饯行，并拍手踏步，与纷纷闻讯赶来的乡民一道，歌唱民间的《踏歌》……

李白走了，汪伦也走了，三百里泾川却还在流淌。这个关于春天的故事、这个关于春天热情的故事、这个关于春天好客的故事，因为一首《赠汪伦》的诗而经久传唱。

时光越过千年，泾川大地上流水般的县令有过多少？而汪伦，却名留千古，与李白同诗，让妇孺皆知。我敬重汪伦的为人之品，我更佩服汪伦的过人智慧。

应该感谢泾县县委宣传部的海燕部长，让我在无数个春天里想要拜见却未能谋面的桃花潭，在这样一个庚子年的冬天里成行。我不是为了寻一首诗而来，我是为一个故事而感动。站在冬日西照里那巍巍文昌阁下，我猛然拽起大钟边的那根木杵，"当——"，用一声悠长，我想唤醒一个沉醉的梦，表达一种由衷的感慨。来到了踏歌古岸，只见静静青弋江如一条宽宽的纱练，虽然大致是平坦的，但因为裸露的乱石凸起而显现着一处处的皱褶。毕竟不是春天水涨的季节,自然没有草长莺飞、花红柳绿,但鸥鹭还是能看见的,它们或高或低,或停或飞,把此时高远的天空和寥静的山川点缀出活跃的画面来。

  临近江边,为旅游而备的客船来往于东西两岸。我是俗人,自然是随大流上船西去,因为那边有我欲拜的汪伦永久的故乡,尽管我知道那只是一个衣冠冢,甚至衣冠冢都不可确定。靠岸,我一步步、一步步拾级而上,感觉自己走进了唐朝的某个古村落。长长幽深的小巷,一片沧桑古朴的粉墙黛瓦,还有众多的朽门锈锁,仿佛在诉说一个古村的繁华与衰落。拐进右侧的一段窄窄的小巷,竟欣喜地看到一截光滑的青石门槛,传说这是当年"万家酒店"唯一的遗存。我不敢脚踏,只能蹲下身来,用手轻轻拂出它的尘埃。石面如镜,我分明看见自己的面容中充满了虔诚,身后仿佛还有汪伦的深情和李白不羁的豪迈……

  在一处石人石马的朝西处,我看见了汪伦,他静静地躺在冬日的阳光里。是谁把这里打扫得干干净净、清清爽爽?一定是这里的人们一直还在传承着那个春天的故事,用一种感恩的情怀,让长眠在此的汪伦四季不寂。

  在那一处高高的崖上,我手扶"怀仙阁"的栏杆,临风抬眼望,东岸最耀眼的,是那白墙黑瓦中洒满金粉一般高大的银杏树,其次是沿岸错落有致、层次分明的古民居,它们在暖暖的冬阳下如一幅油画般的长卷。而我的脚下,是一处几乎垂直的断崖,青弋江水碧透澄清,墨绿的水草在静静流水的梳理下,那么柔顺,让人想起春天里泾川村姑出水芙蓉般的秀发之美。

  "李白乘舟将欲行,忽闻岸上踏歌声。桃花潭水深千尺,不及汪伦送我情"。告别桃花潭,我耳畔似乎听见了汪伦拍手踏脚的歌声,一个关于春天美丽故事的纠缠之忧,终于让我在一个冬天的午后释怀。在这满眼的冬色里,我依稀看见一片醉人的桃花正在红艳艳地开……

神山圣水有贤人

洪林，又称洪林桥，一个皖东南宣州边陲的美丽小镇。

对于洪林的认知，我最初的记忆是在20世纪70年代末。那时候，我们村子里有位叔字辈从外地弄回了一麻袋中药太子参种，说是从洪林桥买来的。那时，一个好奇的问题常在我的脑海里萦绕：洪林桥，那是一个什么样的地方的呢？为什么他们的种子就是最好的？难道洪林有什么神山圣水吗？因为我曾读过一个童话故事：神山圣水出好苗！所以说，自幼，我就有一种对洪林的向往：到洪林去看看——看它的山、看它的水、更要看看这片土地上的人。因为，再好的种子也是人培育的啊！

岁月如水。如今，四十多年过去了，我已不记得自己有多少次踏进洪林这个美丽小镇了。或工作之行，或走亲访友，或穿境而过，每一次的目睹，都有一种别样的感觉。小镇在变，我也在变，唯一不变的是自己心灵深处那份对它原始的情愫。每次来到洪林，除了接触一些需要接触的人和物外，至于那神山、那圣水，却是无暇顾及了。

洪林是个好地方，有山有水稻花香。今秋十月，因为一次特别的相会，我再一次来到洪林。

"两山、两水、两村落，一区、一寺、一校园。"这是年轻的镇党委书记张玲告诉我的洪林景观。洪林两山者，乃麻姑与东华山也。"麻姑有意嫁行郎，敬亭巍巍坐中堂。红绫化桥两相牵，爱情悲歌千古扬。"这是宣城剧作家许文波先生根据麻姑山传说而作的一首诗。关于麻姑的故事，版本有好几种，但反映麻姑爱情故事的，也就此一个。读过《文波剧本集》（文汇出版社）便可知道，原来麻姑的爱情是如此曲折感人。文学毕竟是文人创作的东西，如今，多少年过去了，麻姑依旧，她到底依恋的是谁？钟情的是什么？我想只有她脚下与其朝夕相处的南漪湖知道了。有例可证：古宣州的十大美景，洪林镇就有两处，这便是"麻姑晓日"和"南湖落雁"。谁能告诉我，他们就一点关系也没有？山傍水，水依山，经历了多少岁月沧桑，他们仍旧不离不弃相守望，此情何堪？山峰耸立，湖水荡漾，令我想起这样的话语：屹立不倒，阵阵听松涛；烟波浩渺，水天一色长。还有，辉煌一时的安徽劳动大学曾坐落在麻姑山间，给洪林留下了宝贵的文化气韵和旺盛的人脉资源。如今徜徉其间，闭上眼睛，无论是当年的劳动大学还是后来的皖南农学院，仿佛校园的铃声依旧，亲切的师生尚在……金秋，尽管我是站在南漪湖边回望麻姑山的，但我还是自信地认为，我读懂了一些他们的心思。

真的是应了一句古话：无独有偶。洪林的名山名水确实如此，麻姑遇见南湖水，红旗水库映东华。曾经听人说过，坐落在洪林东华村境内的东华山，有始建于唐徽宗年间的普慧寺，规模宏伟，素有"先东华、后九华"的美誉。这里两万多亩的自然景区内，有雕梁画栋、巧夺天工的太和殿、大雄宝殿、天王殿、圆通宝殿等仿古建筑，人入景区，如临佛国神境一般。而离东华山不远处的国家中型水库红旗水库，更是让人想起那个特定年代的伟大创造精神。红旗水库，又称东华湖，人立湖边，远瞰水域辽阔，近看水质清澈。这里山岭起伏，茂林修竹，鸟语花香。置身于此，宛如仙境……难怪引来国内外游客纷至沓来。虽然至今我还没听说过这山、这水之间的关系，但至少它们相互依托，有一种山清水秀、紧密相连的默契感，山水偎依，相得益彰！常言道：仁者爱山，智者乐水。我想，洪林这片有如此醉美山水的地方，无论是今天还是未来，一定会吸引无数仁者和智者的相拥到来！

自古有说法：神山圣水出贤达。那么洪林的贤达之人在哪儿？踏上这块土地，答案便一目了然。南漪湖畔的古村落贡村，可谓名人辈出：贡祖文，贡师泰，贡安国；贡奎，贡钦，贡汝成！据史料记载：贡氏是孔子弟子子贡的后代为纪念子贡而取贡为姓繁衍下来。他们定居宣城，是从贡祖文开始的。祖文因"岳氏受祸，祖文尝潜匿其宗裔于别墅"而声名远播；

贡氏子孙弃武修文，隐居不仕，注重子孙后代的文化教育。到了第六代贡士凌，原为宋末进士，元朝赠高官之位他却不愿出任；到了元朝中期，贡家又出了个大诗人贡奎，他著诗集共六卷，都收录在《四书文库》之中！

贡村如此，那远近闻名的沈家边呢？传说这个古老村庄建于北宋时期，如今历经数百年沧桑依旧韵味不退。走进村庄，我的感觉是古朴静谧，仿佛脚下的每一块断砖碎瓦，都有一段英雄精忠报国的故事。如今的沈家边，古桥依旧，村庄还在，可英雄在何处？望断村头隐隐小道，我坚信英雄不曾离开我们；看尽村东泱泱池水，我明白了英雄驾船出海维护民族神圣尊严的初衷！还有沈懋学，大明万历五年的进士第一，授翰林修撰；还有沈有容之子——武进士沈寿崇，父子相继出任总兵大元帅……我想，这些就是沈家边为什么被誉为"十里三元"状元村的由来吧。

洪林的贤人，除了沈家人和贡村人这些古人外，还有这片土地上了不起的今人。走近鸽子山村吴村组那班面朝黄土背朝天的庄稼汉，我们知道了20世纪70年代末这里的村民因为饿怕了、穷怕了——冒着掉脑袋的危险，在一张卖身契一般的白纸上按下了各自鲜红手印的故事。茅棚组还有一个健在的老农胡宗欢，20世纪90年代，他靠一部形影不离的半导体，演绎了"秀才不出门能知天下事"的精彩人生，他不断参与听评广播节目并坚持写作，连续六年被中央人民广播电台评为优秀听评员，后来还创作了一部自传体长篇小说《针孔》，成了宣州一个远近闻名的文化老农。"洪林出锅巴，醉美忆锅香"，让人想起儿时妈妈的味道：当地一个叫潘庆国的人，用感恩的心，把洪林的土灶锅巴做大做强了，一举成了安徽老字号。他带领兴趣共同者，闯市场、创品牌，让洪林锅巴香脆无比，红红火火。如今，他用心打造的徽风皖韵"忆锅香民俗园"已初步建成，"中国锅巴博物馆"也在他雄心勃勃的愿景之中……

在洪林镇宣郎快速通道旁，有一只凌空飞舞的巨型龙虾格外引人注目，这是洪林镇致力打造长三角"后花园""大厨房""大游园"标志之一，为的是让洪林最终成为"望得见山，看得见水，记得住乡愁"的美丽田园小镇。

由此，人们想到了洪林镇的另一个今人——棋盘村党委书记黄朝斌。

两年前，黄朝斌紧抓棋盘村入围全国农村综合性改革试点实验范围的契机，创办了安徽棋盘塔生态农业有限公司，发展稻虾共生及生态水果种植采摘、龙虾馆体验等特色经济。全村实现总产值七百多万元，小龙虾销售收入两百多万元。难忘洪林第一届稻虾丰收节，棋盘村的小龙虾一鸣惊人，走红长三角。如今，黄朝斌的决心是：让"棋盘塔"成为宣州大地上第一家上市的农业企业⋯⋯

这些普通但又不甘平凡的人，难道不是这片土地上敢为人先的洪林新贤人？

沙河美，美的是哗哗沙河水。如今的洪林镇党政一班新贤人，深爱着自己脚下的这片山水土地，他们在张玲书记的带队下，用忠诚牢记使命，用行动不忘初心，坚定树立"绿水青山就是金山银山"的理念，激情满怀地抒写洪林跨越发展的新篇章。

洪林境内有一条总长达十多公里的母亲河，这便是沙河。它上接红旗水库、下连南漪湖，是洪林人民日常生活与农业灌溉的主要水源。可由于年久失修、河道淤塞，勤劳的洪林新贤人，积极争取到半个多亿元的资金，他们以沙河综合治理为龙头，精心打造纵贯全镇的生态廊道和景观轴线，发展以民宿、餐饮、采摘、研学等为代表的"美丽经济"。

与此同时，智慧的洪林新贤人，还借助互联网和电子商务，把洪林镇建成宣州名优特农产品网络销售的"中转站""集散地"，依托洪林省级现代农业示范区，积极打造田园综合体，深度开发文旅创意产品，发展"智慧经济"⋯⋯

好山好水好风光。金秋，走遍洪林大地，浏览洪林景观，我飞跃的思绪定格成这样一种概念：一个古老而年轻的，一个传统与现代的，一个机遇与发展的新洪林，正在火热崛起！

醉入你铺开的画卷

"人间四月芳菲尽,山寺桃花始盛开。长恨春归无觅处,不知转入此中来。"——我非常喜欢白居易的这首《大林寺桃花》,倒不是因为这首诗写得朗朗上口、通俗易懂,也不是它意境深邃、富于情趣,而是因为它特别符合我最近一次外出活动的情景与心境。也许知道情形的人会说,那算不上是"外出"。是的,确切地说是算不上,那是因为它就在宣城,它就在宣州。它便是水东,一个家乡的千年古镇。

四月,一个皖南春和景明的时节,一个谷雨茶香的晴好日子,我和一班情趣相投的朋友,再一次走进了它青翠碧绿的怀抱,感受它敞开的心怀——赏心悦目的画卷,陶醉于它的妩媚、它的古老、它的厚重、它的甜蜜,以及它的无限风韵。

都说水是好东西,它不仅孕育了一切生命,也是造就一方城池的最初动力,尤其是在古代,人类依水而居,生生繁衍不息;人们借水船行,走向更加精彩的外面世界。如果说一处处大大小小的城镇,就是一个个特色鲜明的珍珠的话,那么流淌成河、滔滔成江的水,就是那条串起珍珠的纽带,它维系一方生命、书写一方历史,更传承着一方文化血脉。在去水东路过水阳江上游佟公坝时,我看见了右边那宽宽的、平静的水面,如一条翠绿的长练,飘游在我的身旁,让我仿佛看见了一段历史在追溯而延伸。水东,难道不是因水而孕育的吗?水东,难道不是因水而命名的吗?

走进四月的水东,走进它为你真诚敞开的胸怀,我只想说:请少安毋躁、少安毋躁。老街如同它递给你的一张厚重名片:始建于唐末,繁荣于明清。距今已有1300多年的历史。相传明朝的崇祯皇帝,得知这里商贸繁荣，曾来此巡视，下榻在水东古镇的下街头，所以水东老街遂命名为"崇祯街"……传说无法考证，但老街就在你的眼前，走进每一处古巷：平视，只觉得悠长深远；抬眼，满天是飞檐翘角；低头，深凹的独轮车辙，还有泼墨一般的马头墙，踩踏成光滑黑亮的石门槛，以及老屋里处处可见的雕梁画栋，绣楼花窗，还有在诉说陈年往事的一件件古老物件，足以说明老街曾经的繁华与旺气，所以被称作"小南京"，也就不足为奇了。有诗为证："水东抹霭接长堤，屋宇鳞鳞比户栖……千家村井春啼鸟，津里人烟午唱鸡。"——清代诗人马开文在《水东漫兴》里是如此描写水东古镇的，这让我的眼前顿生这样的动感画面：清晨，在相闻的鸡犬声里，老街热闹起来，"吱呀"的开门声起伏着，老街生意人缓缓卸下那一块块高高的门板，伸伸懒腰，打个啊欠。在一处处油炸早点的柴烟弥漫中，布匹、酱菜、枣梳、铁锹、水瓢等，都纷纷摆放出来。早市的生意自然兴隆，老板笑呵呵地忙乎着。听，谁家的账房先生，打得一手流畅的算盘，噼里啪啦地响个不停，奏响了小镇一天热闹的序曲……

如果说沧海桑田的老街是水东一幅泼墨长卷的话，那么，走进水东前进村——一个寓意着向前奋进的村，你会发现，这里不仅是四月芳菲情未了，而且是恰如一幅色彩鲜艳的山水画，为你一览无余地敞开着心扉，让你入得画里深受陶醉，如进桃源不知归。

来到大张村村口，你会为镶嵌在水东"十里金道"上的三棵古老而高大的银杏树所震撼。五百年、八百年，一千年，一棵比一棵高大、一棵比一棵古老。岁月静好，它们相守相望，一起面对风雨、雪霜和雷电。多少个春夏秋冬啊，它们年年岁岁，枯枯荣荣。四月里的它们，枝繁叶茂的盛装，俨然一身碧绿的铠甲，如把守村庄的将士，呵护着一方黎民的平安。我轻轻抚摸它皱褶的身体，然后捡起一片随风脱落的树叶，透过清晰的叶脉，仿佛我来到了千年前的枣乡：在那个白露时节的打枣季节，天地一片金黄，我分明嗅到了飘着甜蜜气息的农耕人的乡土日子。

上何村的黄昏，夕阳西下。落日的余晖，将村前狮山西边的那一丛丛灰白石林染上了金黄。我们在石林间穿梭、攀附，快乐如复制一般，化作开心的笑声，迅疾在林间迭起、荡漾。大自然的神奇，造就了这里独特的喀斯特风貌，也为每一位外来者呈现出一幅立体的怪石嶙峋的画卷。春光明媚的时节，穿行在原始的石林间，与形状不一的"石大人"亲近，一种回归自然的感觉特好。徐徐晚风里，我们开心的收获，一同写在各自的笑脸上，和着树上不知名的鸟鸣声，留在石林间高高低低、弯弯曲曲的小道上。

晴朗的四月，或许是赶路的节奏过快，或许是艳阳高照气温升高，我们队伍中的青春派，或感觉燥热的朋友开始脱下外套。可一钻进璧山龙泉洞，一阵舒心的凉气阵阵扑面而来，让一直畏寒的我，不禁微微有些寒战。四月的龙泉洞景区，游人如织。这个20世纪被当地老农抗旱找水找出来的旅游景点，如今已经成为沪苏浙人周末度假的洞天福地。大自然的鬼斧神工，让柔软的水造就出洞内或盘旋曲折、或壮丽多姿、或气势磅礴的画面。你看那石笋、石柱、石钟乳，比比皆是。怪石迭起，形象多变，栩栩如生，犹如一件件匠心独具的艺术作品，远近高低地展现在游人的面前。

据说，龙泉洞内有七个大厅，最大的超千平方米，最小的也有两三百平方米。尤其让人称奇的是，洞壁上有南宋至清代乾隆年间以来的古人题诗二十多处。"层层怪石几千年，曲折幽通趣自然。应有神龙腾云变，一逢春到满人间"——这是南宋开庆元年间徐士鸿的题诗，如今这些古诗已被现代科技的灯光艺术，清晰地打印在石壁上，引来众多游客的阅读同吟。游洞读诗，兴致盎然，好一幅别有洞天的诵诗图卷。

倦了城市的喧嚣，疲于工作的重压，找一方宁静的山水，来一次与大自然的亲密接触与对话，去放松心情，去抚慰心灵，是如今城里人最好的外出休闲度假的目的。一个叫"亲心谷"的地方，就是满足你如此愿望的最好去处。行驶在去"亲心谷"的祁梅村吐翠的水杉长廊里，慢行啊请慢行。随行的文友、水东镇人大主席陆冬冰告诉我们，这里就是水东的"十里银廊"所在地。她一脸的兴奋说："如果你早几日来，水杉外边的人行道两旁，一棵棵樱花满树皆是，分外妖娆，无人机给出的俯瞰画面让你惊叹，笔直的两根流线般的樱花带，在向前延伸、延长……"

还是看看眼前这幅翠绿的平铺的条屏吧：高大挺立的水杉，一棵棵并肩生长，好似在为你前行增添无穷的力量；阳光无法照射在你的身上，让你在阴凉的世界里穿行，置身此处，仿佛要被绿色包裹起来，有一种凉爽到通透的感受在袭击你。心如水，情如风，那是我们在这四月的乡间轻轻徜徉、流淌。

"亲心谷"到了，我的心便静了。走在它宽大的水库大坝上，映入眼帘的不仅仅是那"绿水青山，就是金山银山"的醒目热词热句，还有那碧波荡起的层层涟漪，春风吹入怀，犹如面向大海，试问你还有什么不能释怀？前行吧，到"亲心谷"里小憩一下，然后放下包袱，轻装上路。朋友啊，请你相信：我们的明天会更好！

水东是一幅画卷，它有的是立体的，有的是平面的；它有的是黑白的，有的是多彩的；它有的是无形的，有的是深厚的。无论是老街上宁静的宁东寺，还是高高的圣母大教堂；无论是小胡村里的宋代花戏楼，还是环绕村庄的百步三道桥；无论是"棵里宗村"，还是"鸦山古道"；无论是朴实无华的枣花，还是艳丽妖娆的樱花；无论是蜜枣、木梳，还是皮影戏、老鹰茶、荷花灯，都会让你痴情陶醉——坠入画中难以自拔。

夜宿农家"万福楼"，凭栏抬望，只见一轮浑月当空，夜色朦胧，万籁宁静。夜如漫纱，裹住并过滤了我的烦躁，深度了我的睡眠。突闻鸡鸣声，原来已是天亮……

坐在阳台上宽大的椅窝里，我端一杯水东新茶，轻嗅，清香扑鼻；小呷，沁人心脾。看远近家家屋顶，尽是炊烟袅袅；听高低鸡鸣犬吠，经典山村晨曲。案头见册，翻看水东人文，猛然想起清代诗人施闰章的《枣枣曲》诗来："井梧未落枣欲黄，秋风来早吹姜裳。含情剥枣寄远方，绵绵重叠千回肠。"朋友，你难道不会想：秋天的水东该是一幅怎样的美卷？金秋割枣时，你，还会来水东吗？

水孕神奇宝峰岩

早在上初中的时候,就知道泾县有个桃花潭,那是缘于语文老师给我们讲李白的故事。说到李白,老师自然讲到了诗人关于宣城的诗,自然少不了那首《赠汪伦》:"李白乘舟将欲行,忽闻岸上踏歌声。桃花潭水深千尺,不及汪伦送我情。"桃花潭——一个多么富有诗情画意的名字,在我少年的心中留下了深刻的印象,总想有一天能去看看梦中的桃花潭。

时光荏苒,岁月流水。如今三十多年过去了,我的这个梦想终于要实现了。4月13日上午,我们一行从下榻的邻县黄山区黄山饭店出发,一路美景伴着一路兴奋来到了桃花潭。可是下车一看,不见潭水深千尺,哪有小舟荡碧波?"踏歌古岸叙往事"更是无从谈起,让我顿时失望。环顾四周,原来这是一个大山冲,坐北朝南,三面环山,只有南面开阔,远远的是水田、竹林、人家,一幅山村多彩画卷展现在我的眼前。回首看,不远处的高山下茂林修竹,在四月晴好的阳光下郁郁葱葱,青翠欲滴。哟,没有潭水原来也是一个好地方呀!这样一想,心情立刻好起来。一会儿,我就知道了,原来这里不是青弋江畔的桃花潭古镇,而是桃花潭镇宝峰村新开发的一个景区——"别有洞天宝峰岩"。

跟在大伙后面,我们有序走进徽派风格的山门,一条窄窄的青石小道把我们引入渐渐高抬的大山深处。只见小路的两边,或有热烈开放的芍药园争奇斗艳,或有茂盛蔽日的林竹相拥左右,让阳光斑斑驳驳地洒在我们的脸上,任凉爽的风儿拂上面颊、拂过心头。但不论你是有意识还是不经意中,耳畔总是有哗哗的流水声,而随着山路的抬高、变陡,这流水声好似由轻柔的小夜曲逐渐成为雄浑的交响乐,激越而高亢……

上了一个平台后，眼前顿时开阔起来。在一个新筑的方塘上方，我被眼前的奇观迷惑了：咦？这是到哪了？怎么有坝上人家的感觉？还有许多层次分明的水田？这时，我听见了前面同行者的赞叹声、呼喊声——"看啊，我们江南的小黄龙""我们皖南的九寨沟"！一时间，我愣住了：这么多水面是如何形成的？如此的水量又是从何而来？因为前面已经是高高的大山挡住去路，明显的是无水可来。

接下来的景观让我有了一个新发现：瀑布，越来越多、越来越宽、落差也越来越大的瀑布啊，在我们身边倾泻而下，声音不绝于耳。而此时的山路呢，也越来越陡峭，举目环顾，犹如游龙首尾不见地钻进了密林深处。民间不是常有这样的说法嘛：有龙就会有云。有云就会有雨，有雨自然有水了。莫非这深山里有龙？

哗哗哗，沙沙沙。好像是雨的声音，伸手一接，果然有蒙蒙细雨。不对，小雨不应该有这样的响声啊？你看，在那高耸的山崖悬空处，只见一道宽大的瀑布犹如九天落下的巨帘，垂泻而下。而在它的周围是雾气蒙蒙，在它的下方，犹如小雨飘飘洒洒。在瀑布的一角处，我看见一个黑底白字的木牌，那上面有一段文字记载：相传这里曾经是佛、道、儒三圣传教，仙气缭绕，吸引了蛟龙在此修炼。蛟龙生性凶猛好动，还经常在瀑布间来回戏耍，由于速度奇快，山下的村人经常在远处看到蛟龙有九个幻影，以为是九条蛟龙在此争夺修炼之地，因此将这方大瀑布取名九天飞瀑或九龙飞瀑。

那上面的世界是什么样的呢？好奇心驱使着我继续向高攀登。穿过那《西游记》中水帘洞般的瀑布，走过一段特别陡峭的小道后，来到一处山洞前。拐进那"L"形的洞中，只觉得凉风习习，可一走完洞内油亮光滑的石台阶，顿时阳光沐浴着全身，瞬间被温暖包围。好大一个山腰平台！依着那棵靠近悬崖的高大古树眺望，只见脚下的池水、方塘、梯田，还有"众"字形网状的溪水熠熠发光，远处的村庄白墙黛瓦、炊烟袅袅，更远处是那连绵的群山叠嶂起伏……

回首看身后，那残垣断壁的"震山书院"，已是芳草萋萋碧连天了。相传宋代宁国府知府文天祥，结交了当地的好友文氏兄弟，"震山书院"

就是他们为穷人子弟免费开办的讲学堂。如今书院早就不见了踪影，但站在这里，摸一摸立在一边的旧石磴，追忆历史，好似还有书卷气缕缕袭来；捡起脚下一块残破的瓦片，放在耳边细细一听，仿佛琅琅的读书声又在这里阵阵响起……

下山的路上，陪行的宝峰岩景区的年轻副总张文军先生告诉我们：这里的水是来自一条地下河，长年不断。特别神奇的是，只要西边的九华山一下大雨，宝峰岩溶洞里的水就会喷涌而出，水量明显增大。他还告诉我：溶洞就在"震山书院"旧址左边的普芸寺后面，只是没有开辟道路而已。我真后悔，为什么不再多走几步？一睹那通向九华佛地的溶洞，感受一下孕育宝峰岩美景的神奇之源。

这，或许是我与宝峰岩的不了情缘，分明是一种留白：宝峰岩，今生难以不重逢！

又见秋色诗意浓

或许是地球气候在逐渐变暖的缘故吧,如今故乡皖东南宣城的秋天:那个实实在在、真真切切的秋天,我感觉只有到了二十四节气中的"霜降"之后,才算真正地来临。

宣州北郭的敬亭山,已经从碧绿中走出,底色是明显的金黄,而山门后原先隐在绿荫中的"李白",已在游人的视野里一览无余了,尽显他飘逸与豪放的神情。此时,诗山的红叶层林尽染,恰如二月的杜鹃怒放,深深切切地醉了人们的眼与心。踏着古昭亭一节节幽静的台阶,我总是在纠结一个问题:平平常常的敬亭山,凭何魅力,让李白发出"相看两不厌"的感慨,而山下的宣州城,有什么诱惑,让谪仙七次流连忘返?没有人能够回答我的问题,我只有在心里默诵:"江城如画里,山晚望晴空。两水夹明镜,双桥落彩虹。人烟寒橘柚,秋色老梧桐……"这是怎样的一个秋天?不,这是怎样的一个金秋?李白眼里如此的秋景,透露出他怎样的心境?山风悠悠,溪水潺潺,落叶哗哗,我在这大自然的天籁声中寻找答案。

城南的宛陵湖,依旧碧波荡漾,只是岸边的芦苇飘起了轻轻的絮花。环湖大道上,无论是早晨还是黄昏,锻炼的男女老少,可不管季节的更替,他们身着靓丽的运动装,你追我赶,一派朝气勃勃的景象。两年前,我和妻子也自觉加入了湖畔慢跑的队伍。尤其是在梧桐染红的时节,有月儿的夜晚,微风阵阵送爽,我们昂首阔步,一路向前。一个来回五公里,我们在向自己挑战。湖畔一座座石拱桥看见,运动人的汗水湿透了衣裳;道边一棵棵丹桂清楚,花香怡人,环湖健儿的心扉一派阳光;夜空翱翔的大雁知道，盛世人间是如此健康、快乐和甜美。皓月当空时，我如武行侠，在树影婆娑中穿行。人生只有一直向前，方能踏出美好。满怀希望迈出，我们的未来才不是梦想。走在静静的湖心岛上，晚风拂面，一切慢慢入夜，似我们的日子一样安好。

午后的泾县，一个叫小岭的地方，青檀林立，山路越来越陡，溪水越来越绵长，沿途的造纸痕迹依然那么清晰。一处黄墙黛瓦正在人们的眼前若隐若现，耳房里冒着袅袅的炊烟。踏着一节节青石登上，不一会儿便见一处不大的平台，原来这就是纸圣蔡伦祠的所在。闭上双眼，我看见了如此的影像：开镰收割青檀和沙田稻草的时节，虔诚的纸乡人，纷纷净身洗手、焚香点烛，来一番顶礼膜拜的祭奠……为的是给即将开工的宣纸生产鼓足信心和勇气，以求造出上乘的纸品。日暮西山，余晖里的小岭，洒满金粉一般。在满山红叶的衬托中，这里的秋野被渲染得如同宣纸上刚刚泼墨的丹青图。泾川非仙境，只是不同的山水、不同的树皮和稻草，还有泾川人一代代传承的独特工艺，才有了世界上那一张张神奇而圣洁的千年寿纸"中国宣"！

一轮秋月还挂在西天，可东方已经升起了橘红的太阳，只是光线没那么耀眼，如蒙上一层薄薄的轻纱。此时，绩溪茯苓镇的徽杭古道口，一队驴友正全副武装地踏着石阶前行。弯弯的悬空石道旁，山间大溪尽收眼底，不知经过了多少岁月的冲洗，如今的河谷已是乱石排空、怪石嶙峋，而山溪则更加晶莹碧透、变幻多端、绚丽多彩。作为驴友之一，站在"江南第一关"的石阶上，一转身，我便分明看见：隋朝那忠君爱国、赫赫英名满神州的汪华，正从这里走去；明代那兵部尚书、名臣胡宗宪，也从这里走过；清代那制墨大师胡开文、红顶商人胡雪岩，正从这里走去；一代文豪胡适、爱情诗人汪静之，也从这里走过……此时满山红叶如霞，与峡谷奇石丽水还有古道雄关交相辉映，构成了一幅美轮美奂的山水秋色长卷。

宁国是安宁的，就如此时"皖南川藏线"边方塘镇那一片片红云般的红杉林。清晨的青龙湖罩着一层薄薄的轻纱，犹如仙子羞羞答答，两旁挺拔伟岸的红杉树，就像一个个雄健的舞者，活泼开朗、热烈奔放，表现出对生活、对理想、对明天、对未来的美好信念。秋风凉，湖水扬起层层波澜，青龙湾到了一年中最安详的时刻了。随着深秋的到来，青山野果飘香，红杉林表现出少见的寂静，大裙摆一样的针叶开始收敛、垂下，它们低头无语，仿佛到了对着碧水自己欣赏自己的时候了。换成橙色装的红杉林，迷人的身姿倒映在水中，暖暖的，真是富饶和妖娆极了。此时，我看见天光云影也来凑热闹，水里见画，画在水中，每一棵红杉都是画中醉美的风景。

又见秋色，我在绩溪龙川的水街上徜徉，仰视那高高的陡壁翘檐马头墙，沉思那清清流水的远去，头脑里始终在确认这样一个感受：这里是山美水美人更美。这里的美，是多容的、交错的、历史的、深厚的，也是庄严的、神圣的；又见秋色，我在旌德夜晚的徽水河畔漫步。借着皎洁的月光，我看见"三桥锁翠"的神奇镶嵌，它们都是浑然一体，泛着幽幽的墨宝之光。桥背上，有的石条竟长达五六米，真不知道当年这里的乡民是怎样从山上凿成的？又是怎样运来、怎样搭建的？站在桥中央，抬眼往南，远山如黛。踏过古桥，只见岸边的街道上银杏棵棵金黄，晚风吹拂中，叶儿正沙沙飘落飞舞。

又见秋色，我在碧波荡漾的南漪湖里逐浪。而踏上岸边郎溪的飞鲤小镇，蓝天镶白云，落雁舞翩翩。有幸见证它的魅力，感受到它的秀色，感悟到它的内涵，更领略到了它的底蕴。我发现，如今的郎溪人，正在以一种时不我待的精神，用智慧和汗水挥笔，抒写着醉美的振翅华章；又见秋色，我与一群诗人在"中国竹乡"广德放歌。走进新杭镇金鸡笼村，这里有汗水，更有广德人的赶超意识。山岭上，一只巨型的牛角大喇叭翘立着，彰显着昂扬的力量。我也忍不住上前双手紧抱，鼓起腮帮使劲发力，顿时山泉如诗喷涌而出。此时，游人喝彩阵阵，人们痛快地领略着喊泉的美妙，激越的心情如铆足了劲的金鸡笼村村民，在"撸起袖子加油干"的号子里，一同奔赴富饶的美好时光。

又见金秋，又见宣城秋色浓。

小桥流水大龙川

六月一个烟雨蒙蒙的日子，平生第二次来到了"小桥流水人家"——如诗如画般美丽且充满魅力的皖南古村落龙川。目睹了它小家碧玉的秀美，也品味了它不乏大气恢宏的千年风姿。如果说水墨绩溪是一幅美丽长卷的话，那么，龙川就是这幅长卷里瑰丽的墨宝。它是绩溪的骄傲，它是皖南的亮点，它是华夏文化历史与自然景观中的明珠——我为之陶醉而流连忘返的画里人家。

入得龙川，放眼望去，首先映入我们眼帘的是一条长长的、弯弯的看不到尽头的流水，略有落差，两边都是石条垒砌，岸上都是古色古香的马头墙，这就是龙川的水街。水街下的石台阶上，有女人在清洗着蔬菜瓜果，水中也有老鸭或是白鹅静静地卧在水边。水街上，好几道石拱桥躬在水面上，让两边的龙川人家或游人顺利地来来往往。任你在什么角度看，龙川都是一幅"小桥流水人家"的水墨画。

"小桥流水"是龙川的秀气、灵气。那么，龙川的"大"在哪里呢？如果你观察仔细，答案很好找到，那就是这里的独特的人文景观。走进建于明代嘉靖二十五年的龙川胡氏宗祠——这座号称"江南第一祠"的古建筑，你会为这里的一切所震撼：它坐北朝南，前后三进，占地超千平方米；它以山带水，气势飞动；它装饰精美，特别是那保存完好的各类木雕，有"徽派木雕艺术宝库"和"民族艺术殿堂"之美称，有关专家赞誉它是中国古祠一绝。更让人感觉"大气"的是：龙川胡氏家族，在明代曾出过户部尚书胡富、兵部尚书胡宗宪、清朝红顶商人胡光墉（字雪岩）。这，难道不是龙川的一种"大"吗？

你再看看村中的奕世尚书坊吧，这可是一座明代的石雕牌楼，为徽派石雕之最。它高达十米，宽度九米，为花岗石和茶园石搭配凿制而成。非专业人士不能说清楚的构架与寓意，让它矗立在村中，历经了五百五十多年的风风雨雨。它的主楼正中装置竖式"恩荣"匾，四周盘以浮雕双龙戏珠纹。而下方花板南北两面，分别镌书"奕世尚书"和"奕世宫保"，为明代著名书法大家文徵明亲手所书，我想这应该是龙川的另一种"大"！

告别龙川已经一个月了，可我仿佛还在龙川的水街上徜徉，或仰视定睛那高高的陡壁翘檐马头墙，或低首沉思那清清流水的远去，头脑里始终在确认这样一个感受：这里是山美水美人更美！这里的美，是高低的、大小的、多容的、交错的、历史的、深厚的，也是庄严的、庄重的、神圣的。通俗地说，龙川的"小"，是它的外在秀丽之美，而龙川的"大"，则是它的内涵极具博大之气！

这就是龙川，一个大小兼容、相得益彰的地方，一个让人生出太多感想和感悟的徽州古村落。

好一片荷花坡上红

这是一个小山村，居高临下，青山环抱，碧水东流。依坡而上，是鳞次栉比的山乡人家。走进小山村，一排排风景树，一簇簇艳丽花，把这里别墅洋房般的庄户村舍点缀得是那样秀气而大气。家家门前有银杏，户户庭院桂花香。徜徉村中，一步一景，让我感慨良多：这哪里是偏僻闭塞的小山村，简直是饱含时代色彩烙印的新版桃花源，分明是当下都市人梦寐以求的休闲度假村。

顺坡而上，脚踏弯弯的田间小道，一丘丘层次分明的梯田里，没有金黄的稻谷，没有时令的庄稼，却是一幅幅罕见的浅彩国画：一片片秋后的莲藕，在向人们昭示季节的变化。碧绿已退，亭亭犹在，繁花不见，莲蓬少许……她们如成熟的村姑，仿佛又多了一层岁月的侵蚀；她们如产后的娇娘，不见了盈盈的丰韵，似乎有些消瘦与倦意。没有秋煞的感觉，因为还有几许的绿叶与红花，特别是举着手臂的莲蓬，在秋风的拂动下，如好客的村人在向我们挥手致意。我还是喜欢展开想象的翅膀，犹如看见了小村的春夏之交，这里的坡上"接天莲叶无穷碧，映日荷花别样红"。那是怎样的花团锦簇？那是怎样的透心凉？是那怎样的红艳艳？闭上双眼，深吸一口，我好似嗅到了荷香而如痴若醉了。

如果不是合兴村村委会主任龙云辉的介绍，我真不敢相信，几年前这里的境况还是一派糟糕。早在20世纪80年代初期，穷怕了村民在党的富民政策倡导下，有人想到了"靠山吃山"的就地生财办法——山上大量的芝麻灰石材，是建筑行业突飞猛进发展的香饽饽。比如新桥的护栏杆、公路的路沿石，还有广场的地面板，等等，开山发财，着实让这里的村民流尽了汗水、鼓起了钱包，终于过上了温饱不愁的好日子。

　　隆隆的炮声，是不是催征发财的战鼓？滚滚的山石，究竟会砸伤谁家人的肋骨？一次次的开采，一次次的挖掘，一次次大量的外运……慢慢地，渐渐地，村民们吃惊地发现：这里的青山没有了，这里的绿水不见了；这里的花草枯萎了，这里的牛羊疲惫了；这里的村民，人人变得蓬头垢面了。这不行，肯定不行！还没等小山村人的彻底醒悟，"绿水青山就是金山银山"犹如一股春风拂面而来——北京的声音、合肥的响应、宣城的动员、广德的措施、新杭的落实、合兴的行动，如一幕幕快镜头的画面，迅速改变着小山村的山体、地貌和人心。特别是近年来，小山村在美丽乡村建设、乡村经济振兴和国家"复垦复绿"工程项目的带动下，村民的观念发生了翻天覆地的变化，悟出了以往的行动是愚蠢的："拿破坏生态环境为代价求发展，就等于不顾生命健康去赚钱！"

　　傻事，不再有愚蠢的行动去付诸，自然会消失；理念，在崭新的号召下拓宽思路，生活变化换新颜。小小山村人，在村"两委"的带领下，把破坏的山体恢复了植被。特别是面对青壮年劳力外出务工的实情，他们转变思路出新招：百亩坡田集中流转，实行"村集体经营，村民得红利"——栽植观赏莲藕，发展景观农业。从此，小小山村新景象：抛荒的土地复垦了，连片的田藕泛绿了，艳红的荷花盛开了，蜂拥的游人飞来了。

　　难忘2020年8月8日，小山村是家家户户喜开门，迎来了小山村的第一届荷花节。外出的村人回来了，远方的亲戚串门了，还有四面的驴友、八方的游客，特别是钟情皖南山水的沪苏浙人闻风而动，纷至沓来。一时间，聚集两万人的小山村沸腾起来。"广德有个荷花村，映日荷花坡上红"。移动互联网的快速反应和连锁效应，带来的是采风、写生、摄影、视频、抖音，把这小山村的荷花节，尤其是将那一片片坡田里的艳丽荷花，美美地传到了千里之外、万里他乡……龙云辉主任还喜滋滋告诉我，小山村的荷花红，带动了当地旅游业的兴起，让全村致力推进景观农业发展看到了曙光。特别是这里改造和恢复好了的生态环境，让荷花、莲蓬、莲子、莲藕甚至荷叶都有了"远亲"接纳的好市场。2021年，小山村的荷田每亩平均产值达到了6000元，大大超过了种植水稻等传统农作物的收入；明天，这里将是"藕田鱼虾游，花下鹅鸭欢，泥鳅黄鳝泛金光……"相信不久的未来，这里会是"线上线下、家家户户是电商"的新气象。小山村的荷花及其派生农产品，一条综合效益链，正在悄悄孕育中。

"过上了好日子红红火火，赶上了好时代喜乐年华。你看那山捧金水流银呀，春夏秋冬里大地开花……"谁家的小楼里飘出了喜悦的歌声，让我想象到夜晚的小山村，那平坦广场上的欢歌与劲舞。是啊，火红的年代，火红的日子；火红的乡村，一定有火红的明天。告别小山村——广德新杭镇合兴村的东山岗，告别龙云辉——能说会干的村干部，我和这里有个约定：来年春夏之交时，我来看藕田，看这里热热闹闹繁花景：好一片荷花坡上红！

满塘惊艳是莲花

入梅时的江南,进入了七月的仲夏之际,此时,处处可见同一样的景观,可谓是"黄梅时节家家雨,青草池塘处处蛙"。一场雨后,空气中弥漫着湿润的清爽,远处的山,更青了,近处的水更碧了。走进大自然里的人们,心里退却了梅雨中的闷燥,感觉是那样清新透气。漫步在村前屋后边的大小不一、错落有致、品种丰富的荷塘旁,看雨后莲花:一片七彩的世界,让你不得不想起这样一个词——惊艳!惊艳那满塘碧翠上的花儿,好一幅层次有序、色彩斑斓的"莲盛图"啊!

且看那红色的睡莲,是那样抢眼,艳红的圆圈形的花瓣中,是那金黄色的一根根细细带着外勾的花蕊,密集的样子,让人想起毛茸茸的柔和与舒心。它们低低地立在平铺于水面的莲叶之上,紧紧的、静静的、晶晶的,有一股团结向上、岁月静好、晶莹剔透的美,你说,这是不是一种画卷?

这是什么样的睡莲?居然跳出荷叶的衬托,依水为母,举着矮矮的茎秆,伸展绽开的齿瓣,让人想起夏日夜晚天幕中镶嵌的大星星,闪烁着亮晶晶的光芒。为什么它们有这样的体形,我想也许是莲叶过于硕大,它们不得不另辟蹊径,从旁边快乐地钻出了水面。这是它的特征,白色的"百花香"睡莲!

现今的世界真的是地球村,如果你不信,再看那谁家栽植的澳洲蓝莲,虽然说它们也是睡莲,但托起蓝花的茎秆有点长,如同喝白酒的那种陶瓷小立杯,举在水面上,对天伸展的如无数只纤纤玉指,朝外围开着莹莹的条瓣,它们内紧外松,刀尖样地指向蓝天白云。感觉蛮有亲情的是,下端是那些宽厚的大姐花们，它们是那么乐意甘愿衬托！

比那白莲略深色的莲花，似乎是浸透了深粉一样，亮闪闪的，这便是一种迁徙来到的"佛罗里达"莲花，特别是弯着如钩的茎秆，托起金晃晃的花朵，让人想到一家自然派装潢的墙壁，一只秀丽也不乏大气的壁灯，亮起了鹅黄的光芒。不知道是不是也验证着这样的话：近朱者赤、近墨者黑，要不，它那些密密的蕊儿也是那金粉世家般的金碧辉煌？

最让我纳闷的是，还有紫色的莲花？它们的颜色如截开的紫薯。不一样的是，此花的花瓣有些肥厚，它们端庄地层层叠叠地围拢在一起，彼此互爱、牵手相连、不分先后、和和美美。它们另一处与众不同的是中间的花蕊，有一种合力蓄势的姿态，密密地聚集在一起，根根竖起，如同烈马脊背上的鬃毛，只不过马鬃是长短不齐的，甚至有些飘逸，而它们如修剪一般整齐，恰如理发店里的挡毛刷，它们的后柄把，则是那样金黄，呈现出一派吉祥。

在我的故乡，每年七月时节，我总会来到三叔家的南门小院前，看他家屋前小池塘里的荷花。时光流逝，三叔家门前那棵曾经喜鹊喳喳叫的老枫树早就不见了踪影，如同我逝去的爷爷奶奶和父亲，他们只能存在我的记忆里了。但那枫树下深深的池塘依然如故，这个当年我祖上酿酒用的大水池，由于慢慢坍塌，早就退去了原本的功能，成了一个离家最近的荷花池。这里的荷花是我认识最早的谦谦君子，在我的心中，一直保持着我儿时的样子。它们亭亭玉立、出污不染！在一条弯弯曲曲的小沟牵挂下，连着那水田旁的方囱，直到横卧在田畈中间的草坝、中坝、高坝、大坝和水阳江，那是怎样的一路壮观的"荷花村"景象？这一处处的荷花几乎是一个祖先繁衍的后代。尽管还不是秋天，但我还是想起了中学语文课文上的那首古诗《西洲曲》："……树下即门前，门中露翠钿。开门郎不至，出门采红莲。采莲南塘秋，莲花过人头。低头弄莲子，莲子清如水。置莲怀袖中，莲心彻底红……"这些满塘的荷花，处处是茂盛的场面，枝繁叶茂、碧绿曼舞，在南风劲吹的时候神采飞扬。你看那高高挺立的荷花，艳红的花朵，或高或矮、或大或小、或远或近，缭乱你的双眼，却让人不知疲倦。好羡慕，那羽翼透明的蜻蜓，静静立在碧绿的荷叶上或红艳艳的花瓣、花骨朵上，享受沁人心脾的芬芳，我能想象，如此一吻，得到的一定是穿透般的过滤。这时，晚霞染红了西天，村上冒出了袅袅炊烟，黛瓦白墙的故乡，与满塘的荷花融在了一体，好一幅优美而宁静的"皖南莲居图"。

七月，是一个绿色充盈、生机盎然的季节，也是一个让人热血沸腾、孕育梦想的时节。看看那艳丽的荷花，它们如跳跃的火焰，鲜艳而夺目，彰显出季节的旺盛和浪漫，尽情释放出生命的蓬勃活力，更预示着一个村庄的丰满、丰收和喜悦，如彩绘般到来。

感谢莲花，风情万种的它们，给了乡间如诗般的美丽。从它的身上，我们不仅看到了一种美丽、一种力量、一种品格、一种境界，还享受到了一次心灵的洗礼，教你努力干干净净地去做人……

古镇见韵味

巍巍的大堤，滔滔的江水；长长的巷道，光光的石板；静静的岁月，悠悠的节奏……这是几年前，我与几名本土书画家们踏进水乡朱桥境内油榨沟古镇的扑面感觉。有点陈旧，有点清凉，有点衰落。徜徉在小镇的巷道里，我不免有上述复杂的情绪涌上心头。这就是我向往的油榨沟古镇吗？

其实，在没来之前，我的脑海里便翻开了关于这个小镇的童年记忆：30多年前，油榨沟曾经是我们向往的地方。站在故乡的麒麟山顶，远眺东方有十多里田间小道并隔河的油榨沟古镇，很多的诱惑往往叫人不能自拔。那时的三叔、四叔常常在一个晴好的凌晨，三四点钟就起床了，他们各自担起一百余斤的松木大柴，步行然后去油榨沟镇上出售，换回油条糍粑甚至猪肉豆腐之类的东西，让我们贫瘠的日子有了好滋味。这种感觉，一直延续到改革开放后。由于种种原因，自己向往的油榨沟古镇不曾光临过一次。但，我一直在寻找机会。终于有了本次的成功之行。

安详，安寂，安宁。这是走进油榨沟古镇给我的第一印象。如今的油榨沟古镇，早就不见了当年的热闹与繁华。除了副食品和生活用品外，街道上的商品不再如往年那样琳琅满目。接待我们的小镇五金作坊的老板朱爱国说，油榨沟的过去那才叫热闹。20世纪70年代，这里是油榨区所在地，有区委、区公所，有两家银行，有公安派出所，有供销社粮站，还有食品组，四乡八镇的流动人口也很多。因为靠着良好的水运，这里交通便利，物资丰盈，交易活跃，人气旺盛，财源滚滚……说起小镇的过去，不少老街坊邻居都感叹不已，大家都为古镇的昨天骄傲，更为古镇的今天惋惜。但他们还是愿意留在这里，因为这是他们生命的一部分，他们离不开小镇，习惯了这里的蓝天和江水，尤其是小镇上大家彼此和睦相处的环境。

与我们一同抵达油榨沟古镇的退休干部许文波动情地说，当年自己就在街中间的两层小楼里当"油榨区文化站"站长，那时的群众对文化的渴望是今天人们无法想象的。作为一名基层文化工作者，许文波的认识是，想要为群众所想，干要为群众所干。那时，还是改革开放初期，油榨文化站为弘扬传统文化做贡献，先后在该区成立了五个乡镇性的皖南花鼓戏剧团，进村组为农民兄弟演出，极大地活跃了乡村农民的文化娱乐生活，受到农民朋友的高度评价，也受到上级领导的充分肯定。

来小镇寻找当年足迹的杨昌森先生，是朱桥乡四合村人，改革开放的好政策，让他走出了乡村。后来经过一番打拼在广州成功发展，如今是一家外地企业的老总了。这次回乡，看见小镇的一砖一瓦、一草一木，儿时的记忆便被迅速地打开。在一处静静的上台阶的巷子口，杨先生一方面感慨岁月的飞速流逝，另一方面也感激党的好政策，让落后的乡村迈入了飞速发展的今天。说起他对油榨沟古镇的印象，他说自己当年就是因为爱好美术，一幅人物肖像在油榨文化站橱窗里展出，便萌生了当画家的美好愿望。后来，自己虽然在商海摸爬滚打，但对美术的情愫一直没能忘怀。他说这次来就是来古镇写生的，他要记录小镇的风采，并融入自己的情感。杨先生还高兴地说，好在当年的古镇风貌遗存，过去的印象仍然触手可及。

不难看到，如今的油榨沟古镇，早已退却了昨日的繁华外衣。不少当地的居民，看见逐渐衰败的古镇唏嘘不已，甚至为它的清冷而惋惜。但谁都清楚，由于交通方式的改变，油榨沟古镇的劣势逐渐凸显，盛行往日的风采将不复存在，这是任何力量也无法改变的事实。与任何事物都有两面性一样，油榨沟古镇也有它的优势存在，它的历史韵味和古镇神采依旧。

由于几十年来没有什么大的拆迁与动建，所以油榨沟古镇还是保持着20世纪七八十年代的原貌。每一个从这里走出的人或曾经熟悉这里的人，都能容易地能找到当年的"物是"，感觉与记忆犹存。这，难道不是油榨沟古镇的幸事吗？

绿得芭蕉翠欲滴

近日阴晴无常，犹如我近日的心情无法平静，家庭的琐事，儿女的生活，还有来自自身某些事业割舍后的留恋。人，活着是一件幸福的事情，有时候还是有不少的麻烦或苦恼。人近六旬了，总感觉还有所谓的鸿鹄之志未尽，可现实呢，我们深深地思考：要脚踏实地，不可好高骛远；要顺其自然，不可异想天开；要考虑自身，不可总是为儿女的事情所苦所累……7月9日中午时分，我们协会的美女摄影家发来微信："明日芭蕉坑的五语堂可行？"我特别爽快的一个字："行！"一定要行，因为这是一个月前就约好的事情，还需要一延再延吗？第二日清早，突然看见一条微信："下了一夜的雨，而且还在下，山路湿滑，我的车技不好，路又不熟，为安全考虑，行程能不能改一下？当然，改与不改，由您决定，您说不改也行……"我立马回信："不改！"于是，在宋诗开山鼻祖梅尧臣的石像对面，我们约定同行者，向南前行，到宣州溪口大山深处一个叫"芭蕉坑"的地方奔驰而去。

车子一出城，映入眼帘的是蒙蒙细雨里的青山绿水好景致。随着时间的推移尤其是车过了溪口古镇大桥后，我的心情便随着小雨的停止，与此时开亮的天空相呼应起来，变得开朗了许多。进入一个叫吕辉的村部后，路如蛇、车如船，车里的我们心儿在荡漾——荡漾在碧绿欲滴的弯弯山道上。偶尔可见，路边翠绿的芭蕉树伸出肥硕的手掌，在风中摇曳着，犹如好客的山里人在向我们频频招手。七月的山乡，不见丝毫的暑气，相反却有浓浓的凉爽。不知不觉中，领路的前车停下了，开门抬头，只见高大的竹篱柴门上写着"五语堂"。

堂主是一个中年人，忠厚的表情里透着一些精明，打听他的名字，你不会不觉得这是一个特别亲切的名字，与他开的这个农家乐性质特别相符：姓周，单名全——周全。周全、周全，服务一定很周全。顾不得坐下喝一杯清茶，我便习惯性地拿出手机不停地拍照。背靠青山的这片不大的天地，天然或人工的景致错落有致并相映成趣：潺潺的溪流、清澈的水池、嬉戏的红鱼、亭亭的莲花、翠绿的芭蕉，还有古色古香的亭台、悠长绕回的雨廊和红红的灯笼相伴，让我联想到姑苏的园林，如果真的要找出它的不足的话，只是缺了高耸的楼阁而已，否则，你怎么也不会想到，这是一个由废弃的校园改造而成的农家乐。

看见我陶醉的样子，美女摄影家大声地说，最美的风景在芭蕉坑。于是，我们便再一次上车，朝着更深的山里走去。芭蕉坑？这让我想起一首著名的广东代表性器乐曲，脑海里自然就回想起它流畅明快的旋律所表现出的人们喜悦之情，耳畔仿佛也响起了雨打芭蕉的淅沥之声……一路是上山，雨后的溪沟里是哗哗的流水，有些地方甚至出现了轰鸣之声，让我无心留意山边是否有满满的芭蕉？路越来越陡，水声越来越响亮，走过村子最后一户人家，好像无路可寻了。好在有熟人领路，还有远处越来越强烈的水的轰鸣声，特别是领路人描述的瀑布景观，大家便不由得加快了步伐。

"到了，到了，瀑布到了！"只有转过一个山崖后，一条飞流溅下的瀑布在巨大的岩石衬托下，如巨龙般滚落而下。围绕在瀑布两边的是雨雾般的景致，瀑布下方裸露的巨石旁，有一条溢满清溪的天然水槽，长满了毛茸茸的苔藓，让人想要手摸一下。忍不住，抑制不住，我弯下腰来，手捧清水喝上几口，还使劲地啀在脸上，仿佛人如过滤了一般通透舒畅。

下山的路上，我在注意脚下的同时，与一位同行者不停地采摘着一棵棵碧青碧青的蓼叶，想着用这种叶子蒸渣肉的香味，猛抬头，比蓼叶更高的地方，有一棵高大的芭蕉树，在下面看它，它是那样碧翠，肥肥的叶片、清晰的纹路，在晴好的阳光下，透明得是那么可人，仿佛用手一碰，它的肌肤就会流出青翠的水儿来……啊，雨打芭蕉淅沥沥，那么雨后的芭蕉，分明是青翠欲滴啊！

入得海心闻啼鸟

五月下旬的一个周末，因为要完成区文化旅游部门的创作任务，我们一行便在市文联副主席、区文艺创作研究中心主任黄廷洪先生的带队下，前往山乡周王镇井边村。车过杨柳镇，我们便在绿色的世界里穿梭，公路两边翠绿的竹木让人赏心悦目，心旷神怡，感觉这里的空气也是甜丝丝的沁人心脾，不禁连连做着深呼吸。在宣州至溪口镇公路过宝丰集镇——安徽省戒毒所不足两百米处的左边，标志牌上"海心农庄"四个大字赫然醒目。而牌下，只见一条飘柔如练的水泥大道向东南方向延伸着，仿佛一头扎进了竹木林海的深处。而不时从两边林子里传来的各种鸟鸣，阵阵鼓动着我们的耳膜，更是让人感到别样的亲切与舒心。

上午十时许，大约四十分的车程，我们一行抵达事先约好的海心农庄。在别墅般的大厅里，我们见到了热情迎上来的海心农庄主方忠平先生。方先生四十开外的样子，中等身材，理着短发，笑起来眼睛不大，一看就是一个精明人。但从他的言谈中也不难发现一个山里人的真诚与淳朴。再看看他的团队成员，一个个都富有山里人的纯真，一副副热情与好客的表情，一点也不做作，就像一条山溪，完完全全是一种自然与本原的流露。

俗话说："吃得好不如住得好。"可不是嘛，要知道人每天有一半的时间是需要休息的，更何况是来专门潜心创作的。推开别墅二楼临西的那间南窗，一阵凉爽的山风顿时拂面而来，并夹着阵阵交响曲乐一般的鸟鸣——这就是我要住上一个礼拜的"家"。看看自己隔壁的老师，也都是一脸的开心。尽管我们都知道，这是一个不轻松的礼拜，一个需要连续作战不怕疲劳的礼拜……突然，在我的头顶呼啦一声响后，一只飘逸飞舞的小鸟好像从我的房间里飞出。我的目光立刻追上去，恰巧与低回飞来的另一只小鸟撞了个正着：燕子，燕子，是燕子！再一看别墅二楼朝阳的四个房门口的屋檐下，一字排开四个燕窝。这让我顿时想到了儿时，那个紫燕绕梁的情景，那个五月麦黄的季节，那个布谷声声脆的时令，以及我健康体壮、扛着木犁、赤着大脚的父亲……

白天的心情总是静不下来，倒不是海心农庄人来人往的干扰，而是自己的心中有着许多拂不去的尘事。我知道，自己能参加如此的创作活动，纯属一种学习锻炼的机会。每天我都等着夜晚来临，就像一个大海里的渔夫等着海浪过后的撒网。

海心农庄的夜晚好像来得比城里要早，围绕在农庄前后左右的鸟鸣慢慢销声匿迹了。站在阳台上，放眼是一片墨色，夸张地说是伸手不见五指。静静的天地间，偶尔也能听到一声不知名的鸟啼，如同静夜里的苍穹偶尔划过的流星雨，一样的美丽，一样的让人激动与兴奋。于是，回到房间，拉上厚厚的窗帘。冲上一杯山里的野茶，吹拂一下，轻呷一口，慢慢地理一理思绪后，便让自己的十指在那键盘上翩翩跳起堆码文字的心舞来。

早熟早起，迟睡自然要迟起的。可在海心农庄，我每天凌晨四点钟便起床了。那是被一种声音，确切地来说，是被一种悦耳的声浪撞击我的门窗而醒的，那便是阵阵的、混合的、清脆的，一浪高过一浪的鸟啼啊——每天的凌晨，在公鸡的破晓领叫声中，小楼西南高高而绵延的青山醒来了，在东方泛着鱼肚白的时候，甚至更早一点，树林里的鸟儿便各自用自己的声音闹起来。唧唧，叽叽，呀呀，喳喳……不绝于耳。这里，有的如口哨，有的似吹笛，有的像喇叭声；鸟啼中，有的急促，有的悠长，有的惆怅，有的高昂，还有的缠缠绵绵。

这是一首天然的晨曲，在海心的天际中演绎。它们是燕子、斑鸠、山鸡、白头翁、叫天子和灰喜鹊，等等，就像这里的山里人，它们没有任何的做作，全部是真实的、自然的、发自内心的；它们杂而不乱，它们多而不分，它们齐心合力，演奏出大自然醉美的生态和谐大合唱。

我们是舞者红杉林

在皖南，在宁国，在方塘乡境内，一个叫青龙湾湖泊的深深尾部，我们无数个兄弟姐妹站立在一起，一片片地分布在湖尾的东西南北边。如果你真的想知道我们这个大家庭人丁数字的话，我们可以这样骄傲地告诉你：我们居住的面积接近两千亩。十几年了，我们彼此牵手，相互并肩，共同在湖边坚守。沐浴着春的温暖，头顶着夏的炎热，迎接着秋的凉爽，无畏着冬的严寒……一路走来，特别是在那水深火热的季节，我们一同经受着严峻的考验，在季节轮回的大自然美妙旋律中，跳起了"勇者胜"，"心态美"的圆舞曲，歌唱生命的顽强、伟大、多彩和美丽。

我们有一个游人喜欢称呼的名字：红杉林，它美丽、壮观且富有强烈的色彩感。你千万不要以为我们生活在水边或水里，就是那常见的水杉了。不，不不，我们真正的名字叫落羽杉，也称落羽松。我们是落叶大乔木，身高一般可达二十五到五十米。我们树干圆满通直，树冠多是圆锥形或伞状卵形。我们来自美洲地区，请不要说我们是"洋货"和"舶来品"，我们是友谊的使者，大自然的卫士，是古老的"孑遗植物"——我们耐低温、耐盐碱、耐水淹、耐干旱瘠薄；我们抗风、抗污染、抗病虫害……我们都是舞者，面对困难和逆境，永远充满了乐观，每一个日子我们都在舞蹈中度过，从小到大，从弱到强，风风雨雨，我们一直在旋转、在歌唱……不信？你看看我们的身材，亭亭玉立下，是一身超长的大裙摆，不要以为我们的衣裳是呆板的、固定的，其实，我们每时每刻都在优美地旋转，只是我们的这种旋转不是你肉眼所能看得到的，而是需要你用心去体会或感悟。还不信？你再看看我们的神采，精神抖擞中，我们一袭长裙款款落地。不要误会我们的坚守是固执，甚至有些迂腐？不，不不，面对大自然的狂风暴雨，我们如同大海里上下飞舞的海燕，无论多么黑暗的日子，我们都能呼唤出一片灿烂的光明……

青龙湖尾青龙滩，青龙滩上是故乡。每年三四月，当湖水随着春季雨水的逐渐降临而抬升，我们也慢慢地吸足了养分，拔节似的生长着。与岸边的桃柳们一道，与山上的杜鹃花一同，赶场似的舒展、绽放，只不过桃柳和杜鹃变得姹紫嫣红了，而我们呢，在绵绵春雨中，随之而新生出许多的幼枝，由浅绿到青翠到碧绿，再到深绿。夏季是热烈的，更是考验我们的意志是否坚定与坚强。除了早晨和傍晚，水深火热的生活，煎熬着我们的每一个日子，可我们没有倒下。我们站立着，挺拔着、伟岸着，有形或无形地舞蹈着，表现出对生活、对理想、对明天、对未来的美好信念。蛇舞的闪电、隆隆的雷声、激荡的狂风、密集的雨点，那是美妙的前奏曲，我们的精神由此而提升起来——跳吧、跳吧，我们一起欢跳，舞出心灵乐观而深情的广袤……

秋风凉，湖水扬起层层波澜。青龙湾，到了一年中最安详的时刻了。随着深秋的到来，只见两山野果飘香、层林尽染，我们也出现了少见的寂静，大裙摆开始收敛、垂下。我们也该到了对着碧水欣赏自己的时候了。你看你看，我们换成金装的身姿倒映在水中，暖暖的，真的是妖娆极了。天光云影也来凑热闹，水里见画，画在水中，我们个个都是画里醉美的风景。

寒风起，霜雪罩。转眼就是冬季了，北风呼啸中，我们的身体舞出了坚强如铁的味道。满枝的叶儿，从棕色变成了铁红，由铁红变成了艳红，惊艳着每一个"皖南川藏线"上南来北往的参观者。我们冷吗？我们累吗？不，我们是火热的，我们是火红的，我们有蓄势待发的力量，感觉要在这个冬季来一次全部的释放。还是舞吧，舞出一片精彩，舞出成熟、成功的辉煌。我们飞快地旋转，在水丰的冬季，我们舞出的落叶生成了一片片火红的浮萍，紧密相连，艳丽无比，让人心醉；枯水的时候，我们舞出的羽毛飘飘沉静，稳稳当当，落地便织就了一块块红地毯，那么松软、那么温暖，一派静谧的吉祥……

振翅飞鲤

金秋时节，天高气爽。皖南的水乡，蟹肥鱼壮，稻谷飘香。

感谢"散文·诗和远方"，在一个白露不见霜、白鹭见蹁跹的秋好时光，我们拥有共同爱好的四十余人，来到了碧空如洗、碧波荡漾的南漪湖东岸，让我平生第一次见着了郎溪县飞鲤古镇。对于飞鲤镇，以往耳闻其名，如今来到"飞鲤"，目睹了它的庐山真面貌，顿时让我产生了振翅欲飞的激情，一种飞跃和充满活力的画面感便油然而生了。

四百八十多年前（嘉靖十三年）一个秋天的上午，那一定也是个天高云淡的时节吧。在烟波浩渺的南漪湖东岸，一个古镇的一角，有一群粗布短衣的劳动人们，吆喝着铿锵有力的号子，正在建造一座高大的木桥。在一阵噼噼啪啪的爆竹声中，一根系着大红绸布的桥梁横木，在一只只粗糙的大手中，被十几根粗大的苎麻绳牵引着，成功飞架在大桥的东西两端。正当两岸百姓拍手称快、欢呼雀跃时，突然，一条红色的鲤鱼跃梁而过，如一道耀眼的飞弧在空中绚丽地划过，给在场所有的男女老少带来了一种惊喜、一种兴奋、一种吉祥、一种鼓舞和一种昂扬的力量……

原来，飞鲤古镇就是得名于这座飞鲤越过的古桥。

历史是一本厚厚的故事书，时光之手在不停地一页页翻过；岁月如南漪湖的碧波，一回回年轮般荡涤了多少千秋往事。飞鲤，一个带着美好愿望的小镇，它焕发过喜悦，蒙受过苦难；它面临过重生，激发过崛起；它接受过挑战，迎来着发展……如今的飞鲤，是在2011年底由原郎溪县飞里乡和幸福乡撤乡并镇而来。"灵润隽秀，清新飞鲤"——不知道这是谁给它的总结，贴切、准确、生动而形象，基本概括了小镇的特点和个性。

体验小镇，印象深刻。飞鲤是个好地方，滨湖临水，有南漪湖、幸福圩和跃进圩两个万亩圩口，新、老郎川河和飞鲤河穿境而过，为小镇增添了丰满的水乡秀色；飞鲤是个好地方，物产丰富，近20万亩的山水林田湖草茶，绿色环保、品质优良，享誉大江南北；飞鲤是个好地方，生态环境优美，森林覆盖率接近百分之四十。这里有百年古树参天遮天蔽日，这里有万亩茶园连片溢翠流香，这里有神奇福寿岛保留完整的生态湿地和滩涂；飞鲤是个好地方，历史文化悠久，有距今约7000年的新石器晚期磨盘山遗址，有飞鲤桥、斋公墓、百步梯等明代遗址，还有那越过近千年的唐代黄香禅寺香火缭绕……飞鲤是个好地方，"五根火柴"的艺站，正在湖滨渔村悄悄点亮乡村精神文化生活，助推着一方文旅产业的欣欣向荣。

感知古镇，新风扑面。近年来，飞鲤镇党委、政府主动作为，振翅飞翔。全镇上下转变发展思路，勇于对标沪苏浙，积极争当排头兵。着力打造"清新飞鲤、滨湖绿镇"，努力把飞鲤建成"两山"理念转化区、"三美"模式实践区和文化旅游休闲康养度假区。特别是实施乡村振兴工程以来，飞鲤镇不断振翅，持续推进"生态立镇、产业富镇、治水兴镇"，倾心打造四个特色之镇——"绿色、生态、融合"的幸福宜业之镇，"清新、自然、人文"的幸福宜游之镇，"清洁、文明、美丽"的幸福宜居之镇，"养生、养老、和谐"的幸福宜养之镇，让幸福之歌在这块土地上四季回荡。

飞鲤，一次次振翅，不断地跨越和飞跃，不断地完善和完美。在大力发展生态文化旅游产业上，飞鲤镇着重围绕"万亩茶园、万亩龙虾、万亩水面、万亩芡实和万亩莲藕"巧手妙笔做文章，同时充分挖掘丰富的历史、人文和自然资源，构建了"一核（南漪湖福寿岛旅游核心项目）、一轴（S604环南漪湖大道）、两廊（S338跑飞路生态景观廊道、磨盘山至百步梯历史文化廊道）"的发展新格局……飞鲤，一双大翅张开，厚积薄发，搏击风雨，鲲鹏万里；飞鲤，一张画卷铺开，多姿多彩，艳丽斑斓，美不胜收！

如今的飞鲤，积极进取，乘势而上，不断"丰羽"，振翅飞翔。你看，一顶顶桂冠如飞鲤飞至而来："国家级生态乡镇""省级森林城镇""省级优秀旅游乡镇新时代中国最美宜居宜业宜游小镇""宣城市文明村镇"等称号,让飞鲤蜚声在外,美誉在外,豪迈在外。

如今的飞鲤,不断振翅、不懈奋斗。在那个不老的传说中,我们分明看见一个个勇于创新、开拓进取的飞鲤人,号角劲吹、高歌猛进、奋力飞跃,正大踏步奔向更加灿烂的美好未来,真情刷新着一个个新纪录,激情演绎着一个个新传奇!

十月的飞鲤,蓝天镶白云,鹭鸟舞翩翩。短短的一天时间里,我们有幸见证了它的魅力,感受到了它的秀色,感悟到了它的内涵,领略到了它的底蕴,让人一次次激情澎湃。我分明感知,如今的飞鲤人,正在以一种时不我待的精神,用智慧和汗水挥笔,深情抒写着醉美飞鲤的振翅华章。

静在闺中的胡家涝

　　由宣城至溪口方向行车30多分钟，便能看见路右边立有一个高大的石碑，上有宣城书法名家的笔迹"胡家涝"。一条宽宽的、浅浅的河流横卧在人们的眼前，从一座窄窄的钢筋水泥桥走过，这便是以古宣纸造纸厂遗址而出名的胡家涝了。胡家涝是一个不大但也不小的自然村，是由洋口、新冲和胡家涝三个村民组组合而成的总称。五月的时节，胡家涝村掩映在绿树丛林之中，鸟语花香，溪水潺潺，白墙黑瓦，炊烟袅袅……只见一个个老人与孩子在自家门前悠闲地剥着野竹笋和蚕豆，一只只放养鸡子在身旁随意地啄食，大有一幅世外桃源的景象。沿着一条大山涝，这里分布着一百多户农家、三百多人口，他们靠着山里的毛竹和有限的茶园生活着。改革开放后，这里与全国的农村小村一个样，青壮年劳力走进了城市，靠着自己勤劳和智慧在外淘金发展，你看那一栋栋风格不一的小洋楼就知道，如今的胡家涝人真的是过上了小康生活。

　　对于周王镇的胡家涝自然风景区，我是一点也不陌生，因为工作或受朋友之请，曾经先后四五次地去过那里。而每一次去胡家涝，都少不了一个当地重要的人物——胡家涝古宣纸造纸厂遗址的发现者、发掘者、保护者、呐喊者丁建国先生。这次自然也不例外，他要带领我们去探访胡家涝的另外一番景致——中南山古村落。

　　早晨8点半左右，我们一行11人，在本村80岁老人徐同生的带领下，由胡家涝东侧的掉锣宕开始出发，沿着一条村民砍伐竹木的山路慢慢前行。路是比较宽的，但比较陡，因而我们都显得气喘吁吁的，可一看那拿着弯刀在前面的徐同生老人轻松的样子，我们感到无地自容。道路越来越窄，山路越来越陡，两边的竹木越来越密。大约半个小时，山路终于没有了，人只能在溪沟的两边绕来绕去。后来几乎难以前行了，山势更加陡峭了，我们攀着石岩，或拽着粗藤，爬、跳、跨、跃不断地考验着我们这些不善运动的人。尽管汗流浃背，好在一阵山风吹来，凉爽极了。渴了，我们捧起脚下的山泉水，喝一口是透心的舒爽。我们连连称赞胡家涝不为人知的美丽，却被丁建国诱惑的话语一次次打断：真正的美丽还在中南山顶。他还风趣地说：北有中南海，南有中南山，那是一个消失的古村落……也许是望梅止渴的作用，也许是探险的好奇心，我们在无路的山间蹒跚地前行，大家还是有说有笑的。

在潺潺的溪流边，在陡峭的山崖上，在缩小的飞瀑下，我们不停地拿出自己的手机拍照，立刻便收获到朋友圈里呼啦啦的点赞，不知情形的人还以为我们去了什么名胜风景区。

9点30分左右，在越过一方好似人工开凿的圆石宕后，不知是谁发现了右边临溪石砌的古民宅遗址大喊起来，顿时引起了我们的聚焦，我们以为中南山的山顶到了。可丁建国却说："早着呢。"

终于爬上了山顶，是胡家涝两位八旬老人告诉我们的。在大多数人的建议下，我们在山顶小憩。我以为山顶上就是古村落，所以拼命地四处寻找，可映入我眼帘的却是满山的大树和密密的竹林，枯枝败叶，笋衣死竹，处处是一幅原始生态的密林景象，只有地上一处处被拱的新土告诉我们，虽然这里人迹罕至，但却有大量的野猪在这里出没。正在我们疑惑山顶的古村落是否真实存在时，丁建国指着山南说话了："那里就是古村的遗址。"我们纷纷起身，朝着南边的山下几乎是跌跌撞撞地走去。踏上一条高高的石垒的古塘埂，虽然已经看不到当年那满满的塘水，但那茂盛的水草类的植物布满水塘的中央。"你看，古时候人们舂米的石臼，还跟原来的一样……"丁建国几乎是高声地喊着大家来看。舂米的石臼依旧，只是岁月风化了它的边缘，臼宕里一汪清水掩映着碧树蓝天，它的主人哪里去了？我不禁思绪万千。石臼啊，如今你目睹了多少个日出月升，你送走过几多雪雨风霜？"呱呱，呱呱……"这是什么声音？比青蛙的声音要粗犷得多，就像一个孩童与老翁相比。循着声音，我们发现了一个池塘，如今几乎要被淤泥填平了，但还是有一片水覆盖着，有点沼泽地味道。原来浑厚的"呱呱"声就出自这里。不巧的是，我们只闻其声不见其面。看见那肥沃的淤泥，我竟突发奇想：这里肯定有许多的泥鳅和黄鳝，说不定乌龟也会有。因为我农村长大的，什么环境有什么样的生物我是一清二楚的。残垣断壁，依稀可见。庙台高筑，原貌犹存。那满地的碎砖破瓦，那雕刻着云状的石杵，还有那破碎的青花大碗，特别是垄条清晰的菜地、高矮错落有致的水田……够了够了，这足以证明这是曾经的山中古村落。至于是什么时候、什么原因消失的？丁建国说，至今没有权威性的结论，猜测的由头很多，但找不到一个准确的答案。"好在不需要那么较真，承认古村落便足也！"这是胡家涝人欣慰的心里话。

上午10点40分，我们饱览了山腰古村落遗址后，走进了山南古宣纸造纸厂遗址的冲涝。这里我很熟悉，又因为路况较好加之下山，前行的速度明显要快。

本以为这次探访活动就要宣告结束的时候，一直身轻如猿走在前面的徐同生老人突然说，他要带我们去看胡家涝的一个绝胜景点——老鹰嘴。还说来到胡家涝"不上老鹰嘴，回家就后悔"，这自然勾起我们的欲望。于是，我们队伍中的少数好奇者，又一次走进了难行的溪沟山道。好在一会儿工夫，便见着了高大陡峭的老鹰嘴。是神来之笔，还是鬼斧神工？仰目瞧，一石高耸，就如老鹰昂起的颈脖，而那颈脖上伸出的长长尖尖的石头，酷似老鹰的那张嘴。我在老鹰昂起的颈脖下，吃惊地看见80岁的徐同生老人爬上了老鹰嘴，我顿时吓得躺倒在倾斜的地上，拿起随身的相机"咔嚓，咔嚓"着……

胡家涝，熟悉的胡家涝，感觉也陌生的自然风景区，我似乎已经揭开了它神秘的面纱。可走下山，一顿山野的中餐过后，丁建国有点诡秘地告诉我："下次有机会，我还带你看看，你一定还有意想不到的收获！"是吗？是真的吗？美丽又迷雾一样的胡家涝！

四月艳阳天

去年的暮冬感觉特别长，用"漫长"来形容是一点也不为过的。以至于到了今年的早春二月和阳春三月，因为冷、因为雨，让你找不到半点春的迹象。春天，今年的春天啊，你在哪里？孩童着急了，少年着急了，青年着急了，老人着急了，我，自然也急了。春天，今年的春天，你究竟在哪里？等春、思春、想春、盼春，如无数根绵绵蚕丝，缠绕着人们的心，尤其是在多雨的天气或是天空布满阴霾的午后，我都有了一种窒息的感觉。羽绒服，那个厚厚的"马甲"，我背负着如沉沉的龟壳一般，太想脱下它了，痛快地把它随手扔在春天到来的某个旮旯里。尽管已经是春天的日子了，但我还是乖乖地、老老实实地、敬畏一般地冬眠着，不敢"惊蛰"，而是在等待一个春天真正地来临。

春天，你来了，你来了，你终于来了。我清晰看见，今年的春天是从三月底猛然来到的。

好在三月底的时节，人们终于看见了晴空，看见了久违的阳光，于是大街乃至小巷开始谨小慎微地缓缓活跃起来。车流，虽然以流动、流畅而美，可如今人们看见稀疏的它，却是心里堵得慌。我们城市的动脉就如一道水渠，原先太窄太窄，如今好像一下子拓宽了，让人一时间难以适应。你曾俯瞰的彩色车流在井市里川流不息，那一道美丽的风景线如今去了哪儿？赤橙黄绿青蓝紫，它的美丽，虽然跟这个季节没有多大的关系。终于，我在焦虑过后的四月的阳光下，我看见了它的美，它在春天里所释放的欢畅和艳丽。

你看吧，街市就是街市，永远有最美丽的风景。在那东街的农资市场，那些早就耐不住倒春寒寂寞的乡村人，走进城市了。好像又一个春节就要来临似的，他们急急地购买着种子、化肥和农药，他们高兴地驾驶着"改革发展"带来的"大补贴"耕耘机、播种机和联合收割机，隆隆地打街而过，去追赶三月丢弃的农活。他们要去春耕春种，他们要去习惯地挥洒汗水。这种时不我待的"清明上河图"风景，乡村人只要一回头自己也激动，城里人看了，就是看见了春天，看见了季节，看见了真正春天的开始和希望，谁都会联想到又一个金秋收获的时节在为我们重启！

其实，城市里四月的美，如果把它比作一部大戏的画面，最美的风景——最高潮的地方，那是在繁华的集贸市场。你看那人流，不紧不慢，在不宽的街道上，缓缓地流动着。你觉得你自己是"轻装上市"了吧？——甩掉羽绒服的我好自在、好轻松，一个箭步，仿佛自己生出了一双翅膀，闭上眼睛就能飞上天空似的，可你睁开眼睛看看你的周围，仿佛一夜之间我们的城市成了女人的天下，而且是美女如云的景观。她们飘香的发型，时尚的衣着，魔鬼的身材，款款的步调……都说苏杭出美人，我想应该改写这种观念了，在我们的小城——美丽的皖南宣城，它的出彩和出众，不仅仅是表现在灿烂而悠久的文化历史这个层面上了……

春天，你来了，你来了，你终于来了。我知道，今年的春天确实是在三月底猛然来到的。

今年乡村的春天，是从一场冬雨里湿漉漉地一路走来的。你看那涨满的河塘，在四月的阳光下，闪耀着雪亮的身躯。老农看见它，一脸的灿烂：说不定今年是个好年成。再说了，农谚"有收无收在于水"嘛。村头的水坝，由于落差而产生激流的轰鸣，让这个季节的村庄擂响了春耕的战鼓，连老人和孩子都忙碌起来。一个个村庄，演绎着一场场"日出而作日落而息"的情景剧，活脱脱的，是那么逼真，那样沸腾，处处都散发着蓬勃生机的魅力。山坡上，或是田畈里，一处处金毯似的菜花，那么旺盛，有的如大海般宽阔，有的如锦缎般精致。"儿童急走追黄蝶，飞入菜花无处寻。"你看啊，宋代诗人杨万里的诗句，在今天我的故乡仍然有活脱脱的鲜明情景剧。

燕子回来了，在田野和农舍间飞来飞去，它们在恋爱吗？轻轻地呢喃着，然后一阵风似的落在电线上，立体感特强的五线谱，演奏着乡村最美的"春"舞曲……

　　最热闹的地方自然是田野。谁说庄稼人笨手笨脚，其实他们个个心灵手巧，人人会"舞文弄墨"。他们是诗人，他们是画家啊，不信你看那小冲里的田亩，早晨是一片褐色的泥土，傍晚便写满一句句白色的诗行——薄膜覆盖的烟苗和瓜秧，就是一个个跳跃的音符，那么有灵性，打动了我的心，暖暖的，温和的，催你动情；你再看大畈里，遍地的紫云英，开满了嫣红的穗花，一朵朵地举着手臂，迎来嗡嗡的蜜蜂青睐。好美的画卷啊，是不是缺少了什么？于是，我的农民的大哥来了，他没有牵着老牛和肩扛犁耙，而是开来一辆蓝色的拖拉机，在田间来回奔跑，恰似一只无形手中的推剪，在为紫云英理发。如果你是一只鸟，飞上天空看看吧，那新犁开的田亩在变化、在变幻，是一幅活络的泼墨画，憧憬着、写意着农家人对土地的深情眷顾。

　　劳动是美丽的，也是辛苦的。四月的黄昏，晚归的村人都拖着疲惫……如何解乏？乡村人有自己独特的方式——于是，村口的水坝热闹起来，他们洗着农具、农机，让它们不再灰头土脸，焕发出金光赤亮的精神，然后再把自己交给坝水，借着劳动的体热，洗着双脚，洗着脸颊甚至擦拭身体。水是有点凉，但就是因为凉才提神。此时，家家户户的屋顶，炊烟开始散落，如果深深呼吸一口，空气里弥漫腊肉和春蒜的香味就会扑入你的鼻孔，勾起你的食欲。这时，巧手的母亲，会在一张亮堂堂的八仙桌上，魔术般的摆上时新的小菜和多年的陈酿，当然也有鱼肉。不要以为全是咸货，如今乡村又是青山绿水了，那盘耀眼的大小不一的鱼虾，就是刚刚从门前水沟里戽水而得的鲜货。春天有好梦，把酒话桑麻。民富国家强，盛世我中华……曲散，人眠，一夜无话到天明。

　　一阵阵鸡鸣犬吠中，又一个黎明来到。乡村嫩嫩的草尖上，闪着露珠的晶莹光泽，我，离开故园多年的人，又一次被故乡的早晨，特别是春天清明时节的早晨所激动着。醒来，我在楼顶上伸伸腰腿，晨气、晨曲、晨景，一同撞击着我的感官，兴奋着我的神经。春天还是这般美好，景明，风暖，心舒畅……我深深切切地感受到了另一番生命的轮回和季节的疯跑，陡增一种难得的向上的力量。活着真好，活着就是春天，活着就是艳阳天！

醉在青隐山

五月底一个雨后的早晨，突然接到同楼西边办公室林业系统纪检书记C的电话：最近忙不忙？我们去青隐山转转。哪个青隐山？从没听说过啊。没等我答复，他便立刻说，没听说过就好，我们一道去看看，看了你会陶醉的……想想也是，不知道的地方、没去过的地方，最起码它会给人新鲜感的，何况还有书记C所谓的"陶醉"一词的诱惑。于是，放下电话，我们便来了一次说走就走的区内游。

车过城郊东溪桥后，速度明显快于城内。我与方文竹等一行诗友文朋兴致勃勃地聊起了当前的时事。突然，不知是谁说了一句"麻姑山到了"，抬头望车窗，绿色满眼来。我的脑海里顿时想起古宣州十大美景中的"麻姑晓日"来。于是，相关的"敬亭烟雨""鳌峰赤壁""句溪塔影"和"南湖落雁"等如镜头，在我的眼前不断地变幻……"到了，青隐山到了。"领队的纪检书记C脆生生地说道。

一下车，眼前就是一个地处山谷、几排宿舍错落有致的场院。原来，这里就是我们宣州宛陵林场青隐山分场的所在地。环顾四周，皆山也。严格地说，皆青山也。我猛吸一口气，一股浓郁的夹杂着青草和竹木的山野气息浸入了心扉，清新的感觉，犹如醉酒了一般。这就是纪检书记C口中的陶醉？我忽然感到一种从未有过的愉悦，那种被诚实、被热心、被真情所带来的快乐，如风拂面，徐徐不断、遁入心怀。

在青隐山的怀抱里，在宛陵林场美女书记海棠花语的引路下，我们踏着林间逐渐抬高的山道，听她说起宛陵林业人默默守林护林的故事，以及他们如何对"忠诚、绿色、创新、奉献"之宛陵林场精神的孜孜不倦地坚守。她还告诉我们，近年来宛陵林场以深化新一轮林长制改革为统领，全面建设宣城市林长制改革示范点，积极推进"平安森林、健康森林、碳汇森林、金银森林、活力森林"五大森林行动，积极创建以"绿色林场、科技林场、文化林场、智慧林场"为主要内容的现代国有林场建设。从她口中我们还得知，如今的宛陵林业人，正在以扎实的工作作风，全力将生态文明思想落地生根、开花结果……

聆听海棠花语书记的描述，我的眼前顿时出现一幅"林美山美水美人也美"的画卷。可不是吗？我们许多行业，尤其是涉农、涉林产业，一改过去"靠山吃山、靠水吃水"的传统观念及做法，努力恢复生态资源，保护人类生存环境，牢固树立"绿水青山就是金山银山"的思想，让我们的未来更美好。看见两旁郁郁葱葱的竹木，听着脚边潺潺流淌的溪水，在一阵微风拂面中，嗅着清新的空气，我只想深深地吸一口、再吸一口……此时，我闭上了双眼，让原本浮躁的心来一次痛痛快快的过滤：一次酣畅淋漓的碧透的过滤。

山路越来越陡，有人开始喘气了。我窃喜，感觉自己身轻如燕，这得感谢糟糠之妻每日督促的早走晚步。在来之前就得知，青隐山有一处古迹"青隐庵"遗址，"天下名山僧占多"嘛。我一路走一路追问有关"青隐庵"传说之类的话题，但此时的林场人似乎显得"笨嘴笨舌"，给人的感觉是遮遮掩掩、问而不答。于是，我想听听古寺的传说和寻找古遗址的念头，随着山势的逐渐陡峭而放弃。这也许就是宛陵林业人随口的一个杜撰，为的是增加青隐山的神秘感，让我们的这次青隐山之旅更具有一种动力或是吸引力吧？

山路弯弯，两旁都是青青竹木。特别是一根根翠竹，总是吸引着我的眼球，让我禁不住生出一次次奇怪的奢想，这是我儿少时的梦：一根根翠竹就是一片甘蔗林，我就是林中一只快乐的猴。今天，我抚摸青隐山的新竹，少年的生活情景再一次浮现在眼前，便联想到我家老屋后面那片松树林，还有夜晚猫头鹰那两束雪亮雪亮的眼光……

太阳的光越来越强烈了，突然，一个突孤的小山冈伫立在我们的眼前。原来这是一座高高的瞭望塔。登上塔顶，虽然没有什么"一览众山小"的感觉，但至少我们可以来一个360度的旋转，人如沐浴在青与绿的世界里。说句心里话，此时在青隐山，面对这满眼葱茏的竹木，我总是惶惑，分不清谁是青谁是绿？但有一个概念是明确的，那就是它们都在抢我的视角、悦我的心扉、畅我的思绪。青隐庵遗址是找不到了，也不重要了，可我找到了一种人归自然的宁静和超然，尤其是观林海、听松涛后，青隐山平静的脉动和匀称的呼吸让我有一种少见的舒坦感。青隐山，谁给你起了这样一个名字？不是说把"青"隐藏起来嘛，可你却是尽情外露，一片葱茏满眼青春。原来你是一个调侃的名词啊，青隐不隐青，绿色霸气露，正话反说呢，佩服你的名字起得高明。

都说"高山有古寺，溪边见苍枝"。同行的宛陵林业工会主席高先敏先生告诉我们，青隐山有一棵珍贵的紫楠树，有林业专家说，此树乃宛陵罕见，距今已有近百年历史了。此树在哪儿？一听此话，我便迫不及待。原来，紫楠就在那青隐山林场职工宿舍的屋后。碧青的山谷，碧青的山溪，只见一株高大的紫楠立在潺潺溪边。同行者趋之若鹜，然后大伙纷纷举起相机或手机来一阵咔嚓咔嚓。我感觉一直静静立在那儿的紫楠，似乎有点蒙了。此时，我只想请大伙不要高声语，不要破坏了这里特有的宁静。就连我有幸捡到一枚罕见的金色紫楠叶，也不敢发出惊喜的叫声，而是捧一口它脚下的溪水，拂拂自己有些激动的面颊，然后与高高的紫楠树来一个轻轻的拥抱……

在天然氧吧青隐山下，我们徜徉在雪白的栀子花海洋里，看见同伴尤其是男同伴伸出掐花的手指，我终究也没能控制住自己，而是选美似的找了五朵含苞的花骨朵藏在了胸前。顿时，一股浓郁的芳香如无影的蝴蝶飞舞在我周身，醉得我忍不住爬上了当年朱元璋登上的望牛墩，对着东方不远处那浩渺的南漪湖深情地放歌……

也许有人问：你醉啦？是的，我醉了，那是因为宛陵林业人，那是因为美丽青隐山！

走进金鸡笼

网络时代真好，一班志趣相投的人要去某某地方或开展某某活动，往往事先建一个群，见过面或未曾谋面的人，被群主捉鱼似的丢进好似有一塘池水的群里，顿时活蹦乱跳起来。今年六月的第二天，我因为有幸成为这种池子的一条鱼，而来到了早就耳闻但从未到过的金鸡笼——广德新杭的金鸡笼村。其实，五月最后的那日，身在鱼池里的我，尽管一向反应迟钝，但在池里其他文朋诗友的言谈或频频发出的图文中，早就深深感觉了金鸡笼的无限魅力。

抵达一处处种有茶树的崇山峻岭中，环顾四周，是一处处鸡笼状的地形，巨型窝窝头般的山上，分布着一条条由下至上的茶树垄，好似一个编织而成的青篾条，正面看，上短下长，侧面看，下放上收，活脱脱的鸡笼子。这就是金鸡笼的来历吗？鸡在哪儿？何谓金鸡啊？在随同的诗人庭武主席的口中，我知道了当地村民种茶、特别是种植黄金叶茶带来殷实富裕的状况。原来那一蓬蓬的茶树就是一只只金鸡啊！一芽一叶，金枝玉叶。我突然领悟了这里为何称金鸡笼而不叫金鸡岭。一个有寓意的地名，走过贫穷和落后的岁月，在如今的好时代里，终于有了名副其实的外表和内涵。金鸡下蛋，蛋孵新鸡，欣欣向荣、蓬勃发展，这不正是当前金鸡笼村正在高歌的主题故事吗？

当日，在金鸡笼村，走进高过人头的一块块板栗园，有些毒辣的六月阳光顿时没有了威风，人在板栗树下，一种沁入心脾的凉爽感觉令人愉快。据说金鸡笼村的板栗，特别是这里的九针大红袍板栗，乃吉祥之物品，不仅是广德"中国板栗之乡"的重要组成部分，而且还在清嘉庆年间成为皇家的贡品，深受慈禧的喜爱，一时享誉大江南北，而红火至今数百年不衰。

板栗处处有，九针不多见。金鸡笼村的大红袍板栗，它九根细细的毛针簇拥在一起高高上扬，形如清代官帽上的那个顶戴花翎，这不仅仅是一种外形上的巧合吧？寻不到答案，那就等到秋天吧，再来一次金鸡笼，在一棵挂满栗果的板栗树下，听老农讲述那传唱数百年的往事，看年轻人巧手描绘蓬勃发展的金鸡笼村新画卷。

我不知道这条河的名字，但我记住了它的颜色。深深浅浅、高高低低的河床，大大小小、形形色色的石头，特别是在江南多见的鹭鸶和野鸭慢悠悠的散步中，我此时的心情更加放松。停车走进浅水段，我蹲下身来，摸摸那喀斯特地貌特有的色彩，想象出高空中俯瞰的河床，那该是一条弯弯曲曲于绿色中的黄绸带，是那种略带红色的，也如镶嵌在绿岭中飘逸的云彩，把我的思绪带到了九霄云外……这是一种何等的惬意？

在这条河里，流过暴雨带来的山洪，流过秋雨带来的绵柔，也流过金鸡笼村"两委"一班人坚定维护生态的歌谣。谁来为我留下一张特写：双脚踩在泥沙中，迎着太阳挥一捧碧绿，让自己在七彩飞溅中手舞足蹈。我在想，这时我若是一个妙龄女子，与其他的同伴共同发出银铃般的笑声，那么具有穿透力和诱惑力，河神会不会出来抢亲呢？

这是谁的杰作？在远处高高的半山腰处，有这样七个大字"一芽一叶金鸡笼"。我知道，这是当下金鸡笼村靠山吃山的心照不宣之作。这里有汗水，更有赶超的意识，因为所有的幸福不是凭空想出来的，而是一步一个脚印、实实在在干出来的。再看看大字对面那只巨型的牛角大喇叭，它翘立着，彰显昂扬的力量。据说是因为用力呼喊能让山泉喷涌而出，而称喊泉。在这里，每次的高分贝中都有奇迹发生，为人们带来意想不到的喜悦。我也半蹲身体，双手抱住那牛角，喂喂喂地使劲地吹，腮帮鼓起满脸通红，泉水便喷涌而上，这让人痛快领略美妙的喊泉，如铆足了劲的村民，在加油干的号子里一起奔向富饶时光。

高高的喷泉，洒在看山人的脸上和身上，犹如一针兴奋剂，活跃了一群朝山者，让原先有些倦意的人们顿时清爽起来、开朗起来、兴奋起来，甚至欢呼雀跃起来……高分贝的声音在山谷里飘荡，越过了茶山，飞上了朗朗天空。

  黄昏里的九斗川水库，远眺西边，原本碧玉般的水面如染了金粉一般。夕阳挂在西天的山冈，把余晖洒在水面，鹭鸶扑棱着双翅飞落岸边竹林中。两条竹筏连接的库中跳板上，一位红衣女子拿在手中的长竹竿湿漉漉得闪着金光。一张特写的人相照片放大了，我看见了姣好二字。九斗川，又一个九字，又有什么吉祥的故事呢？听碧波荡漾声，犹如向你娓娓道来。你不是高峡中的平湖，你是金鸡笼村里的一块翡翠。只是翡翠总是碧绿的，而你，却在早早晚晚时闪着金黄或是橙黄。碧绿是旺盛的故事，金黄是收获的评书……

  雄鸡一唱天下白。而在金鸡笼村，我不得不这样说：金鸡一唱天下黄，漫山遍野黄金叶。走进金鸡笼村，你千万不要着急，这是一个有故事的地方，这是一个正在发生故事的地方，需要你的慢慢寻味、细细品味。

寻访小岭

深秋的一个上午，随同一个戏剧题材创作组体验生活，我再一次来到多姿多彩的皖南泾县。一踏进泾川大地，便有一种文房四宝的浓浓氛围，特别抢眼的是那些关于宣纸的广告、门店、产品和厂房（作坊），还有许许多多、大大小小有关宣纸的名人题字书法招牌，让人不得不佩服这个"中国宣纸之乡"实至名归。宣纸，洁白的宣纸，神奇的宣纸，好想寻一点你的无瑕洁白。

陪同的泾县本土人——中国作家协会会员、中国宣纸股份有限公司宣纸研究所所长黄飞松告诉我，关于宣纸的起源有一个美丽的传说：东汉造纸"鼻祖"蔡伦去世后，他的弟子孔丹见师傅的画像因天长日久逐渐变色而十分痛心，决心造出一种能抗老化、防虫蛀、不走形的上等纸，重新为尊师画像。孔丹在经过无数次努力后未果，便跋山涉水来到皖南泾县山区，偶见一株倒伏在山溪流水中的青檀树枝，因经年流水冲洗、浸泡而树皮发白。孔丹灵机一动，决定用青檀皮当作原料制纸。于是，他在此定居，经反复试验，终于造出洁白如玉的好纸，被后人称之为"宣纸"。

随同的另一个泾县朋友告诉我，看宣纸，首先是看国字号的"中国红星"，因为在它的生产车间里，能看到一张张宣纸从孕育、出世、成熟到定型的系列过程，尤其是在它的博物馆里，还可以看见最早乾隆年间的陈品。他还说，在泾县，提及宣纸生产，人们口中频率最高的一个词就是：小岭！小岭，一个多么富有诗意的名字，那是一方何等的风水宝地，诞生出如此能够传承历史文化的瑰宝？下午三点钟，我们驱车来到中国宣纸的发源地——泾县丁家桥镇小岭村。其实，那只是一片两山夹一沟的坑里人家。

从坑里由下至上，不远处就见一尊石雕人像，面容憨态可掬，一看就是一个务实的工匠。此人是谁？小岭造纸始祖曹大山也。感谢这个从南陵迁移来此定居的先人，他一定是学习了孔丹的造纸术，将这里丰富的青檀树皮与沙田稻草微妙地融合，幻化出一张张洁白的宣纸来。在一处有点昏暗的小作坊里，几个青石板拼在一起的古老纸槽，静静地卧在那儿，透过它黑黝黝的光泽，我仿佛看见一帮勤劳的小岭先人，粗布短衫，卷起袖子，正在辛苦地搅拌、捞纸、晒纸……一位正在作坊里捞纸的村人告诉我，古代这里居住的都是曹氏人，一条大坑里，几乎家家户户都造纸，如今还能看见满坑边的遗址。不难想象，当年这里造纸的情景与规模是何等的壮观。沿着一条由宽变窄的山沟向上，溪水潺潺，两旁都是仿佛嫁接一般的青檀树，它们一个个粗壮的身体上，长着无数根细细长长的青檀条儿，直愣愣地指向空中，好似待嫁的新娘，盼着早早地去见那沙田里的稻秆儿，共同孕育那一张张洁白洁白的宣纸。

不知道是哪年哪月，勤劳智慧的小岭人，为自己能够造出神圣的宣纸而骄傲。为了一种虔诚和敬畏，曹家人建造了纸圣蔡伦祠。下午四点半的时光，我们走进小岭的另一个坑里。沿着弯弯曲曲的山溪，抚摸溪边一棵棵青檀树，一步一台阶，我们去拜见造纸的"鼻祖"。随同的曹氏后人、安徽财经大学院长助理曹天生先生说，这里在20世纪70年代中后期还有众多男女老少为宣纸而繁忙的劳动景象。说起造纸那一道道取材、加工的劳作，曹天生先生心情是那样沉重，正是因为高度付出的艰辛，才有了宣纸的不易和非凡。

山路越来越陡，溪水越来越小，但沿途的造纸痕迹却依然那么清晰。突然，一阵犬吠从半山腰传来，透过青翠竹林一声比一声紧急。一处黄墙黛瓦正在我们的前方若隐若现，耳房里正冒着轻轻袅袅的炊烟。原来，这就是我们今天要拜访的蔡伦祠。气喘吁吁地爬完一节节青石台阶后，我们便看见一个不大的平台上，竖立着一块黑色且字迹模糊的石碑，上前仔细辨别字样，还是发现了一个至关重要的时间节点：蔡伦祠的建造始于明朝嘉庆二年……遥想当年，每每开镰收割青檀和沙田稻草的时节，虔诚的曹氏造纸人，准会净身洗手、焚香点蜡，来一番顶礼膜拜的祭奠，为的是给即将开工的宣纸生产鼓足信心和勇气，祈求纸圣佑护，迸发精神动力，以求造出更多更好的上乘纸品来。于是，我便后退一步，深深弯下腰肢鞠躬。感谢伟大的造纸先祖，让我等小小文人在洁白的宣纸上留下一行行记录，表现出真实情感的跌宕起伏和酣畅淋漓。

日暮西山，余晖里的小岭，层林尽染。在满山红叶的衬托中，这里的秋景被渲染得如同宣纸上一张艳丽的秋色图。我知道，眼见的小岭，不仅仅有古老的造纸遗址和美丽的山色风景，还有许多看不见的内涵，就如同大大小小的山峰、高高低低的青檀一样，"横看成岭侧成峰，远近高低各不同……"

不同，小岭确实不同一般，不同的山、不同的水、不同的树皮、不同的稻草，不同的技艺，才有了神州大地上皖南泾县独有的——那一张张洁白的中国宣纸！

慢悠悠的旌德

原定去年冬天在旌德县举行的一场散文大赛颁奖典礼，改为了2023年初元月，可又一个原因再一次改变日期，这让我这个一贯欣赏贯雷厉风行的人，感觉自己怎么也变得疲沓、拖拖拉拉了？转眼就是三月，与旌德县尚文主席三次通话：由三月初又改为了三月中旬。呵呵，旌德，一次慢悠悠的旌表？

按照惯例，一场赛事到表彰仪式后就是采风活动。对于并不陌生的旌德，我印象最深的就是典型徽州古村落的江村和朱旺，可我也去过好几次了；"版书镇"是一个值得一看的地方。这里盛产板木，活跃着以木刻为业的民间艺人，特别是元朝旌德县令王祯，在毕昇泥活字印刷基础上改进创新成的木活字印刷，成为印刷业的一尊"里程碑"。当然旌德还有独有的灵芝、古法的徽墨、壮观的徽砚等，说实在的，这些，我也看过多次。

都说吹面不寒杨柳风，可山乡旌德风还是有点凉意的，尤其是夜晚。在县城徽水河边昏昏欲睡的灯光下，我感受了它"烟雨锁翠"古桥的风韵与美幻。淅沥沥的小雨中，借着柔和的灯光，我看清了上东门桥那长石镶嵌的浑然一体，有的石条竟长达五六米。真不知道当年这里的山民是怎样凿成的、怎样运来的？又是怎样搭建的？站在桥中央，抬眼往南，远山黝黑。踏过另一座类似的古桥，我再一次回转，慢慢地走向下游。此时，耳畔传来的是徽水河哗哗地轻唱。往下走，又见一古桥，一踏上桥我竟突发计数它长度的念头，来时整整八十四步，回也整整八十四步。而我的心，静得似乎能听见针摆一样的"踢踏、踢踏"……这就是旌德吗？一个被命名为"国际慢城"的好地方。

此时，徽水河仍在有节奏地慢慢流淌，如一曲柔美的小夜曲在我耳边萦绕。

故园篇

岁月
心旅

"赤日炎炎似火烧，野田禾稻半枯焦。农夫心内如汤煮，公子王孙把扇摇。"这是《水浒传》中"白日鼠"白胜挑担出场"智取生辰纲"时唱过的一首山歌。少时阅读，至今难忘。而每一年的夏季来临，走在毒辣辣的阳光下，我会想到这首山歌，还会神经质般地想起故乡那困苦的"双抢"！

在我的老家皖南宣城北乡，水稻轮作两季，七月上中旬早稻收割后，便立即耕田插秧，并掐准一个节点：立秋前务必完成晚稻秧苗栽插。误了这个季节，收成将会大减。"季节不等人"啊，这时候的庄户人需要日夜连作，超负荷地去收种，因为，节气留给我们的时间只有十天半个月。

"双抢"：那些被汗水浸透的日子

序

久雨后的中午，太阳似乎要恢复它伏天原有的火辣。徜徉在城市小区前那片高高的香樟树下，透过树叶斑驳的光影，我在努力寻找着此起彼伏的知了声。也许是树叶的浓密，也许是树干的高大，知了为何那么难见？于是，我想到了故乡的这个季节——我们网知了的少年时光，特别是20世纪70年代末乡村这个季节的农忙大战"双抢"。

"双抢"？何谓"双抢"？答曰：抢收，抢种也。其实，在我的记忆里它应该是"三抢"。除了抢收、抢种外，还有一个就是"抢暴"，此"暴"为强大而突然来临的又猛又急的暴风骤雨。如今，"双抢"这个名词（其实也是动词）已被人们逐渐淡忘，就是家住农村的年轻人，也没这个概念了，因为乡村早就进行了产业结构调整，从前古板的"双季稻"种植模式已被新时代的新农业观念所颠覆。尤其是农业机械化的普及，即使有农忙的地方，也用不着去"抢收、抢种和抢暴"了。可那种岁月，牛马般苦累的往事，一辈子都烙在我这个"60后"人的记忆深处，挥之不去，定格成了一种永恒！

我的老家是皖南敬亭山北麓麒麟山下的小冲吴，少年时的村庄不大，也就十几户人家，以我们吴姓居多，除了杨、叶、陈三家，另外一家就是从上海下放来的李家。村子坐落在一座小山坡的南面，以村西的胡子塘为界，塘上首为邻村谷冲里，村东一公里是养贤乡的军塘村，村南是麒麟山脚的江冲和罗塘冲，村北的一山之隔便是邻村杨牌坊和山嘴冲。一块块错落有致、唇齿相依的水稻田汇集到东南边的大畈里，被一道从我外婆家流过来的河道分成了两半。全村一百来亩水田，被有落差的狮坝、草坝、高坝和中坝分开着。村民们引用坝水灌溉着农田，沿袭着几十年来一年两季的水稻轮作。于是，才有了"女人当男人用、男人当牲口用"的农忙"双抢"，不！是"三抢"。

前　奏

二十四节气的小暑一到，天气便越来越热了。眼瞅着一亩亩早稻田告别了青粒籽开始泛黄，农家人的生活节奏明显变快，如同闹钟拧紧了发条，而那气氛更像是一台大戏的前奏，敲响了开启的锣鼓。父亲早早晚晚将一柄铁锹扛在肩上，放干了稻田里的水（有时候考虑干旱，也不放水），拿出随身带的镰刀，将弯弯田埂上的杂草砍得干干净净，然后堆放在田角里。当然，母亲也是紧跟其后，一样地紧张、忙碌起来。

之后，父亲便吩咐我和弟弟（当然，他是以身作则的总指挥），将一筐筐积攒在猪牛羊圈里的粪便，挑倒在稻田的四角，压在父亲、母亲砍倒的杂草上，然后用手抠起稻田里的烂泥，将挑来的新鲜圈粪给结结实实地糊起来。这个时候，走进我们村的田畈里，微微的南风中，你会看到稻浪翻滚下，泥土干白的粪堆，若隐若现，蔚为壮观。肩膀上的担子仿佛还没卸下，早稻便在父亲左看右看的观察下，发号施令开镰收割了。

收割的前一天晚上，一家人都得忙乎起来。父亲会把挂在屋柱上的锯镰刀拿出来，看看是否人手一把，其实大多数是前几天按照人数新买的。然后理出稻箩和扁担，还有桐油油过一新的打谷机。母亲呢，会用黑黝黝的大茶壶，烧上几壶开水，倒入一个瓦缸里，抓一把老茶叶片丢进去，转身用一只钵子浸泡一把海带，再把前几日从城里买来的酱菜装在蓝边碗里……在母亲的催促下，我和弟妹虽说上床了，可怎么也睡不着。我不是勇士，更多的是一种惧怕，凭着往年的经历，我感觉就像一场战争来临不知道胜负一样，我的恐惧里夹杂着莫名其妙的兴奋与紧张。因为，我知道，苦难达半个月之久的"双抢"——明晨就会来临！

抢 收

"起来、起来、起来！"这是父亲的命令，"走啊、走啊、走啊！"这是母亲的督促。严厉不打折扣，就像是号角已经吹响，容不得你半点懈怠。于是，我们兄妹三人便弹簧似的蹦起床，尽管双眼惺忪，但还是迅速将事先放好的锯镰刀握在了手中。星月下，一双赤脚，吧嗒地踏出了家门，踏上了坝埂，踏上了田埂，走到了饱满的稻田边。然后蹲下身子，在田头挥舞着锯镰刀，一把把金灿灿的稻棵便躺倒在我们的身后。枯草、碎叶、飞虱、青虫、蜘蛛、青蛙，甚至蚂蟥和水蛇都会与你亲密接触，偶尔还会发现来不及搬迁的鸟窝鸟蛋……东方开始露出鱼肚白了，然后渐渐亮堂起来。最后，一轮太阳升起来，汗水便止不住地往下滴了。一会儿工夫，全身便湿透。这时候你如果脱下上衣，拧出水来是一点也不夸张的。擦汗的毛巾是什么？就是那上衣的长袖，汗水擦拭汗水。泥巴裹满裤腿，汗水湿透衣背。那情景是全身上下、里里外外———都是一个汗！

母亲前脚回家了，挥刀不到一趟田的时候，父亲后脚便催着我们回家吃早饭。真不知道母亲是如何那么快就做好饭菜的，也许她出工前就淘好了米，或是灶膛里架好了大柴？反正回家后，便开锅吃饭。我总是故意磨磨蹭蹭的，就是想多休息一会儿。可父亲几乎是三下五除二地吃完两大碗后，就催我们上工了。这时候，母亲往往会护着我们似的说："不急、不急，吃饱了肚子好做活。催工不催食嘛！"也不过几分钟的时间吧，我们一家人分别提着大茶壶、挑着稻箩、抬着笨重的打谷机，又一次走在了"双抢"的路上了。

"呼呼啦啦、呼呼啦啦……""滴滴答答、滴滴答答……"汗滴的声音被强大的收割的声音掩盖了，但在我的感觉中，汗滴的声响是那么清晰、沉重，如同豆粒或是冰雹砸疼着我的心。这时的我，竟突然想起唐朝李绅的那首诗来：锄禾日当午，汗滴禾下土。谁知盘中餐，粒粒皆辛苦。尽管我会时不时地吻着大茶壶的嘴，痛痛快快地仰面朝天畅饮，但还是解决不了一个渴！

临近十点的时候，一块田的稻秆终于在我们的挥汗如雨下，全部一把把地倒在了稻桩上。母亲收拾好所有的锯镰刀开始回家做饭时，我们父子便开始了新年第一次的水稻脱粒（口称打稻）。抱起一把连秆坠坠的水稻，踏上脱粒机的踏板，然后拼命地踩着，一阵由缓而急的"嘎公、嘎公"声音中，"沙沙沙、嚓嚓嚓"的脱粒声，雨点般地响起来……而后，我们因用力过猛和天气炎热，心脏几乎要跳出体外来。如果稻把的距离与脱粒机远了，我们就会一人一边，拎起打谷机的左右"耳朵"，在后面人的共同用力下，让打谷机艰难地向前迈上一大截。上上下下，如此反复后便停下来，因为打谷机的肚子已经是满满的稻谷了。这时，父亲顾不上汗水的流淌，迅速拿出畚箕去扒稻谷，然后倒入一个筛子里，用力地举起双手，对着铺在旁边的彩条布，身子一扭一扭的，让稻粒雨柱般地从筛孔里落下来。有时候没有风，父亲便习惯性地吹起了口哨，嘘嘘地呼唤着……怪事，往往在父亲的哨声中，南风果然吹而来，把筛子里漏出的碎叶枯草等吹得无影无踪，剩下的就是那逐渐隆起的稻谷，金灿灿的。每每此时，我分明看见父亲满是汗水的脸上露出了笑容。可我总是无动于衷，好像丰收与我无关，心里想的就是这场不见硝烟的战争能够夭折，可这又怎么可能呢（若干年后，我常常为自己的这种幼稚感到好笑）？开弓没有回头箭，开工必须凯歌还。这是父亲的语录，也是故乡父老乡亲的誓言。看看脱粒后的田亩，抓一把粒粒饱满的稻谷，父亲的脸上一片灿烂。只见他拿起搭在肩上的黄毛巾擦了一把汗水，连声地说："不错，不错，今年的产量不错！"这时，母亲会招呼我们休息一会儿，小弟会心地捧出一个藏在稻草下的大西瓜，一拳头砸开后，便掰成几块，一家人"狼吞虎咽"般地吃起来。但时间很短，打谷机又一次发出了"嘎公、嘎公"的声音……而此时，母亲就会带上当日不用的农具回家做午饭了。

不知不觉中，也许过度的劳累吧，已是饥肠辘辘了。好在不一会儿，我便欣喜地听见母亲站在村口对着我们这边大喊："回家吃中饭啊——"于是，在满满两箩稻谷的重压下，我便跌跌撞撞地往家赶。在烈日下，身单力薄的我总是被压得气喘吁吁的。瘦长的两腿好像被什么拖住了，身子随时有被压垮的感觉，而脚底，大地如烧烤的铁板，让赤脚的我感到生疼、生疼。走在长长的坝埂上，我经常会莫名其妙地想，假如我跌倒了，人掉进河坝里无所谓，可惜那饱含汗水的稻谷就只能喂那嘎嘎叫的鸭子了。好在幻想是幻想，我从没有发生那样的悲壮场面。走上稻场，我几乎是连着稻箩一同，厌恶地甩掉那压疼人的扁担，冲进家门，挖一瓢茶水咕咚咕咚，然后端起蓝边碗，大口大口地吃起饭来。咀嚼的声音好大，连自己都有点讨厌，但却不见母亲平日里的责怪。而父亲呢，则在正午毒辣辣的日头下，为我的那担随便倒下的稻谷做均匀的摊晒。那种冷静样儿，他仿佛不是在烈日下，细致地重复一个动作，不紧不慢的，至今让我难忘。

下午的太阳更毒辣了，温度明显比上午高，不见一丝风儿的田野，就像一个硕大的蒸笼。我穿的一套长袖、长裤的旧衣服，早就全身湿透了，泥渍汗渍也分不清。总之，全身没有一处干净的地方。如果实在是热得受不了了，就"嘭"的一声，和衣一下跳入田头的河坝里，然后落汤鸡一样地爬起来继续踏上打谷机……有时半天时间里，我会如此反复好几次，被父亲称为"偷懒"或是"磨洋工"。我可顾不了父亲异样的眼神，因为天气实在是太热了，我实在是不得已而为之啊。

抢　种

其实，"抢收"的内容远不止上述那些，譬如把那脱粒后的稻草扎成一个个"把子",再挑到山坡上,把它们排兵布阵似的摆成一个个"人样儿"去晾晒,等等。如果是晴天,那是庄稼人的福气好,假如遇到一场大雨,原先轻轻的稻草把子,一个个如喝足雨水的石头那么沉重。从淤泥里挑起一担湿漉漉的稻草,上压下陷,每挪一步都十分艰难,更不要说你满身的泥浆——一个活脱脱的泥人了。挑到山坡上数一数,不过十来个而已。而如果不下雨,一担至少能挑三四十个。看看田里如兵马俑一样密密麻麻的稻草把子,如果你的两腿不发软,我真佩服你是"梁山好汉"。而"双抢"之中的另一个"抢"——"抢种"呢?它的劳动强度和烦琐,丝毫不比"抢收"轻便。

还记得田角那一个个粪堆吧?它们在高温的作用下,早已腐烂成熟了,这可是难得的有机肥,而且不花一分钱。如今想想当年的粳米为什么那么好吃,我想一定与这种牲畜圈里的"肮脏东西"密不可分。掀开那泥糊的粪堆,一股臭气熏天而来,但你还必须用手去撒它们,直到把它们均匀地抛在水田里,而且要快,因为父亲和他的耕牛就等着下田耕耘呢。至今我还记得,用手撒牛粪后,毛糙的双手会变得细腻光滑,感觉比今天的任何护手霜都强。手扶木犁,父亲的样子很轻松。"切、噼、捺……"父亲的嘴里不停地说着这些老牛才能听懂的话,我觉得这不仅是对牛的使唤,更是他们之间一种默契交流的共同语言。那样子至今我都忘不了,父亲的神情很淡定而且动作运用自如……举在父亲手里的牛鞭子,只是偶尔挥挥手做做样子,很少去抽打那勤勤恳恳的老牛的。大多数的时候,父亲的竹鞭是拖在犁后,在水的作用下,像一条畸形的长蛇在犁后紧紧地游弋着。也不知道过了多长时间,原先满是稻桩的水田慢慢成了乌黑滚滚的泥浪。随着一块田的翻耕完毕,父亲会迅速换成一种算盘似的农具"耙"。人立"耙"上,几番颠簸过后,又换成了带有一排排小刀齿的"耖"。父亲熟练地背靠着"耖"柄,朝后弓起的身体看上去有点夸张,让人担心随时会跌倒。最后,在一阵阵呼呼啦啦的水声里,稻田里不见了一处泥土,而是变成白浪浪的汪洋一片了。

就在父亲撑着牛、提着耖爬上田埂的时候,我们便挑着一种叫扶篮的竹质农具,把一个个深夜起床拔好的秧苗——其实是一个个用稻草扎起来的秧把子,游戏似的对着天空用力地抛去。呼——呼——你看啊,在我们手臂抡起的力量下，那些绿油油的秧把子，迅速地脱离地球的引力，在空中下划出一道完美的抛物线，然后瞬间落地，在水田里啪啪作响，激起了一片水花。泥水四溅，落在了我们的身上和脸上，可谁也不在乎。反正，这时候的庄稼人几乎个个都像只泥猴子了，你说谁还会顾忌这些？说句心里话，人在疲劳的时候，因为有了水的作用而精神倍增。可是，随着太阳光线越来越强，水田里的水开始升温了，尤其到了下午三四点钟的时候，田里的水烫人，是一点都没夸张的。

关于在水田插秧的画面，用文学思维描述表现比较形象的，我认为是唐朝一位僧人写的《插秧偈》："手把青秧插满田，低头便见水中天。心地清静方为道，退步原来是向前。"这是一种闲情雅致所为，是一首旁观者所写的诗，而不是一个劳动者的体悟之作。在烈日炎炎的夏季，如果让你走进烫人的水田，面朝热水背朝天地烤着，再加上连续插上几趟秧苗，汗水会无数次地模糊你的双眼，带着强烈的刺痛感。不一会儿，腰，弓如死虾的腰，便会由酸麻到酸痛、到胀痛，再到熬脓一般的钻心痛，让你直立起来都非常困难，你恨不得立马倒在水田里，如同疲倦的母牛面对农夫无情抽来的竹鞭无动于衷一样。试问，你还会作出这样的诗来吗？我敢保证，如果在我的老家，在我少年的那个农忙季节，你与我的父老乡亲同吃同住同"双抢"，一个星期下来，保准你会连话都懒得去说了，更不要说什么作诗作文了。

这个时节的我，是很少说话的，我觉得那样的生产与生活，就是牛马的日子，就是靠肢体来解决问题的。一方面，语言是多余的，另一方面，实在是无力去说话。力气，这个跟在人身上魂魄一样的东西，几乎要被"双抢"掠夺或是耗尽了。那时，我因为人瘦个子长，插起秧来特别受罪。上烤、下煮，烈日下的人，如同在蒸笼里一样难受，汗水滴在田水中，你说出它砸出了几个瓣？双腿上总是有蚂蟥叮咬，到了黄昏，蚊虫也要轮番找你宣战……看着白茫茫一片未栽插的水田，我总是愁苦地想：不知道今年的"双抢"何时能完工？越想越累，越累也就越疼，越疼也就越想早早结束。特别是到了"双抢"的尾声，由于连续的起早贪黑、疲劳作战，人是一点力气都没有了，感觉一根稻草都能把我绊倒，让人爬不起来。我常常有种要断气的感觉，甚至怀疑自己是否能挺过这个艰难的时节。有时还想：即使今年挺过了，明年呢？后年呢？还有可怕的再后年、再再后年……人人都说因为看见希望才有信心，才能战胜困难走出困境。而我对于"双抢"的认识，几乎是绝望的，我是在绝望中煎熬，在煎熬中度生。好在后来赶上了好时代，我们、我的父老乡亲，终于有了绝处逢生！

抢暴

关于"双抢"候补之"抢"的"抢暴"，我觉得更是一件令人头疼的事情，也是一桩特别让人恼火的事情。白居易的《卖炭翁》中有这样一句诗："可怜身上衣正单，心忧炭贱愿天寒！"是说卖炭翁怕冷，但还是盼冷！天寒才有好炭价啊。炎炎夏日，如果来一场透天凉的雨该有多好？你错了，而且是大错特错。"双抢"季节的农民怕烈日，但都还是盼望日头越毒越好，哪怕自己热得中暑都没关系，让场院里的稻谷晒得嘣脆响比什么都重要。如果下雨了，稻子烂在田里，那真是欲哭无泪。再说了，稻子收回来，如果连续雨天，没有大太阳的暴晒，是很容易发霉、发芽的。所以，此时的母亲总是喃喃自语："老天保佑，不要有雨、不要下雨啊。"但有时候，老天就是不买你的人情。记忆里，我家就吃过好几回用发芽稻谷磨粉做成的"芽稻粑粑"，一股青蒿味中夹杂着浓厚的水馊味，没齿难忘。

有人说，夏季的天，小孩儿的脸，说变就变。此时的天气好像经常捉弄人，刚刚还是烈日当空照，一阵风来便乌云密布，雨点就噼里啪啦地砸下了。暴雨，总是带着一股浓郁的土腥味，刺激着我们的鼻孔，常常抢在了我们的前面降临到村庄。看见满满的场地上被雨水冲泡的稻谷，你会沮丧得要跺脚。有时候，你翻晒好稻谷时，明明是晴空万里，可你走到田间插秧，一趟没完还在田中央，突然一阵雷鸣，眼瞅着大雨就要来临。连忙放下手中的秧把子，拼命地往村上跑。摊晒的稻谷还没来得及聚拢，哗啦啦的雨点就直直地落下来，淋湿了几乎能收仓的粮食。唉，连跳河的心情都会有。女人们，几乎家家户户的女人们，这时不再顾忌什么，不再显得贤惠，而是用最恶毒的语言在诅咒着什么……

有时候也很幸运，收好了稻谷雨点才光顾。当你走回水田正准备插秧时，雨停了，太阳炸烈烈地出来了，一道彩虹挂上了蓝天。可你有那心情欣赏夏季的美吗？你得转身回去，至少要打开覆盖谷堆的塑料布，防止高温闷坏了稻谷交不了公粮、卖不上议价。还有的时候，一家人要奔赴两个战场：稻场和草场。因为那时候的农业主力军还是靠吃草的水牛，早稻草因为农药喷洒得少而成为水牛过冬的最佳饲料，是千万不敢淋雨的。一到午后的暴雨前，跑来跑去"抢暴"的人们，双腿如同灌了铅一般沉重。跑、奔跑，而且是拼了命地奔跑，成了此时乡村一道无可奈何的风景。如果真要把这个感受提炼出什么思想内涵的话，我觉得这样一个成语是最贴切不过的了——"苦不堪言"！

　　天还在不断地出现高温炎热，村头的广播喇叭也有温馨的提醒："请广大农民朋友注意防暑降温和休息……"可耽搁了农活怎么办？广播里永远也听不到这个答案，真是滑稽可笑。

　　十天半个月，最迟二十天，可怕的"双抢"终于结束了。人们没有像真正意义上的战争那样急于打扫战场，而是大大放慢了生产与生活的节奏。有条件的人家，宰杀一只家养的鸡鸭鹅什么的，加入老黄豆，红烧一大锅，吃上了"双抢"以来最悠闲的一顿大餐。看着一个个累得又黑又瘦的孩子，父母的心里不是滋味。当然，这时我也分明看见，本来就瘦弱的父亲和母亲更瘦了，还有平时活泼好动的弟妹，也变得寡言少语了。蝉儿在门前的大枫树上不知疲倦地叫着，午后的父亲悄无声息地拿起戳网和渔篓。我有气无力地眯着眼睛看着他跨出门槛，心里嘀咕着：今晚准有鱼吃……

　　但是，一种惯有的警觉性还是牢牢不能松懈：随时注意着天气变化，因为那山坡上的稻草、晒场上的稻谷还没有真正意义上的颗粒归仓。"抢暴"，还是一根绷紧的弦！

尾　声

　　午饭过后，虽然农田里还有一些事情，但这时候可以好好地睡上一个午觉了。找一块门板，选一个有风口的地方，或是干脆睡在树荫的青石条上，用一顶破草帽遮住脸部，呼呼大睡起来。我一觉睡到日落西山时的情形经常发生，在母亲不住的叫唤声里，才慢腾腾坐起身来，然后打一个深深的哈欠，人软软地立起来，有些昏昏沉沉，感觉头重脚轻。这样的日子也是有前提条件的，那就是风调雨顺不干旱。

如果"双抢"过后遇上了缺雨的天气，那接下来的又是一个疲劳战——抗旱保苗，照样会让你死虾弓腰般的活受罪。车水（一种原始的提灌工具叫水车），大车、小车地车水，虽然在你的奋力劳作下，汩汩的水流进了还没完全活棵的稻田，但因为高温的蒸发，不到两天时间，稻田又干了，你又得去车水。看着木质的车辚辘疲劳地转动而发出"急呀、急呀"声音，我常常有头重脚轻的感觉，前俯后仰中，好几次跌倒在水里又爬起，好在汗水、河水都是水，身子总是湿淋淋。伏天，特别是秋后盼雨成了村上人的一种心病，人们埋怨天，不知道体恤民情，该下雨的时候竟然给忘记了……

天凉了，秋雨终于绵绵地湿润了故乡。稻田里除草的邻居杨家大爷哼唱着《孟姜女》和《手扶栏杆》的小曲，歌声在随风飘荡。几头水牛在坝埂上甩着尾巴吃草，一群白鹭飞来飞去，有些胆大的，还立在了牛背上。

这时，我不再去想"双抢"那些被汗水浸透的滋味，而是感到了田园故土的无限宁静和安详。因为即将到来的9月1日，我就要进城读高中了。有梦的日子，心里总是甜美的嘛……

如今，记忆中的"双抢"已经过去四十多年了。回想那些被汗水浸透的日子，苦涩逐渐淡出，反而会生出许多莫名的感激。因为经历过了那样的艰难磨炼，后来我在面对任何的苦和累中，总是能够轻松自如、游刃而余。如此看来，多流汗水，便是另一种财富的广泛积累了！

故乡的春

　　红红的春联还贴在两扇大门上，那么崭新崭新的；大大的灯笼还挂在家家户户的屋檐下，那么亮亮堂堂的；过年的新衣服还穿在男女老少的身上，那么干干净净的……可让人陶醉的新年就要过去，任我们这些贪玩的少年拼命地拖拽，它就像一个人在地上打滚似的挣脱了，也像戏台上那活脱脱的变脸，几乎是一瞬间便让让乡村恢复了往日的农忙。人勤春来早。哦，故乡的春天，好像过了元宵便真正来到，哪怕是春寒料峭、春雪重现，但什么也挡不住春天来临的脚步。

　　少年的我，虽出身寒门，却没能如那些穷苦人家孩子有着与生俱来的勤劳，很少主动地去做一些力所能及的农活而赢得父母的赞扬。相反，一个"懒王"的称呼一直跟随着我，让我这个腼腆的少年经常在一些公共场所脸红。但我还是算勤奋的，这主要表现在：拾粪、放牛、打猪草等，只不过，别人家的孩子是积极的、开心的，我却是被动的、消极的。但有些事我还是比较愉快的。譬如放牛，因为骑上牛背"打马扬鞭"，我感觉自己就是古今中外的英雄，就像是岳飞、辛弃疾、保尔·柯察金……

　　随着温度的逐渐上升，我们脱下了厚厚的棉衣，露出了舒展的双臂。随着墙角那只大陶罐里小砖一般的炒米糖只剩下碎粒，灶屋里木钩上的腊肉也只是一条孤独的身影，此时的村庄，早已经套上了绿荫，早出晚归、披星戴月再一次成为故乡的一道不知疲倦的风景。

　　"清明前后，种瓜点豆""清明泡稻籽，儿子不问老子"。农谚里的季节如同一把无形的手，把故乡推在轮回的路上风似的疯跑。"小燕子，穿花衣，年年春天来这里。我问燕子你为啥来？燕子说这里的春天最美丽……"这不是儿歌，这是视频，这是无须通过播放器而在故乡天地间出现的视频；"篱落疏疏一径深，树头新绿未成阴。儿童急走追黄蝶，飞入菜花无处寻"这是杨万里的诗，更是我少年故乡的风景，我和我的兄弟姐妹都在这个情景剧中担任主角。那时故乡的四月，有几个细腻的话剧一直在我脑海里萦绕，至今还是那么清晰——

《紫云英的地》：天是蓝蓝的，大地是绿茵茵的，水也温和起来。新来的燕子飞来飞去地剪出春天的美丽画卷，屋檐下有它们新做的泥巢。田野里，一处处由浅变深的紫云英，纷纷举起小葵花一样的红朵朵，引来燕子们上下翻飞。一会儿，燕子们飞累了，一个个停在低压电线上，那是活脱脱的五线谱啊：一首抒情、欢快、明亮的田园序曲，正在无声地演奏着。这时有一个特写：挽起裤脚的父亲一手扶着新犁，一手扬起鞭儿，在紫云英中"呲呲"地撑着豁鼻子老牛。这是一幅耕耘图，父亲就是画家。黑黑的泥土如浪在他身后翻卷，一行行地排列着，父亲就是诗人，他朗诵着已经开始的春种。而在田中央，一个少年大字形地仰卧在紫云英中，任白云和燕子在眼中掠过，他静静地躺着，一动不动，感受着春回大地的浓浓暖气……他在等待什么？是歇犁的牛绳？还是父亲的哨鞭？不知道，至今也不知道。但有一点很明确，那个少年就是我。

《菜花黄的天》："稻根菜，开黄花，哥哥嫂嫂喊我回娘家……"如今除了哼唱，我绞尽脑汁也想不全这首民谣的词了，但这样的场面还在眼前时时浮现：油菜花开金灿灿的时节，一把小铁铲，一只大竹篮。没有草帽、光着脚丫，一群活泼的、高高矮矮的孩童，在弯弯的田埂上挪动，然后如同一只只小鸭，纷纷跳进菜花中。那时候，感觉油菜的秆儿有点高，至少我们可以蹲在它下面顺利地挑一种喂猪的野草——稻根菜。稻根菜，它扁平如伞状，中间有一杆树立，上面举着金黄的小花，因喜欢生长在上茬的稻根部而得名。这种野菜可喂猪，也可切碎喂幼鹅苗鸭，据说人也可以吃……钻油菜棵下久了便会疲惫，我们就会躺在油菜地的垄沟里休息。密密的油菜花覆盖着我，满眼都是菜花黄，仿佛天上的云儿也是黄色的了。有时候，我们还会利用休息的片刻，在旁边的紫云英田里玩一种类似剪刀布的游戏。结局当然是有赢家也有输家。赢的人自然兴高采烈，输的人往往会鼻歪嘴歪。天色已晚，有时候，那一篮稻根菜被输得所剩无几，没办法，只能慌乱地拽一些紫云英垫在竹篮底部冒充稻根菜。这样的事情，我干过，我的同伴们都干过，只是不能被大人发现，否则……

《三角塘的鱼》：故乡的水坝因为落差而分成了好几截，那是我们快乐的天堂。除了老木船的漂荡，还有入水嬉戏的精彩，自然少不了摸鱼捞虾的喜悦。记得每年一到桃花红、鱼产卵的时节，我会鹰一样地盯着大坝旁一个叫三角塘的下口。一番操作后，我的渔篓里准会有两三斤陶巴痴（也称桃花痴，又称呆子鱼）。三角塘与大坝的落差有两米左右，每次，我会用带着草根的泥块堵住三角塘的淌水口，然后用随身带的面盆戽干落在三角塘半腰部的一个小凼。这时，从大坝里迎流戏水而落在小凼里的陶巴痴，还没等它们反应过来，便纷纷落在我的小渔篓里了。它们都是黑不溜秋的，足足筷子长……这时我会手舞足蹈，高兴地拉开带着草根的泥块，让三角塘的水再一次流淌。两个小时后，我会再一次来到，只要没有路人，我会如法炮制（这个天机，一直到今天我才开始泄密），仍有惊喜的收获。此时，太阳快要下山了，我会哼着小曲走在田埂上，因为今晚我不仅有母亲做出的美味，还会有父亲难得的赞许的目光。这样的生活滋味，我的一年四季是少有的，所以我要感谢春天。这是春天的水坝和三角塘给予我的……

《馒头山的锦鸡》：隔着村庄的田畈，离家不过五六百米处，有一座立在狮坝南边的小山，因为外形像个蒸熟了的馒头，故称馒头山，它是我们春天放牛的好地方。谷雨一到，牛儿便要春耕了，原先一日三餐的冬草早就满足不了它的辛苦付出。这时，我们几个村娃每天天不亮，在父母的不断催促下起床，然后各自牵出自己"包养"的水牛，爬上牛背，一晃一晃地来到馒头山。其实，严格意义上说，馒头山并不是一座山，而是一片山。这里野草丰盛，特别是在春雨的滋润下，这里有牛儿喜欢的鲜嫩杂草，这样我们这些瞌睡虫可以安安稳稳地趴在牛背上睡觉了。也不知过了多久，我们醒了，太阳的光芒直刺得人难以睁眼。等完全适应了，我们看到了一个清新的世界：怒放的杜鹃花，一处比一处红火；蓬勃的金樱子，一处比一处芬芳；而那山间的小竹笋，一处比一处丛生林立。记得有一次，我一觉醒来，除了满耳的鸟鸣外，滑下牛背的我居然一把抓住了一只正在卧窝孵蛋的锦鸡。它拼命地挣扎着、扑腾着，脱落的鸡毛在晨光中闪耀美丽的光……但最后那只锦鸡还是从我的手心里逃走了。至今我都为自己的愚钝感到惭愧。当时，只要我放下另一只手里的牛绳，两只手一合力，还怕抓不住一只鸡？不错，当时的我是很弱小，但也不至于"手无缚鸡之力"吧？

啊，我少年故乡的春天，如果要根据温度将它分成等级的话，那么，初春是冰凉的，但冰凉中透着温和；仲春是萌动的，它带着一股温暖，吹响着万物苏醒的号角，天地开始浪漫起来；暮春是热烈的，甚至有些豪放，它早已伸开了热情拥抱你的双臂……

记得母亲经常说："吃了端午粽，才把棉衣送。"在我记忆里，故乡的春，好像结束在每年的端午前后，尽管那已是立夏之后的一个月时间了。那时，艾蒿青青，草色碧连天，太阳开始火热起来，村庄上的大树又长高了一截。早早晚晚的，草帽戴在了故乡老老少少的头顶……故乡和我一道，迎来了它另一个可以称为茂盛或是毒辣的季节了。

故乡的秋

在我少年的时光里，我对秋的感念是偏执的，那就是不以"立秋"这个节气的出现为节点，而是切实体会到天气的凉意才算秋的开始。因为故乡立秋时节，蝉儿还在村庄高高低低的树枝上不知疲倦地歌唱，农忙"双抢"过后的田野仍然是热浪滚滚，此所谓"秋老虎"是也。既然还是那么酷热难耐，那秋从何来？所以我有一个标准：只有在门前的水坝里泅水上岸后，感觉身体冷得瑟瑟发抖时，我的故乡，在一派成熟金黄的绚丽中，一个真正意义上的秋天，才如画卷漫天铺开而来。

农忙，是故乡永恒的主题。俗话说：春种秋收。那秋天的忙主要是体现一个"收"字上。故乡属于丘陵地区，除了小冲里的水田种植水稻外，还有丰富的岗坡黄红土壤，适宜种植山芋、花生等农作物。一到秋天，原先青郁郁的花生秆便开始泛黄。这时候，如果天气许可，那就是收获花生的最好时节。如果连续阴雨，产量就会大减，因为成熟的花生果会在秋雨的滋润下，立即破壳出苗，除了偶尔弄一碗花生芽当菜外，剩下的就是庄户人家对老天的抱怨了。采花生是一项纯手工活儿，不费力但费时，好在可以男女老少齐上阵，然后在一只只鼓鼓囊囊的箩筐中挑往农家人的庭院里。记得每年中秋节过后，好几袋晒干的新花生堆放在堂屋里，就像是一种殷实或是富裕的象征。这时，如果来了圩乡的亲戚，母亲准会用葫芦瓢舀上几瓢去灶屋。不久，一种特殊的芬芳便在堂屋里弥漫开来，并引来左邻右舍小孩的突然光顾。这时，母亲便会吩咐我抓几把花生让孩子们分享，感觉似过节一样的快乐……

关于山芋，我曾经写过一篇文章《红薯，我想为你立块碑》。秋霜染过,故乡的山冈由黄变成了红色。山芋,那满地密密的藤和叶开始萎靡不振了,这是它采挖的最好时节。为了逮准好价,乡亲们不得不将山芋切成片去晒干。农事比较辛苦,一般都是就地将山芋刨成片,洒在地头的草滩上,经过几个日子的日晒霜露,选择一个下午,去一片片地拾捡。有时候到了夜晚也没收完,满山坡的山芋片在星月的照耀下泛着白光。不断重复一个轻巧的动作,睡意便悄悄爬上你的身体,眼睛已经闭上了,但一双手还在不停地摸索。小妹也在这个行列中,有时候她捡着捡着便睡着在草地上了,母亲不忍心叫醒她,直到我们收工时才喊她的名字。如此的山芋叫山芋片或山芋干,是酿酒和加工饲料的好东西,同时也是家中缺粮时节的一种好"补助"。我家曾经无数次地吃过山芋片,所以,至今我对山芋及其他的加工品都是心怀感激的,因为在那个粮食紧张的年代,是它无私地帮了我们乡村人度过了饥荒。

其实故乡秋天的农忙,唱响主旋律的是收割水稻。以水稻为主要农作物的故乡,每年一到秋季,金灿灿的稻谷便在田野里泛着黄色的波浪。这时,当生产队长的父亲会肩扛铁锹走进田中央,弯下腰去,用他那粗糙的大手抚摸着长长的稻穗,然后勒一把在手心里翻看,并送一粒入口嚼几下,然后自言自语地说出还有几天可以开镰收割。

水稻收割的日子很辛苦,庄稼人手拿一种叫锯刀的农具,弓腰收割,一垄收割完了,让你直不起腰杆,接着还得再一次挥舞锯刀……一趟赶一趟,带着"呼哧呼哧"的响声,风风火火的。虽然说已经是秋凉天气,但汗水还会湿透你的衣服。尤其脱粒的时候,抱起沉沉甸甸的稻把子,使劲地掼在四方形的谷桶壁上,一天下来,谷桶只是磨得光滑闪亮,可你会累得如散了架。傍晚,夕阳很美,炊烟早已在屋顶袅袅升起,可还有一箩箩稻谷等着你肩挑它们回家呢。

深秋时节,村东头我家门前的那棵大枫树,就像秋天的一张显示牌那么突出,它好像二月花似的被染上了一层鲜艳的火红。每每见着这番景色,我的脑海里便总是浮现小时候的一幕:一个深秋的清晨,我一觉醒来时,发现大枫树下拴着一匹高头大马,枣红色的,甩着长长的尾巴。一位腰杆挺直的解放军叔叔对着我微笑……原来,这位军人就是我的二叔。据母亲说，我的乳名就是源于有次二叔回乡探亲时，大枫树上的喜鹊喳喳叫个不停，恰逢我呱呱坠地，祖母高兴得不得了，连声说："巧了，巧了，双喜临门……"

枫叶红了，屋后的那片苦槠林更是金灿灿的，显得那么热烈，这是生命走向成熟的一种标志，更是另一番生机勃勃的样子。特别是在一夜西风的吹拂下，苦槠林下飘落了满地的树叶，这时的苦槠林是我们孩提时代过家家的好场所，而那厚厚的树叶，是那个时代弄回灶屋当柴草的好东西。至今我记得那些钻进树叶里藏猫猫的趣事，更记得满灶屋的树叶堆积而受到父母赞许的目光……可如今，槠林依旧，我的父母双亲却驾鹤西去了。每每落叶时节回到故乡，一看见苦槠叶，悲秋之意总是如寒潮袭上心头。

故乡的秋，如今再也找不到当年的景象了。故乡，不变的是四季，还是那么明显地更迭，变化了的是物是人非。我一个进入秋天的人，总是想着故乡秋天的美好，还有秋天里那些并不如烟的往事……心情有时候就是一支神奇的笔，就看你画出什么。你若胸怀温暖，秋天就没有肃杀；你若拥有阳光，苍凉就不会与你相伴。

回到故乡，我时常想起它的秋天。那里有我曾经憧憬温饱的庄稼，那里有我汲取营养迈步前行的力量，它是我今生魂牵梦绕的地方。

故乡的冬

少年时的故乡，是很美的：蓝天、白云、绿水、青山、山歌、民谣、鹅鸭、牛羊……特别是冬天，我的印象中，那是故乡一年四季中最殷实、最能体现人活着的满足感、幸福感的时节，也是有欢乐、有意义的季节。水寒草枯，可村庄是温暖的、活跃的、有生机的，日子是多彩的、温馨的。所以无论男女老少，那时对冬季都有了一种自发的向往和期望。

一

冰天雪地，在我少年时代冬天的故乡是常有的景象。那时候，一进入大雪节气，一个整整的阴天后，故乡的原野便由澄清变得浑浊起来，西北风越刮越猛烈，屋后山坡上茂密的槠树林，便开始有了潮水一般哗啦啦的落地声。不到半个时辰，林子里便铺上了一层厚厚的树叶。如果有人睡在上面，再随手撒上树叶，只要不出声的话，是绝对不会被人发现的。我就曾经钻进堆起的槠树叶里藏猫猫，那种开心有趣的感觉至今难忘。

可大多数时间我们是不可能玩这个游戏的。随着风越刮越紧，大人们在催促我们收获那金灿灿的树叶，如同收获地里的红薯一般，因为这干脆的树叶是做饭或是烧浴锅最好的燃料。而那些年龄稍小的孩子，往往会随身一倒，钻进蓬松的树叶里，任凭大人们的呼叫就是不愿出来，除非竹耙子耙到了他们的头发，他们才会猛地一个翻身，猴一样弹跳起来，吓人一跳。这时，他们往往会遭到这样一些毒骂，"你这个摊炮子的！""你这个夜里埋的！""你这个挨千刀的……"这样的责骂，我曾经受过，村上的小苗曾经受过，三宝叔也曾经受过。等树下的叶子魔幻般地被我们收拾得一片不剩时，天色开始暗下来，散放的大肥猪从屋边的稻草堆中衔来一把把喂牛的稻草，钻进了自己的笼圈……这时候，母亲准会对着天空说："看吧，今晚肯定有大雪。"

那夜，在暖暖的被窝里，我听到了屋顶上呜呜的风声，想起了往年冬天雪地的趣事。渐渐地，什么声音也没有了……再后来，我听到了父亲开门的声音："喔，好大的雪！"原来，天已经亮了。那时候我还不知道什么叫银装素裹，站在门前的我，满眼冰天雪地。世界是纯洁的单一色，天地没有分界了，山河没有轮廓了，屋舍不见高矮了……太阳还是那个太阳，但好像比往日更加灿烂了，连铺天盖地的雪上也闪着耀眼的光芒。

二

站在自家的大门口，看着一夜间堆满村庄的皑皑白雪，我戴上破烂的狗皮帽，立刻想起了鲁迅文章中少年闰土雪地捉麻雀的情景。那时，我认为闰土所做的是小家子气。我要干大事：如同村上德顺爷爷关于雪地追野兔的故事。于是，一个麻绳勒紧小腰，一盒火柴揣在胸口，一根长长的稻叉扛上肩，感觉成为英雄人物一般的我，便踏着积雪"打虎上山"了——不，是玩一次空手道——"雪野捉兔"。

从故乡的后山到村前的牛山，再从牛山到高坝，我四处搜寻着。当我来到草坝头时，一只灰兔进入了我猎人般的视野。瞧啊，那只精明的兔子，几乎在同一时间也发现了我。于是，一场"人兔赛跑"便在故乡的田畈里开演了。少年的我，尽管猴瘦猴瘦的，跑步却是我的擅长。记得那时每年全公社的中小学生田径比赛，学校总是会安排我参加，尽管没拿过什么大奖，可在全村我还是小有名气的。雪地里的我，跑、跳、腾、跃、追、冲、翻、扑……那时如果有无人机航拍的话，我一定像战狼一样勇猛和迅疾的。最后，气喘吁吁的我，把筋疲力尽的大灰兔追进了狮坝西的一个涵洞里。好了，这下好了。我随手在田头拿起稻草把，拼命地塞进涵洞，然后掏出火柴，兴奋地点起来。然后就手举稻叉，真正的"守株待兔"。涵洞的另一头因为蓄水而被堵住了，受不了烟熏的兔子便"狗急跳墙"。"呼——"一道灰影闪现出来，猛地蹿到了我的身后。好在身后是白雪皑皑的油菜田，我便一个急转身如猛虎扑食一般，几个疾步，然后纵身一跃，用自己并不厚实的身板压住了已经无力挣扎的大灰兔……

那天晚上，我家的烟囱里冒着浓浓的野兔香。三叔和四叔也来了，他们围着堂间红红的大柴火吃肉喝酒，看我时的眼光里透着少见的赞许，感觉比门外的大雪还浓。第二天，我却感冒了。不知道为什么，望着吊在屋檐下的兔皮，我却生不出一点英雄的气概来。

三

进入腊月，故乡的年味一天比一天浓。人们在伺候好田地里冬季农作物油菜、小麦的同时，大多数的精力都花费在过年的准备中了。"杀猪宰羊车鱼塘，家家户户喜洋洋"。这是我这个时为邻村教学点民办教师总结的一句打油诗，觉得再贴切不过了。

当时的故乡只是个十来户人家的丘陵小村庄，一条源头不远的小河，弯弯扭扭地从西南方向流经我们的村前，把村上百十亩的稻田分成了两半。因为灌溉吧，我勤劳而智慧的祖辈，将这条不规则的河流筑成了几道坝埂，于是就有了狮坝、草坝、高坝、中坝和大坝。有人说这些坝子名称的来历源自它们的形状、或特征、或内涵，可有些名称，至今我也没弄明白是怎么回事。但是有一点我是刻骨铭心的，那就是一到冬天，一年"车"干一座坝子，家家户户都能分得大大小小的鱼虾，让那贫苦的日子添了一种美味或是快乐。

大坝"车"干？谈何容易，首先是要开通大坝最低处的那个涵洞，把水位降到最低时，然后用两种车水的农具——大车和小车，慢慢把坝子里的水车干。记得那时每次下坝开涵洞都有一种朴素的仪式，那就是选一个身强力壮且能潜水的中年汉子，先在坝子上跑步热身，然后喝上一碗烈性酒，便迅速脱下全身的衣服跳入水中……有时候运气好，他一个猛子扎下去两分钟就开通了涵洞。如果遇到棘手的时候，他连续扎几个猛子下去都不行。因为冻得瑟瑟发抖,临阵换将也不是没发生过。开通涵洞的汉子上岸后,便拼命地把事先点燃的稻草火焰往自己的怀里扇,那湿淋淋的身子几乎贴上了火苗。不等他哆哆嗦嗦地套上棉衣,便伸手接过生产队长递来的一碗白酒,一仰头咕噜咕噜地喝个底朝天。

坝子里最热闹的时候就是车干了水,大人们泥人般地捉鱼。白的、黑的、金黄的;大的、小的、长的、短的;一篮篮、一箩箩、一筐筐……湿润着岸上我们老老少少的眼睛。当然,也有年景不好的时候,车干底的大坝里,没什么大鱼,家家户户只能分点小鱼小虾。

在我的记忆里,一般过了车大坝分鱼后不几日,故乡又一种热腾腾的景象出现了:杀猪宰羊。邻里之间,无论谁家宰杀牲畜,都会邀上左右邻居的男人吃大肉、喝羊汤。据说人来得越多、吃得越多,自家来年就越是发达,正所谓"五谷丰登、六畜兴旺"……

四

那时候,故乡还没有如今的年糕,而是家家户户做粑粑。蒸粑粑不是一家一户所能解决的事情,需要全村中壮年人的通力合作。每年一到这个季节,父辈们首先是将往年的那口大灶修缮一新,其次是各家各户上山砍伐一定的松树,运回来锯成一截截的,再用镐头劈成四块,码成一层层井字形,在冬日暖暖的阳光下晾晒,与屋檐下的腊鱼腊肉相互对应成"富"。据村西的老社员金子叔说,松树大柴不需要过分晒干,有个四五成干为最佳,说是太干了没有松脂了,反而不耐烧。

一切准备妥当后,就开始浸泡七三比例的粳、糯大米,然后用石磨碾碎。只有推拉过石磨的人才知道"粑粑好吃磨难挨"这句话的准确度和真实性。我不知道推了几年磨,那种感觉不仅仅是辛苦,还费时难耐,甚至是难熬、煎熬。那时,母亲总是不厌其烦地将一勺勺泡透的大米送进磨嘴里,随着不断发出的"呜啦——呜啦——"声,那带着水的米粉糊便流入用屯条围着、铺盖被单的圈子里,下面是事前垫好的厚厚的吸水草木灰。每每卸下T字形的磨架,我总是有一种服满劳役的感觉。没等母亲的允许,便麻雀一般地飞往院外，寻找那村东社屋场院里吆喝阵阵的少年玩伴了。

其实，磨好了的沉粉，离吃到嘴的粑粑还有一段时间。因为全生产队十几户人家只有一口公有的大灶，得通过抓阄来排秩序。粑粑灶是搭在一个叫宽嘴的叔叔家，他是横竖一个人，三间稻草屋里只有一张床。宽嘴叔是早上出门一把锁，晚间进门一盏灯，甚至为了省油不点灯。有了粑粑灶的开火，宽嘴叔家立马热闹起来。亮堂堂的灶火、脆亮亮的笑声、热腾腾的粑粑，近水楼台先得月的宽嘴叔，吃头笼粑粑是毫无疑问的。屋子空着也是空着，何况有他四叔的安排，由不得他同意或是不同意，每年蒸粑粑肯定在他家，再说还有吃不尽的新粑粑，所以，我感觉那时的宽嘴叔是提前过上了大年。别人家过年是全家老少其乐融融，他宽嘴叔，是小光棍条子一个人啊。

我们这些少年，对新出笼的粑粑是眼馋的，更是嘴馋的，总会找一个理由往粑粑房靠近。遇到客气的人家，就会接到一个热气腾腾的粑粑，烫手也烫嘴，可却吃得狼吞虎咽。如果运气好，吃到一个香绵、软糯的裹着腊肉馅的粑粑，感觉不亚于德顺爷爷故事中的幸事：挖到了一缸金元宝……

五

冬天是收藏的季节，也是休闲的好时光。"赌"，在我故乡那个物资匮乏的年代也照样盛行，只是那种"赌资"实在是少得可怜，其实就是一种娱乐的方式。那时候流行一种"体力赌博"——"打鳖"（千万不要以为打鳖就是打鱼塘的老鳖啊）。这种带"赌资"的"打鳖"方式有两种，一种叫挖"地鳖"，就是在场院里画一个大大的圆圈，然后挖一个小小浅浅的地窝，把参与者的赌资：一分、二分和五分的硬币堆放在一起，通过在一个起跑线上丢铜板，根据丢铜板的远近决定打鳖的先后顺序。再然后，"打鳖"者按序站在一个离圆圈一丈远的地方，向前倾斜伸着身子，手中瞄举着一个被称作"鳖佬"的清朝大铜板，很是慎重地朝那堆起的硬币地方狠狠地砸过去……

"喔、喔、喔"——这时候,看"打鳖"的人,不,是围着看"挖鳖"的人,都会起哄似的吆喝起来。一般来说,第一个出列的胜算比较大,因为所有的赌资都堆在那里,一碰便散,一散就会滚,一滚就出圈。有时候,一滚就会滚出几枚,除非你的运气特差,铜板根本就没挨上硬币。还有一种打鳖的方式,叫砸石礅,这个难度相对大些。就是找来一个天然的石礅,类似于小假山那样的,当然面貌肯定比假山要简单些。有时候会把一个个硬币码放在视角范围外的石块上,完全靠砸石礅的震动把硬币震落下来。如果运气好,滚下来的硬币也会滚出圆圈,关键是看你的力气够不够大了。比我大七岁的四叔,是村上有名的"打鳖佬"。他是个左撇子,常常在举起左手的时候眯着右眼,然后慎重地、魔幻似的掷地有声。那小小假山背后的硬币被他光滑的大铜板砸得屁滚尿流……哈哈哈,经常让排在第二位的连口水都喝不到。每次四叔出场的时候,场院里喝彩声阵阵,他的脸上也总是洋溢着一种豪迈的表情。

记得有次趁四叔休息的时候,我好说歹说将他那枚又大又亮的铜板摸到手,仔细翻看,果然不一般,除了厚度和直径比别人的要占优势外,至今我还记得那上面有两个字"顺治"。难怪四叔总是赢,赢得那么顺手。这时,略知历史的四叔常说,也不看看我拿的是谁?而一个叫河根的堂叔总是拿一枚"光绪",因为"光绪"二字的发音如同我乡音中"光输"(总是输)一样,所以他是逢赌必输,不,是逢"挖"必输。至今我都记得,河根叔"挖"输了时的沮丧样子……

六

"要过年了,快过年了……"少年时的故乡,一到吃腊八粥的时候,大人们每天都这样念叨,这里面的含义是喜忧参半。一方面,过年是很喜庆的事,当然开心,所以都在盼着这一天快些到来,另一方面,过年需要一笔不小的开支,老人、孩子要做新衣,要备足年货招待亲朋好友,还得购买礼品走亲戚"拜年"。所以,那时称过年为"过年关"是有道理的。

要过年了,快过年了!孩子们也是这样念叨着。但我们的心情是特别愉悦的，因为过年我们有好吃的、好穿的，还有好玩的。好吃的就是年粑粑、炒米糖、芝麻糖、花生酥，甚至还有一种"面糖"，又叫"冬糖"的，现在看来就是糕点坊里的"酥糖"；好穿的，就是一甩往日破烂不堪的旧衣服，穿上干干净净的新衣裳。那时有句口头禅："新老大、旧老二，缝缝补补给老三……"就算是旧衣服，那也是染洗一新的。好玩的就太多了，打鳖、玩扑克、摇单双等活动，还有不知从哪里冒出来的玩猴子、打快板、拉胡琴等卖艺人，我们往往跟着看热闹，从村东跑到村西，乐此不疲。

过年了，过年了，终于过年了！到了腊月二十八，家家户户都要祭祖，说是请祖宗和已故的先人回家先过年——吃年夜饭。我们村上把这种活动叫"拿饭"。就是在屋子的堂间正中央的一张八仙桌上，摆放三荤三素的菜肴，四方各放一套餐具，并倒上一杯白酒，然后将点燃的一炷香拿到大门口，对着天念叨：老祖宗，又过年了，你们回家吃年饭啊。保佑我们子子孙孙身体健康，来年五谷丰登、六畜兴旺……然后回屋把那炷香插在中堂字画下那长条桌上盛着米粒的小窑钵里。大约一刻钟过后，再把那桌面上的饭菜用一个竹篮拎着，去村前或是屋后的祖先坟头，二字形摆好后，然后如法炮制再用在家请祖宗用餐时念叨的言语说上一番，最后，焚烧纸钱，点燃一阵噼里啪啦的小爆竹……在我家，父亲习惯于腊月三十傍晚"请祖宗"。往往此番仪式后走进家门时，母亲已在堂屋里摆好了满满一桌鱼肉虾、鸡鸭鹅之类的大餐。在父母开心的笑容里，一家人开始了特别幸福的年夜饭。此时，好像全天下都在响着一种声音——此起彼伏、不绝于耳的爆竹，声声脆脆迎新年……

"三天新"的大年一过，故乡的冬，似乎就要结束了。除非连续的阴雨天气，否则全村的男女老少都会走进田野忙农事。唉，过年为什么这么快啊？那时，我总是在想，能不能用一根神奇的绳索将"年"牢牢地拴住……可不久，天气逐渐暖和起来。人勤春来早，一个真正的春天便在故乡的大地上如火如荼了。

回家打板栗

不知从哪年开始,一到白露时节,有幸成为城里人的我,却总是要在周末赶回老家,不是为了赏秋,因为此时故乡还看不到秋的金黄;也不是为了饱口福,因为总是有老家捎来的时鲜瓜菜水果让我尝够;更不是寂寞无奈,去找儿时的伙伴聊聊难忘的如烟往事。也许你会问我,回老家干啥?五个字,五个包含了既辛苦又快乐的字:回家打板栗!

我的老家在江南诗山敬亭山北麓的麒麟山之北,那里属于典型的江南丘陵地貌,有很多黄红壤的坡地,适宜稻谷瓜果生长,当然包括板栗。记得在我年少的时候,村西有一户叫西头奶奶的,在她家东南角,有三棵不大不小的板栗树。处暑过后,刺猬一般的板栗果便压满了枝头,让我们这些疯玩的孩子馋涎欲滴。没办法,那时候吃食太少,一日三餐总是吃不饱肚子,不怪我们去偷"打"这包了三层皮囊的东西,自然会引来裹着三寸小金莲的西头奶奶的恫吓:"你们不要命了,板栗树下埋着我女婿从北京买来的炸药,炸死你们这些短命鬼……"这话听起来阴森森,但我们权当耳旁风,板栗照打,因为我们知道,等歪着小脚的西头奶奶来到板栗树下时,我们早就蝴蝶翩翩飞而不见踪影了,至于板栗树下是否埋着炸药什么的,我们可管不了那么多了。解馋比什么都重要。

后来的故乡吹来了改革开放的春风,家庭联产承包责任制极大地调动了我的父老乡亲的生产积极性。那时的故乡,好像不再是"日出而作,日落而息"了,天不亮,或月升起,男女老少一起上阵,把自家的自留山全部开垦出来。一场春雨,地里陆陆续续地冒出了山芋、玉米、西瓜、芝麻、花生等绿绿的新芽。可以想象，之后的秋天，丰收的景象怎能不让人激动？可是，这样的好景观只持续了十年左右吧，由于水土流失，故乡的塘坝淤塞了；由于大量使用化肥和农药，河水也慢慢不再清澈，然后是变色发腐，人们再也不敢下河了。好在党中央决策英明，一场"退耕还林"的及时雨政策来了，醒悟的故乡人，在一处处坡地里种植了既能保持水土不流失，又能产生经济效益的经果林：板栗。你种、我种、大家种，板栗地、板栗园、板栗山……最后，我的老家成了名副其实的板栗村。我的老岳父就带头种了七块地的板栗树，后来他老人家还掌握了板栗的嫁接技术，为周围的好几个村民组发展板栗经济发挥了自己的余热。

到了板栗的旺盛期，一个人的老岳父是忙不过来的，我和妻子自然成了他的驰援小分队。周五晚上，我们就做好准备，第二天一大早，在急性子妻子的催促中，我们便赶上回老家的头班公交车——回家"打板栗"。此时的板栗园，绿叶依旧，但枝头板栗果却出现了青中有黄的颜色，还有的就如人工切开的十字花，张开了豁达的口子或怪嘴。那开口的板栗果，能看见它们如娃娃般在摇篮里酣睡。张嘴的板栗果落下了，可刺壳仍然赖在枝头，如怪兽的嘴，只是没有了一颗牙齿，样子有点滑稽和悲哀。高高的板栗树下遮天蔽日，我们捡完了落地有声的，再去敲打那即将分娩的。弯腰弓背去捡拾，一会儿便感觉四肢酸胀难耐，立起还有点脑部供血不足的感觉。抬头竹竿轻敲，一会儿便感觉颈项僵硬发酸，最难受的是冷不丁一个大大的刺球（毛板栗），砸在你肢体的任何一个部位，不要以为你穿着长衣长袖，照样给你一个实实在在的"红麻疹"——呦呦呦，疼疼疼！

也不知过了多久，口干了、舌燥了；疲倦了、饥饿了；筐满了、袋圆了。回，我们背上压着沉甸甸的板栗，朝那炊烟升起的地方跌跌奔去……农家锅巴饭就是香，那滋味在城里为何从没有过啊？我们一阵急促的"风卷残云"午饭后，满载板栗的电动车，从故乡驶上了笔直的进城公路。大约五十分钟后，新鲜的板栗便摊在我家小区的路边。我是不会站在板栗旁边的，只是一副"若无其事"的样子离得很远，生怕被熟人看见我是在卖板栗。此时的妻子完全一副小贩模样，对我打死也不愿干的行为予以嘲讽："卖板栗怎么啦？不偷不抢，正大光明！"唉，好一个摆地摊卖板栗的"正大光明"……

　　苦啊，累啊，打板栗的那些日子。那褐色的、光亮亮的板栗果，也只有在蒸熟它的时候，掰开放入口中，品尝到它那特有的香糯时，才会有一种满满的获得感和幸福感……

收板栗的日子

故乡的秋天,已经过了白露的节气了,可老天还是炸烈烈的热。九月初的一天,从老家传来消息:一年一度的板栗已经成熟。因为老岳父已经是八十岁开外的人了,四块地的板栗他是怎么也对付不了的,我不得不回家帮忙。每天清晨甚至是凌晨,我快速吃下两个素菜包子,骑上一辆电瓶车飞快地向北奔驰。好在是早晨,路上没什么人。呼呼呼——呼呼呼——电瓶车载着我,如鸟在空中飞翔。

一身武装到牙齿的行头(其实就是一身"乞丐"服,想要把自己严严实实地包裹住,是惧怕那刺刺的板栗果),便一头钻进了密密的板栗园。看见一夜白露风吹过的效果:满地光滑滑的板栗,我没有心动,有一种熟视无睹的样子。因为我要它们等待,等待那些早已熟在枝头、需要我催嫁的"新娘"一道收获在我的囊中。于是,我拿起一根长长的竹竿,扬起头颅,轻轻触摸那些开着十字花一般的刺果子,"咚——咚——",它们很是干脆地落下来,不带半点犹豫。一棵棵树的亲临触摸后,连同昨夜落下的深红甚至黑黑的板栗果,便急急忙忙地捡入我手拎的竹篮里,然后再一篮篮倒进黄黄的蛇皮袋。因为需要长时的弯腰弓背,一篮收上来,腰酸背疼,尤其是腰部,连直起来都十分困难,犹如一张已经定型的弯弓难以拉直一样。有时候实在是疲倦了,就想立马躺下身子,看看风中摇曳着的板栗树叶。偶尔稍息片刻,仰望那碧绿的树叶,只见它们遮天蔽日,让我看不到天空飘浮的云彩,只有无数个绿色的带刺灯笼在树上高高挂起,让我厌恶这种丰收。无风的时候,板栗园里很静,静得让人很容易地听见板栗果滑落下来的声音,它们一副柔柔的,漫不经心的样子;有时候,还会听见另一种响声："咚！"闷闷的，轻轻的，那是一个肉肉的刺球掉下来，一不小心还会砸在我的头上、胳膊甚至手指上，这样会立马长出密密麻麻的小红点，带着血色。没办法，也没有必要理它，继续弯腰捡着满地的板栗，让随身的竹篮逐渐地变得沉重起来。

　　时间过得很快，中午到了，因为饥肠辘辘了。看到身边一大袋的板栗果，我却没有丰收的喜悦，相反却感到沉甸甸的麻烦。倒在岳父家稻场上的板栗，个个都不安分守己，想要滚离我的约束范围。我便想着法子给它们安稳，然后为它们人工清洁，不仅仅是为了它们的美丽出嫁，也是吸引购买者的垂青：有一个好价啊。没等我服侍好那百把斤的板栗果，岳父家的大铁锅里的饭香飘上屋顶。三四个荤素搭配的菜，特别是浇上鱼汤的脆响的锅巴，让我的吃相无法文雅。农家的饭菜就是香，这是一个颠扑不破的真理，也是我这一辈子都无法忘却的记忆。收板栗的日子很苦，可大铁锅的米饭是那样香……

　　"感谢党、感谢政府！"这我是由衷的、发自内心的一句话，特别是每次往返于故乡的出村大道上。从前需要半个小时才能走出村子、踏上县乡公路，如今在任何一部电瓶车的牵引下，九十秒，只要短短的九十秒（我曾计量了无数次的时间），吾辈便能"仰天大笑出门去"，更不要说什么形形色色的小轿车了，出行简直是太便捷了。套用一句健康名言："胃好，吃嘛嘛香"——路好，去哪哪顺畅！

　　收板栗的日子很苦，可我还是这样去想，若干年后，回忆起这段往事，我想我的心情绝对不会像收板栗时那样糟糕，因为什么事都有它的两面性嘛：有苦便有乐，此所谓苦乐年华啊。

我家的老物件

从村庄到学校、到小镇、到城里;从城西到城北、到城南;从农民到教师、到编辑……从1979年到2020年,四十多年的时间里,见证、记载或是记忆着我和我的家走过风雨岁月的,有几件特别的老物件,让我刻骨铭心。我十分虔诚地珍藏着它们、保护着它们,有时还翻出来"晒晒",对待它们的程度不亚于传家宝。尽管有的已经失去了现实作用,但我不会弃它们而去,那种情感就如同对待我的亲人。

一本大杂志

1979年9月,我考上了当时宣城县城里最差的一所高中(没有半点贬低母校的意思),那是因为无论是学校的教学设施还是师资力量,都让我感到无所适从,与我的想象相差甚远。记得那年深秋周末的一个黄昏,从家里背着半蛇皮袋大米回学校的我,没有及时去食堂兑换饭票,而是径直来到宣城老十字街的新华书店。其实,当时也没有什么买书计划,就是喜欢逛逛那熟悉的地方而已。

走进新华书店那舒适的大厅内,看着琳琅满目的图书,一身的疲倦好像减轻了许多。猛然,一本厚厚的大杂志吸引了我——《中国社会科学》。封面上是一幅国画"钟馗捉鬼"。我立马轻轻地向那位特别漂亮的女营业员叫了一声:"这书拿给我看看!"可她呢,爱答不理的,一脸的冰冷样。我不得不又弱弱地"请示"了一声,只见她的眼睛里立刻射出两道寒光直向我刺来,语气生硬地说:"这不是书,是杂志!你要吗?"我不敢再吱声,只是用手指指,没有表明态度。也许是我赖着不走吧,她终于过来了，抽出那本放在玻璃柜台里的大杂志，啪嗒一声丢在柜台上，然后看也不看我一眼，风一样地离我而去，因为里面有一个时髦的女人正在与她聊天呢。

我首先看了一下杂志的目录，说实在的，那上面的文章都不是我感兴趣的。正在我准备喊那女营业员来收杂志时，那两道让人不寒而栗的目光再一次射痛了我的自尊。我清晰地听见有一种声音刺耳地直逼过来："你要吗？你买得起吗？""我要！我买了！"我不知道我的声音算不算是从胸腔里发出的吼声，我只觉得它带着反击，带着尊严，带着胜利！

1.81元！这在当时可是一笔不小的开支。父母每周只能给我两元生活费，买了杂志后仅剩0.19元人民币。回到宿舍，看着那半袋无法交到食堂的大米，还有一罐头瓶咸腌菜，我在想找谁去借这一周的饭票和如何分配每餐的腌菜量。因为没钱缴纳加工费，大米就兑换不到饭票嘛。

后来，每到一处生活或工作，我都带着这本大杂志。我始终觉得，没有过不去的火焰山。人，什么都可以不计较，但尊严必须维护，哪怕再穷、再苦。这不是一本普通的大杂志，在我的心里，它是一个记载着我敢于面对、不怕困难、战胜挑衅的见证之物！

一件灰风衣

1983年3月，高中毕业准备回家当农民的我，很幸运地走进了乡村小学点的课堂，成了一名"民办教师"。有一年运气好，也许是扫盲有功吧，学校竟然普惠性地给教师发福利：每人一件时髦的风衣，而且是齐膝盖下的长风衣啊，我如获至宝。全体教师，除了大小尺码不一样外，统统的每人一件，这让我们这些"二类"的教师感到罕见的公平。

当时，学校的教师有三种，一种是吃皇粮的"国家教师"，又称"公办教师"，他们工资高、底气足，大多数也是水平高，自然受到尊重，如果他们要是再想办法给自己贴贴金，给人的感觉那真是至高无上了。第二种就是我们这种"民办教师"，工资是国家付一半，自筹一半。何谓自筹，也就是靠收取学生的学费解决另一半。上班的时间上课，下班和双休时间在家务农，前途渺茫。还有一种叫"代课教师"，有点类似临时聘用的味道吧，他们更是不太稳定，也许今天在上课，明天就回家了。

穿风衣的季节，都是春暖和秋凉的时候，而就我而言，穿风衣的日子都是我最开心的时候。我不敢说自己当年是如何的玉树临风，至少我是个头不矮、身材不肥吧，风衣上身，十分得体。去学校的路上，微风阵阵，心情舒爽。风儿有节奏地掀起风衣的下摆，感觉特别好。尤其是走进课堂，走上讲台，看见那一双双清澈而求知的眼神，我觉得自己的苦和累完全值得！校园里的我，风衣在身，自信满满。

后来，不过三四年时间吧，风衣如同一个淘汰品，我再也没有穿过。有一年，离开教师岗位的我，试图再穿上它，可发现颜色或是大小都不再适合我了。都说，过去的终将过去，可我呢，这个"民办教师"的情结，永远的无法脱去，尽管我后来改变了职业方向，可自我感觉还是一名骄傲的"人民教师"，一直留在身边的那件风衣就是最好的见证。我敢这么自信地问一声："当年全校的老师们，你们35年前的那件风衣还在吗？拿出来晒一晒！"

我的，依然如故，完好无损！一件灰风衣，教师不了情……

一台缝纫机

1986年10月，我与邻村姑娘（就是如今我的妻子）举行了"看人家"仪式过后，也就确立了婚姻关系。那时，农村结婚流行"三转一响"：手表、缝纫机、电风扇，还有日本的三洋牌录放机。在当时这也够高大上了，不是家庭条件好，而这是当年的流行方式，没办法，借钱也得答应人家，除非你不食人间烟火味。于是，一台气派的上海"熊猫"牌缝纫机走进了我家新建的砖墙瓦房。因为这是一门技术，她还得去跟着师傅去学。好在当时流行这个，师傅会在冬天农闲的季节，找上隔壁几个村的爱好者，集中在一起学。妻子，不，那时还是未婚妻（这个一点都不能含糊的），经过三个月的勤奋学艺，便逐渐掌握了缝纫技术。

有时候我去缝纫点接她，她看见我来了总是扭扭捏捏的，羞于见人。

其实，我也不想看见那么一大群的大姑娘和小嫂子，她们叽叽喳喳的，什么话都敢说，经常弄得我面红耳赤，有一种想要逃离的感觉。而只有我俩走到对面山坡上时，我才敢靠近她，说一些卿卿我我的话。她呢，不解风情，甚至说我不正经，让我离她远点，说让别人看见怪难为情的。唉，那个年代农村年轻人的恋爱观啊……

　　后来，那台缝纫机确实发挥了很多作用。早年，我们村上的老人衣服破了，就用针线缝起来，怎么看都不服帖，而妻子缝补的衣物，再加上熨斗的抚摸，穿在身上就是不一样，体贴、得体、舒心、畅快。从儿女们的褥片，到他们可爱的童装，到家里平日的缝缝补补，那台缝纫机是功不可没。"买不起新衣，旧衣服只要干干净净、清清爽爽的，穿着一样顺心。"——这是妻子每次缝补旧衣服时常说的一句话。

　　后来，缝纫机跟随着我们入了镇、进了城，儿女们都成家了，孙儿和外孙先后来到了人间，妻子还用缝纫机为他们做了许许多多的褥片。对于我们大人呢，比如吊裤边、上拉链、换袖口等，妻子总要动用那台缝纫机。她下班或休息的日子，家里经常会响起咔嚓咔嚓的声音。后来几次搬家，我都建议不再带上缝纫机，可妻子视它如宝，态度坚决。我不知道她考虑的是使用价值，还是久久相处的深厚感情？

　　如今，缝纫机还静静卧在我家的小房间里，随时待命，听候着妻子的召唤。一台缝纫机，一部家庭成长史，它缝补着生活的不易，它缝补着岁月的变迁！

一把铁铲锹

　　1994年5月，从团山乡成人技校走进古泉镇广播电视站的第三个年头，我们家终于有了集镇上的第一处房产（其实是别人家的二手房），价格不菲，当时不少人说我吃了一大亏，我却不以为然。其实，后来的事实证明，我是捡了一个大便宜（拆迁改造，我家建了门面房）。四口之家，仅靠我一个月百元左右的工资是无法生活的。为了养家糊口，妻子在门前小巷口开了一个烟酒小卖部，外加一部公用电话，生意是红红火火，月收入是我的好几倍。

也许是看到家对面啤酒厂丰盛的酒糟可以养猪赚钱，勤劳的妻子非得要把屋后现成的猪圈利用起来。于是，一头小猪崽欢蹦乱跳地来到了我的家。农谚说：养猪不赚钱，回头看看田。为什么？猪产生的粪便是最好的有机肥啊。因为大量的粪便需要除去，我便买来了一把铁铲锹。

工作之余，我会担着两只大塑料桶，挑回夹着白色液体的啤酒糟来喂猪。由于营养丰富吧，猪吃啤酒糟长得是膘肥毛亮，自然，排出的大粪也不少。如何变废为宝？让这些优质的有机肥产生更好的效益，我发现了屋北后那块闲置的杂树林。砍伐、挖根、翻土……不知道在多少个冬天下班的时候，流了多少汗水，一块平展的菜地童话般地出现了。沤肥、挖地、做垄、平塝；催芽、播种、移栽；施肥、浇水、捉虫……青青的豇豆、绿绿的韭菜、红红的辣椒，还有长长的瓠子、圆圆的南瓜……因为冬天安装了塑料小棚，这样一来，我家一年四季都有吃不完的新鲜蔬菜！

也不知道过了几年，我亲手栽在菜地旁的一棵柿子树"小乔初嫁了"，挂满了累累的红灯笼。我一篮篮地拎回家，排在一个大匾里，它们楚楚的样子煞是可爱，让我忍不住地选软的捏！而此时那把洗得干净锃亮铁铲锹呢，就靠在旁边，默默无语的样子，好像很有成就感，或是一种自豪吧，让我生出几分对它的感激之情。

后来，我们举家离开了小镇，搬进了城里。带不带那把铁铲锹进城？没有争议，毕竟它是有功之臣，何况它还有新环境下的现实作用——充当室内扫垃圾的畚箕。所以，那把铁铲锹，至今仍在我家中勤勉地履职。

一只白面盆

白面盆，它应该是我家的老物件中最年轻的一个，屈指算来，不过十五个年头。之所以它也算是我家的老物件，因为这是父亲遗留下来的。细细查找，它也是父亲生前唯一留在我身边的东西。

2005年9月，一个偶然的机会，我幸运地调进了城里工作。可苦于城里无房，早早晚晚城乡两地颠簸，实在是麻烦。后有好心人帮助，我寻了城西石板桥的一块宅基地，利用每一个中午的时间，运用两部手机调配，建筑一座单门独院的二层小楼。长达三四个月的艰苦施工，得益于多病的老父亲看守工地。因为生活需要，就给父亲买了一只不锈钢的白面盆。说是面盆，其实，它也是父亲的洗脚盆。这让我想到了一句幽默的话：共用没关系，脚比脸辛苦啊……而父亲之所以这么做，他考虑的是为我这个贫穷的儿子节约每一个铜板，要把钱用在该用的地方。

建房的日子正值夏季，开始是闷热多雨，后来是酷暑难当。我只是中午去工地安排工匠和调拨建材物资，多病瘦弱的父亲弓在低矮的工棚里烧菜做饭，阵阵炊烟让他的气管炎老毛病变得更加厉害，经常是咳嗽不止，甚至咳得满脸通红。我于心不忍，可又没有什么办法去解决。看见我难过的样子，父亲反倒安慰我："不要紧，没事的，没事的！"

从挖地基，到浇筑横梁，再到砌墙、封顶盖瓦，父亲虽不是主要力量，但前前后后他忙个不停，从一个水泥袋，到一个小铁钉……他都不丢弃，要么废物利用、要么变废为宝，在那低矮的工棚里度过了一百多个艰难的日子。有时候，父亲热得实在受不了了，就用面盆打来自来水洗洗脸，又一次走出工棚。至今每每想起他老人家汗流浃背的身影，特别是他那眼窝深陷、弱不禁风的样子，我心酸的泪水止不住地要流出来。

2007年12月的最后一天，我慈祥的父亲终因扛不住病魔的侵袭，在老家的瓦屋里驾鹤西去了。但他老人家曾经使用过的那只白面盆，却一直陪在我的身边。尽管那只面盆在家中是质量最差的一个，可一次次的换房搬家，我却从不敢丢弃……

唉，一只白面盆，在我的心里，它是一腔慈爱的结晶体，虽小也是丰碑样的高大！

那些难忘的家

"我想有个家,一个不需要多大的地方……"歌星潘美辰唱出的这种渴望,三十多年前就在我心底强烈地萌生了。

还记得在我八九岁时的一个早晨。夏日的晨辉,直刺得人睁不开眼睛,睡在临时搭起的窝棚里的我,望着被风雨吹打得光着脊梁的稻草房,想起昨夜母亲在闪电中祈求老天保佑的情景:她那不住地哀求、满脸的虔诚,我好心酸。什么时候我们才能拥有一个风吹不倒、雨打不着的家?

这个愿望终于在我17岁的时候实现了,村上的父辈们凭借着庄户人坚强的臂膀,从稻田里挑起精致的土坯,垒起了一座座新房,搬进了新居。我家也不例外,搬新家的那天,我分明看见喜悦驱散了笼罩在母亲脸上多年的阴云。不久,家乡实现了家庭联产承包责任制。两年后,村庄青砖红瓦房迅速代替了那仿佛依然崭新的土坯房。记得那年我家在建砖房的时候,隔壁的杨奶奶不停地唠叨:"做梦也没想到这么好的土坯房还会拆掉重建,家家户户住进了砖墙瓦屋……"

后来,高考不中的我在那青砖红瓦筑就的房子里娶了妻子,生了闺女。记得那是20世纪80年代末的一个深秋,为寻一份工作,我的三口之家搬到了一所小有名气的乡办农民文化技校。如今想起临走时与亲人话别的情景,仍使我心酸不止——满载着我全部家当的拖拉机发动了。亲人、村邻就像送远征的战士那样千叮咛万嘱咐,一直送我们到村口。母亲早已泣不成声地转过脸……一刹那,我想到了许多。生活了20多年的故土家园，养育我的双亲、情同手足的弟妹，还有一直和睦相处的邻里乡亲，从此再也无法朝夕相处了。我突然热泪夺眶而出，妻子索性大哭起来。我一直忘却不了家乡的那片热土，记不清多少回梦里把家还。

三年后的一个六月，一个火辣辣的日子，我因工作需要又搬了一次家，这回是租用别人家的房子——为了生计，妻子不得不做起买卖来。也许不是那个粉就不配做那个粑，也许是感觉不出家的温馨，有些压抑，反正生意由开始的凑合，逐渐发展成为"门庭冷落车马稀"。与妻子一合计：求大同存小异，三十六计走为上。于是，离我上班足足有五公里之遥的两间旧房子——原先撤乡并镇遗留下来的公房，又成了我们已是四口之家（儿子已经出世）的另一个小世界。吃、住、睡几乎全挤在那小小的两间房子里，亲友来了更是挤得人心烦透。因为是老房子，一到雨天，外面下大雨，屋里淋小雨。"雨脚如麻未断绝"的诗境屡屡侵袭着我们家人的心。那个日子好长，几年后新春的第一天，三轮车清脆的马达声伴随我们的告别，离开了那令人担忧的小世界，把我们接到一处属于自己的新家。在幽静的小巷深处，两间平瓦房前，水井欲溢，香樟如盖，建筑面积一百多个平方米……年前，师辈送我一副春联，道出了我家的真实面貌：门前古泉依屋、小巷深处春光好，屋后青樟叠翠、长青院里景色新。

那时，每天早出，小巷里响起我轻松而愉快的口哨；黄昏归来，奔波一天的倦意被小巷里的风儿吹得一干二净。我一阵阵车铃紧按，引得我那已会满地跑的儿子直叫嚷："爸爸回家啦！"于是我放下车把，把迎面跑来的儿子高高举过头顶，顿时，笑声溢满了小巷。

2000年，我家在古泉集镇上建起了四层新楼。一直在公用电话亭里卖烟酒的妻子，终于有了宽敞的门面房，当起了百货商店的老板娘。七年后，我因工作调动进城，我们一家住进了宣城老十字街的中山小区，不过两年光景，我们一家还搬进了引以为豪的"状元府"。在那里，我家的新一代孙儿吴锦诚诞生了。那时，忙碌了一天的我，下班的第一桩事就是抱着孙儿在小区高高的水杉树下转悠，直到他蹒跚学步……

2016年因为考虑学区房的事情，嫁出闺女还有五口之家的我们老夫妻，用足住房公积金的好政策，付了首付，购买了鳌峰新村的筒子楼一小套。它如同一个温馨的港湾，让分别住在南北的儿女两家燕子一样经常飞回来聚餐。

每一个日子平淡，每一个日子也不全是安静，但我们的心依然平静。无论发生了什么，家还在，人还在，烟火还在袅袅升起，那是希望的光啊，在儿孙们的身上点燃、延续。

旅途篇

岁月
心旅

心安池杉湖

说句实在话,在接到去"来安"的通知之前,我真不知道有这么个地名,更不知道它在哪儿?正在寻找有关信息时,接到了宣城一位著名诗人的电话,原来,此次"知名作家看来安"我们同行。来安,我管你在哪儿?有嗅觉灵敏的诗人,还愁找不到您的萍踪侠影?

足足两个小时的车程,我们由皖南来到了皖东:滁州市东北部的一个小县——来安。还没进入县城,便看见沿途的公路边一块块醒目的标语或是广告牌上,最多的是这样一句话:"来安,来者皆安!"尽管我知道,这只是一个讨巧的宣传口号,但我还是要固执地问:一个不起眼的小地方,一个名不见经传的来安,为何能让所有的来者心安?可是,看到来安县文联精心安排的日程上,要去参观一个占地5800亩的湿地公园——池杉湖,我的疑问便开始动摇了。而第二天上午走进池杉湖,让我的疑惑几乎成了粉碎,原先想要与来安对质、叫板的心,随着晴冬里微微吹来的湖风,而渐渐淡去,直至心静、心安和心服口服……

这是怎样的一片湿地?也许是季节所致,走近池杉湖的外围,只见这里平阔、寥静,天高、地远。路边一处处桦树林,脱下了一半的风光,剩下的树叶仍在哗哗作响。芦荻、芒草等,都是那么自然,不带一点人工修饰地在湖堤或岸边摇曳,让人看不到也想不到到秋冬的肃杀和悲凉,倒是让我感到了它们根深的力量和柔韧的内涵。"红莲,好美的红莲啊……"车未稳,首先下车的女作家们惊呼起来。可不是嘛,冬天的湖面上,照样有夏季的风光:碧绿的睡莲紧贴着湖水,一个挨着一个,在它们的中间夹杂着一朵朵莲花,艳红艳红的,如火焰在湖面上猎猎燃烧。特别是那一处处的并蒂莲，勃勃的生机中仿佛透着圣洁的爱情，让人想起曾经沐浴过的那段青春甜美的时光。你再看那莲花家族的另一类——"霸王莲"，真不知道湖水给了它什么样的营养和力量，硕大的叶儿如一个个竹圆匾摊盖在水面上，让人想起皖南徽州人家门前的晒秋，唯一区别的是"霸王莲"的竹匾里没有什么多彩的五谷杂粮或者药材、种子，而是一种碧玉般的翠绿辉映着湖光，让赏湖人的心灵顿生出通透、豁达、安怡、平静或是安详来。

踏上吱吱作响的水中竹桥，告别岸边梳理羽毛的鸬鹚，还有可以偎依合影的黑天鹅，我们向湖心走去。说句心里话，我真不知道湖心在哪儿？只是一个跟着一个，就像空中的大雁，不紧不慢地呈一字形缓缓进入湖心。走在时时需要人提醒注意安全的湖中栈道上，只见一棵棵色彩如红枫一样的水杉亭亭地立在湖中，离你是那么近，仿佛触手可及。让人称奇的是，那一棵棵水杉都有一个下坠的肥硕大肚子。它们立在水中，有的像红衣舞女，有的像锦衣卫士，更像是一个个无声的巨人，日日夜夜地站立着，从春夏到秋冬，守着这方天、守着这片水。据说，只有到了深秋或是初冬，这些成片成片的池杉，便如吃了酒的女子，个个红艳艳地醉了这片湖水。此时，我才明白这片湖泊的名称是因什么而来的了。

随着水面的开阔，池杉也是越来越多，越来越壮观。为了更好地接近这湖水中的精英，导游安排我们坐上了简便的小船。于是，人在池杉里游弋、舟在细浪中推进的画面便呈现在这静静的天穹下。船儿在慢行，但划桨师傅始终把握着一个细节：一条杂草围就的长长保护线，他始终不会突破，不敢越雷池半步一样，因为，那是一条湖中野生动物的国界线。船儿小心翼翼地，擦着水面轻轻地行驶，大有波澜不惊的感觉。这时，我们看见丛丛的池杉下，各种各样的鸟儿，以各种各样的姿势在活动。有的像是在眉目传情，有的像是在窃窃私语，有的像是在促膝谈心……有的在振翅，有的在梳洗，有的在逗趣，有的在一动不动地静心养神？压根儿就没在乎我们的到来，连一点点的惊动都没有。也许，这些鸟儿一直都是这样认为的：湖泊是它们的家园，我们这些坐船人都是匆匆的过客，凭什么为我们这些不速之客而大惊小怪？

据导游介绍，如今的池杉湖里，除了名、优、精、奇的荷花睡莲以外，作为主要植物的池杉多达五万多棵，是目前华东地区面积最大、保存最好、生态最优的池杉林。导游口中池杉湖最美的时候是春天和夏天：蓝天、白云、绿荷、青杉、百鸟、万花……他美滋滋地介绍，让我忍不住地生出这样的念头：明年的春夏一定来。导游还说，湖内已发现各种野生鸟类一百多种，其中不乏世界濒危的珍稀物种青头潜鸭以及珍稀鸟类，池杉湖真正成了鸟儿的天堂……

鸟儿的天堂，又何尝不是我们人类的天堂？看着导游欣喜的样子，我想到了"绿水青山就是金山银山"的伟大，感受到了"保护生态就是保护我们人类自己"的明智。一片湿地公园，难道她带来的仅仅是观光旅游吗？为人类圈出了一方安静心灵的净土，为万物打造了一个和谐共生的家园……这些，池杉湖做到了，来安县做到了。

此时，站在美丽的池杉湖畔，我好想对所有的来人说：来安，来者皆安！

石潭小记

"三月石潭风光好,人间美景花海洋"。

石潭在哪儿?它有什么特色呢?说实在的,在来之前,我是一点概念也没有。直到上周一,在黄山脚下歙县工作的朋友发来一篇美文,并诚恳地邀请我来一次"说走就走的旅行",我才如经不住诱惑的蜜蜂一样,想要立马飞过去,一睹石潭小家碧玉般的风采。

在去石潭的路上,我打开手机微信,认真地观看着朋友的美文:"在这繁花似锦的美好季节里,石潭油菜花节如约而至。为了进一步展现石潭美景,筑牢做实新时代文明实践阵地,弘扬地方特色文化,发展壮大旅游产业,提升乡村旅游品牌,把石潭真正打造成'摄影天堂',特举办'2019·中国石潭油菜花节'……"——石潭,油菜花节!山清水秀菜花黄,那该是多么美的景致啊,闭上眼睛,我仿佛置身于金灿灿的花海中。

上午11点前,我们终于来到了石潭。

第一眼中的石潭好小但很干净,就像一只身着碧绿羽毛的小鸟,睁亮一双处子般晶莹透亮的眼睛,在看着我这个陌生人,我有一种一见如故的感觉。朋友问是先休息一会儿吃饭还是先看景?我第一反应自然就是想看看石潭的"庐山真面目"。

踏上一座古老而又修缮一新的廊桥,"石潭老街"四个鎏金的篆字映入了我们的眼帘,与我们擦肩而过的人,从穿戴与语言上就不难看出,来自天南地北。也许是近日雨水偏少的原因,桥下的水量不是很多,但流得仍是十分迅急,特别是在大大小小裸石的作用下,河水带着冲力,在阳光下飞溅着，不仅分外有力度，还闪着耀眼的光芒。

一阵风迎面而来，吹在我们的脸上凉飕飕的。你看那窄窄的小巷，仿佛迎面来人都难以错过，这风窜过长长的且无阳光照射的小巷，在这大山里的小镇上，自然是迎面有寒了。

古老的街巷里，自然是古老的门庭和宅院。抬头看，一律的青砖黑瓦马头墙，瞧脚下，一排的青石铺地溜溜亮。天下同姓本一家，在石潭老街居然看见同姓祠堂，自然要看个究竟。跨入那扇"吴氏宗祠"高高的木门槛，顿觉如此的小街是怎样容纳一座气势恢宏的"春晖堂"的？还有一墙之隔的"叙伦堂"。特别是路过一家竹篾手艺的工匠店，一位瘦条个儿的老人正在认真地削制着一个竹饭勺，他的案板上摆满了特别民间味的小竹篮。看见这些精致的物件，你会知道什么是"巧匠"，何谓"手艺"了。

小巷是热闹的，除了南来北往的游人，便是这里世世代代居住的老街人。在一家书画古玩店的木凳上，一位老者跷着二郎腿，很是悠闲地品着一杯茶。我们入得店里，找到了一本关于石潭故事的小集子。老人不紧不慢地拿出那本书来："我就是吴善余，这书就是我编写的……"小街高人多，高人在民间。

由于时间关系，朋友催促我们去一个赏花的最佳点——观景台。

沿着弯弯曲曲的山间小道，我们被一路的山景所陶醉。也许是前期低温雨水天气偏多，这里的油菜花不是我们想象中的一片金黄，只能说三三两两、稀稀疏疏而已。好在游人的心情不是几朵油菜花所能左右的，人们的情绪照样是十分开朗，你看那愉快的面部表情，你听那咔嚓的相机快门声，石潭无花处处景，处处美景夺眼球啊。

走了30多分钟，朋友所说的最佳观景台到了。这确实一个不错的位置，一个向前伸出的小山冈，被人工码砌的石头螺旋式地围成了一圈圈的梯田，然后是一个高高的平台，几十人可以同时在平台四周观花拍景。

也许是独特的小环境所致，这一片的油菜花感觉对得起前来的游人，它们正努力地开放着，好像要对我们这些为油菜花节赶来的人们有个交代。你看，在那平台后朝阳的山坡上，一大片的油菜花极力地绽放了金黄，惹得那些爱弄俏姿的女人，撑开红纸伞，引来一阵阵的咔嚓声。多美的景致，多美的画面，多美的心情，还需要细细地描述吗？面对这样的时节，这样的地方，这样的花季，这样的人群，我想无论男的还是女的，无论是认识的还是陌生的，大家都是熟人，彼此都可以留下微信，分享彼此的收获和愉悦。

告别观景台，我好像与不少陌生人成了朋友，大家一路上畅聊着，都是开心人。

石潭好小，但却很美，一个美得让人开心的地方。

到凤阳道凤阳

今年11月底的一天，因为应邀参加在凤阳举办的全省九市散协联办"学党史、颂党恩、跟党走"散文联谊赛颁奖典礼，冒着初冬的寒霜，我与宣州广电资深老站长南山先生一道北上，前往今生尚未谋面的古城凤阳。

坐在高铁的一路上，我们自然说到了凤阳一些有名的人或事或物，没想到南山先生对凤阳的历史那么熟悉，说人说事说物，他都能娓娓道来、如数家珍。我们自然提到了朱元璋，一个目不识丁、穷得无地葬父的农民，却怀有救国救民的雄心壮志，在华夏民族的危急时刻，自己当上了皇帝，奠定了两三百年的大明江山。由此我又想到了耳熟能详的凤阳花鼓调："说凤阳，道凤阳，凤阳本是好地方，自从出了朱皇帝，十年倒有九年荒……"为什么啊？朱皇帝不是农民出身嘛，为何他坐上了龙椅，自己的故乡便要遭殃？细细想来，还是因为历史的局限性，朝代换了，封建制度仍是旧瓶装新酒。但他那种"舍得一身剐，敢把皇帝拉下马"的气魄和胆略，是不是代表着凤阳人骨子里的精髓！

到了，到了，凤阳到了。进了凤阳城，我却看不到一丝古城的迹象，也许我们下榻的帝城酒店（名字倒是挺霸气的）不在老城区吧，反正我这个人到任何一个陌生的地方是没有方向感和区位感的。普普通通的一个小县城，就在淮河边上，地势倒是平平整整的，只是不像我们江南，青山绿水、空气清新，感觉它有点灰头土脸、羞于见人的样子。可第二天参观了"中国农村改革第一村"小岗村后，我的印象发生了颠覆性变化。随着讲解员声情并茂地叙说，我的身心仿佛走进1978年那个冬天的夜晚，小岗村的18位农民，在一盏昏暗的煤油灯下，商讨出一个惊天的议案，然后冒死按下十八个血红的手印，发出了"大包干"的呐喊，犹如是在向苍天宣战……穷怕了的乡亲，不，是饿瘪了肚子的农民，要豁出去求饱求暖。这一举动，也是凤阳人骨子里精髓的又一次萌动，它犹如一声惊雷，仿佛在第二天的拂晓，便惊醒了中国广袤的农村大地。饥饿的土地醒了，随之而来的是，中国的改革开放如火如荼地展开。一花迎来万花开，神州改革如歌如潮。后来的实践证明，中国的发展得益于改革，是改革开放让我们迈上小康社会的金光大道。了不起啊，小岗人，了不起啊，凤阳人，是你们吹响了华夏大地改革发展的第一声号角。

回味往昔，再看今朝。一想，凤阳有些神奇，凤阳是个好地方！于是，走在这片土地上，我便有些诚惶诚恐了。突然有两个词语蹦出了我的心房：英雄虎胆，敢闯敢干。难怪说凤阳是好地方，藏龙卧虎，特别是这里的农民不同寻常。

凤阳农民不凡，凤阳农民伟大。这是我来到凤阳淮河岸边花园湖泄洪闸时由衷的赞叹。这里是淮河一段舒缓的河床。河水从伏牛山、大别山直泄而下，如同咆哮过猛的狮子，到这儿却平躺下来，尽显着女人般的温柔，让我觉得那气势恢宏的泄洪闸似乎是多余的。泄洪闸啊，高大威武的泄洪闸，你看它两端的四角阁楼，被中间一个个闸门链接着，沉沉地压着这片土地，让我的心情有些抑郁。

据陪同我们参观的凤阳县文联负责人介绍，每当大水来临、需要泄洪时，蓄洪区的居民都得舍弃家园撤离到临时安置点，任由洪水吞没家园、庄稼和鱼塘……连同他们当年的梦想，顿时化为一片汪洋泽国。大水退后，村民们便重新返回，村庄再次冒起袅袅炊烟，仿佛什么也没发生过……下一次，大闸需要泄洪时，同样的一幕再一次重演。如此反复。这里的村民舍小家顾大家，无怨无悔，这是什么境界！

站在高高的大堤上，我突然看见泄洪闸这根巨型扁担下，有一副无比宽厚的肩膀，是他挑起了沉重的两个城堡。那是城堡吗？分明就是两个厚重的词汇，一个叫牺牲，一个是伟大！

"说凤阳道凤阳，凤阳是个好地方，实现联产责任制，家家户户屯满粮……"在住宿的宾馆里，手拿活动主办方赠送的凤阳花鼓，我真想敲起来、唱起来、扭起来。凤阳花鼓从前是一种乞讨的道具，一种卖艺谋生的手段，带着穷困和辛酸，伴随凤阳人走遍了四面八方。后来，沐浴着新中国的朝阳，凤阳人把它升华成民间艺术，用来讴歌日新月异的美好生活，还带着它走进了北京怀仁堂，成了"东方芭蕾"。双条鼓咚咚响啊，凤阳花鼓打遍、红遍了祖国的大江南北、长城内外，彰显出凤阳人胸怀的坦荡与博大。特别是改革开放以来，敢想、敢干、敢闯的凤阳人民，在中国共产党的英明领导下，在这片古老的土地上创造出一个个新奇迹。

　　告别凤阳，我偶然一瞥，一个高大的雕塑"丹凤朝阳"矗立在城市交通的绿岛中央，那分明是一个象征：勤劳勇敢的凤阳人，正乘着改革的春风，敲响激越的凤阳花鼓闻鸡起舞，在中华民族伟大复兴的征途上阔步前行……

云端上的古村落

我时常在得闲的时候纳闷，这一辈子咋就与徽州特别有缘？也许因为我是安徽人，或许因为我是皖南人，抑或因为我是上辈子与徽州有渊源的人。为徽州的古民宅陶醉，为徽州的雕刻佩服，为徽州的名人辈出感叹，为徽州的生态山水魂牵梦绕啊！因为有了这样一种深深的情愫，所以，我便一直关注徽州，包括那里的人和事。记不得有几年没去徽州了，可我还记得那里的许多罕见景物：歙县城里的许国八角大牌坊，深邃悠悠的古巷斗山街，夕阳下的长长练江水上的渔舟唱晚，能工巧匠打造的神奇水利工程渔梁大坝……知道我为何这么熟悉吗？那是因为我的女儿曾在徽州故里的徽州师范，度过了她人生中最美好的时光，也让我有了多次深入徽州的机缘。

正是因为有这一种情感在心中，所以，在散文家协会好友文俊先生的邀约下，今年3月16日，我便又一次来到了久违的歙县。在参观了石潭小镇的油菜花景致后，第二日抵达了休宁县溪口镇苦竹尖山腰上的——徽州海拔近千米的古村落木梨硔，亲近了一回云端上的村庄。

越野车尽情朝着山里开，直至无法行进，也看不到木梨硔的点滴迹象，于是选择一处停下，我们便开始了不知前路的跋涉。村庄在哪儿？还有多远？虽然不用质疑，但好奇心一次次地在我的心中作祟。走了一里多路的山道，抬眼还是看不到任何村庄景象，哪怕是一个檐角、一缕炊烟，或是听到一声鸡鸣狗吠。这山顶真有什么村庄吗？我分明听见如我一样的外地人，也在发出同样的疑惑。

走了20多分钟，庐山真面目终于显现：长长而弯弯的因地制宜的古道节节攀升，让我们越来越感受到村庄的气息，而山路的陡转令人气喘吁吁。十多分钟后，眼前的景致让我惊叹：抬眼望，不远处的村口沧桑古树，足以说明这里的悠久、原始和生态。

上得山来，但见众多的粉墙黛瓦、马头古墙民宅阶梯式依次建造，从外观看，一种沧桑的厚重感顿时让我的心灵产生了震撼。村口的木牌告诉我，这里有产于云雾之中的野生古茶。还说此茶由于身处峰峦叠翠、溪涧遍布的深山之中，特别是常年云雾缭绕，并吸收兰花香气，加之做工精巧，外形微卷，状如雀舌，银毫显露，入杯冲泡雾气绝顶。如此的好茶，我想一定是汤色清碧，回味甘醇。进入村庄，一家家客栈，是那么热情好客。挂在门前的一串串金黄火腿，在一个个红灯笼的映衬下是那么的诱人，不断地吸引着我的手机镜头。这里有许许多多叫不上名的野菜野果野生物，让我们同行者感觉十分惊奇；这里有现做的粑粑糕点芝麻粉，勾起你的食欲，让你立马想要尝一尝。

从下到上、从前到后，由外及里、由内到外……真不敢想象这里居然还有如此的人气！好多的民宿之名都有一个共同的意境：从"村口客栈"到"八仙客栈"，从"原味客栈"到"天春客栈"，客来客往，笑语不断；还有"云里人家""云雾人家""顶上人家"和"天上人家"，宛如仙境，让人浮想联翩，飘飘若仙！

听村人介绍，从前山往村子看，全村的风貌可以一览无遗，景观甚是优美。尤其在雨后时节，可以看到云海，村庄犹如处于仙境一般。正是因为木梨硔生态绝佳，地形独特，地处山脊，三面悬空，还有村庄浓郁的徽风古韵，这里成为黄山市百佳摄影点之一。近年来，由于摄影者的造访，木梨硔逐渐出现在人们的视野里，尤其是以云海景观为主，更是吸引了一大批摄影爱好者的前来，让木梨硔的知名度和美誉度越来越高。

据史料记载，木梨硔始建于明万历十五年，是黄山市最高的山村之一。村民原姓环，因家族犯案，迁逃于此，改姓詹。村落由南向北，民居依山势呈阶梯状延伸，他们世代以林、茶为业，种有少量梯田水稻和油菜，村民自给自足，犹如世外桃源一般。

如今的木梨硔，已经是"奇在深山有远亲"了，特别是在近几年，生态自驾游兴起，天南海北的驴友，特别是沪苏浙地区的旅游者不断到来，让这里往日名不见经传的土特产俏丽地远走高飞了，村民足不出户地富裕起来。往日外出打工的人纷纷回家靠山吃山，家家赚得满钵彩，日子过得天仙一般！

  大约在11点钟，我们便依依不舍地告别了木梨硔。下山的路上，我好后悔，如果昨晚选择木梨硔入住，聆听那夜晚的美妙天籁，观赏那清晨的云海波涛，那该是一种什么样的感受呢？——木梨硔，我还要来！

海宁散记

对以来于海宁，我最初的意识是"中国皮草之城"，这是定格在脑海里对它长久的标识。来到海宁，是因为一次"全国基层作协组织负责人著作权保护与开发培训"，由浙江省作协承办。正是"人间三月春花漫"的季节，从杭州东行，我们一路看到的是绿树成荫，"绿水青山就是金山银山"的理念在这里早就结出了现实版的果实。最后，从杭州东站接我的商务车停在一处法式建筑风格的大酒店门前："钱江君廷"几个字特别显眼。原来这就是我们要下榻的地方，也是一个"一线江景、拥潮入梦"的佳境。

午饭的宴席上，浙江省作协的一位美女领导介绍说，这里是浙江嘉兴海宁市的一个千年古镇盐官镇，也是我们看钱塘潮的好地方。说是下午一点二十分左右有潮来，希望我们不要失去第一次来海宁看潮的机会……一点钟不到，喜欢午休的我一点倦意也没有，与早来的几位不认识的同志站在了三楼的观景台上。"来了、来了，钱江潮来了！"突然，一个声音把我的目光拽到了远处的东边，只见一条白带一样的长卷一字型地推着水浪滚滚地朝我们这边走来，并有一种沉闷的声音传入了人的耳朵，而且越来越响了——轰轰的，哗哗的，如雷贯耳，势如破竹一般。这就是钱江潮吗？李白曾经有诗曰："海神来过恶风回，浪打天门石壁开。浙江八月何如此？涛似连山喷雪来！"这个涌起过无法记数的钱江潮，如战鼓、似春雷，古往今来，给过多少人的力量和士气？人是需要有精神的。中国作协把这次培训放在这里，我想这是不无道理的。

小雨中的江景特别美，处处有一种朦胧的意境。我与宿州市作协办公室主任桂振岭一道，冒着淅淅沥沥的小雨在钱江岸边沐浴，有江风、有渔火，可我没有愁绪，有古塔，有凉亭，我顿生思古惆怅。临江而居的钱江君廷大酒店，让我连续四个夜晚都是在涛声里入梦的。听涛，我仿佛见识了那苏轼笔下的"鲲鹏水击三千里，组练长驱十万夫"的气势；听涛，我依稀感受到杨蟠诗中的"一气连江色，寥寥万古清。客心兼浪涌，时事与潮生"的心境。

　　培训的最后一天下午，会务材料上写着的是"现场教学"，原来是要到海宁市区参观。至于参观地点，上了车才知道，一个是著名的钱君匋艺术研究馆，一个是大诗人徐志摩与陆小曼筑有爱巢的地方。

　　坐落在海宁市区风景区的西山山麓，有一家建造于1996年的钱君匋艺术研究馆。走进馆内，我立刻被这里所陈列的珍贵文物所震撼。四千余件明、清及近代名家绘画、书法、印章、印谱以及瓷铜器等，都是钱君匋生前捐赠。这是一所由同济大学丁文魁教授设计的既高雅又具现代风格的白色建筑。主楼周围绿树成荫，楼前曲桥流水，环境十分清幽恬静。整个艺术院有展厅、讲堂、研究室、珍品库，还有梅、兰、竹、菊四套客房，是供艺术家们来此创作休息的。主楼上"君匋艺术院"五个金色大字题额出自李一氓手笔，大门口古色古香的碑刻为刘海粟所题写，水榭旁有一套石桌石凳，为美国加州大学圣地亚哥分校教授芒克夫妇捐赠。

　　走出钱君匋艺术研究馆，我深深体会到一名当代著名艺术家对艺术的无上追求、对故土的眷恋热爱、对国家和人民的无私贡献。

　　在钱君匋艺术研究馆不远处，当我看见金庸先生所书的"诗人徐志摩故居"七个字时，竟情不自禁地吟起这首耳熟能详的诗来："轻轻的我走了，正如我轻轻的来；我轻轻的招手，作别西天的云彩。那河畔的金柳，是夕阳中的新娘；波光里的艳影，在我的心头荡漾。软泥上的青荇，油油的在水底招摇；在康河的柔波里，我甘心做一条水草！"位于海宁市硖石街道的徐志摩故居，是徐志摩与陆小曼婚后的短暂居住地，建成于1926年，是一幢中西合璧式的小洋楼，现为海宁市重点文物保护单位。故居主楼底层两侧有徐志摩家世、生平及思想和文学活动陈列，展示诗人短暂而绚丽多彩的一生。据导游介绍，在徐志摩和陆小曼结婚典礼上，梁启超在大庭广众之下的一番话，直让他们二人抬不起头来——"徐志摩，你这个人性情浮躁，所以在学问方面没有成就，你这个人用情不专，以致离婚再娶……陆小曼，你要认真做人，你要尽妇道之职。你今后不可以妨害徐志摩的事业……你们两人都是过来人，离过婚又重新结婚，都是用情不专。以后要痛自悔悟，重新做人！愿你们这是最后一次结婚！"试想，这是不是古往今来、中外各地空前绝后的结婚训词？如今这也堂皇陈列于故居内，让我们这些参观者忍俊不禁。对于如此的婚礼致辞，我认为：徐志摩和陆小曼有梁启超这样真心的好朋友，实乃人生之幸事。

关于徐志摩这位大诗人在文学上的成就，历史给予了公正的归纳或总结：他发起成立了"新月社"，集中了当时文坛上的一部分精英；他还曾接管《晨报副刊》，创建新栏目；他还筹建了新月书店，出版文学杂志，给当时的文学界注入了新鲜力量。他出版个人诗集四本，散文集四本，一批优秀诗作，如《再别康桥》《沙扬娜拉》《偶然》一直传颂至今……历史清晰地记着：1931年11月19日午后二时，徐志摩乘坐飞机飞往北平，至济南城南时，因天雨雾大误触开山山顶，当即坠落山下……据说，徐志摩这次到北平是去听林徽因给外国使节开设中国建筑艺术讲座的。

挥别硖石街道的徐志摩故居，我在心底如此默诵："悄悄的我走了，正如我悄悄的来，我挥一挥衣袖，不带走一片云彩……"可一转身，突然想起了徐志摩生前好友泰戈尔在《飞鸟集》中的那句诗："天空中没有翅膀的痕迹，而我已经飞过……"

小岗人的手印

在安徽凤阳县，有个村叫小岗，我想全中国绝大多数人都是知道的。小岗是全国农村第一个率先"分田单干"的村。

我因会议或是培训或是采风，曾经三次到过凤阳小岗村。最近的一次是2023年3月26日，因为受邀参加"全国首届'欧阳修杯'散文大赛"的启动仪式，再一次踏上了这块敢为人先的土地。参观过后，我脑海里顿时凸显出陈列馆里那一个个鲜红的手印。这里的手印是两样的，时间相差达到了28年。同样的手印，不同的意义：一方面，它代表着小岗村人敢为人先的精神，另一方面它表达的是这里的村民对党忠诚、对党的好干部强烈的热爱。

站在小岗游客中心里，我清晰看见，明朝初年，小岗村的先民从北方迁居而来，而村名，是因地势隆起而得名。1978年前，小岗作为"吃粮靠返销、用钱靠救济、生产靠贷款"的"三靠村"而闻名，大多数村民都曾敲着凤阳花鼓出门讨过饭。1978年冬，小岗村实行包产到户，并于第二年秋实现温饱……时光倒回到45年前的那个冬天。小岗村18位农民，他们以"托孤"的方式，冒死在一张土地承包责任书上按下了鲜红的手印，开始了他们心中只想解决吃饱肚子的"大包干"。不承想，他们这静悄悄地一"按"，竟成了中国农村改革的第一份宣言，它改变了中国农村发展史，它掀开了中国改革开放的大序幕。

回首望，那十八颗手印是那么鲜红、明亮。自强不息的小岗人，由此而创造出了"敢想敢干，敢为天下先"的小岗精神。

无独有偶。历史似乎在小岗村重演了相似的一幕：2006年，小岗村村民又集体按下了一次鲜红的手印。这次，他们不是为了温饱而"托孤"，为的却是挽留一位任职期满即将离开的村书记沈浩。在小岗村的沈浩同志先进事迹陈列馆，我被一个人民的好干部所感动。我知道了什么叫俯下身子为百姓；我知道了什么是干部把人民当亲人的鲜活事例……你看吧，2006年，小岗村跻身2005年度"全国十大名村"，2007年初，小岗村被授予安徽省乡村旅游示范点称号，一个美丽、和谐、富裕、文明的社会主义新小岗，重新向世人展示着它独有的魅力。小岗村人都清楚，原因很明朗，那是他们有一位俯下身子为小岗的好书记——新时代的共产党员好干部。

经讲解员介绍，位于小岗村办公楼北侧的沈浩同志先进事迹陈列馆，是2010年7月1日建成对外开放的，是利用沈浩同志生前住所改造而成，占地面积13000多平方米，建筑面积1600平方米，由浙江大学建筑设计研究院设计。这里除了沈浩同志工作的活动剪影之外，给我印象最深刻的就是那一个个鲜红的手印，这是小岗村干部群众的千万个舍不得——舍不得一个好书记的离开而用心按的最好见证。颗颗红手印，浓浓爱戴情。

2008年9月，沈浩书记承诺，一定会带领好村民，建设好社会主义新农村。他是这样说的，也是这样去做的。可是2009年11月，小岗人做梦也没想到的事情突然发生：沈浩积劳成疾，病逝在工作岗位上。如今鲜红的手印还清晰可见，三年的任期早就满了，但沈浩书记这次却再也不用村民按下手印了，他把自己永远地留在了这片他深情耕耘的土地上了。

告别小岗村，窗外一派生机盎然。广袤的原野里，又一个充满希望的春天真正来临。沈浩同志先进事迹陈列馆里，他那张特别的半身黑白照在我的眼前慢慢放大、放大：沈浩的笑，是那么阳光、那么灿烂。那是一颗共产党员的赤子之心，与当年村民挽留他的红手印一起，在敢为人先的"大包干"大地上熠熠闪耀……

桉树伟岸

那年六月，我有幸去了一次"彩云之南"的云南。当我被汽车颠簸得睁开眼睛的时候，看到窗外飞逝着一种很特别的景物——其实它们是一种树（后来才知道，它们的名字叫桉树），发现了它们，我的眼前一亮，它们的姿态让我感动！

滇缅公路上的这些桉树啊，有些地方你们密密麻麻，有些地方你们稀稀疏疏，有些地方你们高高低低，但全都身披银装，就像沐浴了皎洁的月光一样，在这块并不肥沃的土地上顽强地生长。你们——年轻的生命是那样的苗条高挑，站立在公路的两边，风吹一片叶沙沙；你们——中年的桉树，是那样的伟岸，就像我父亲当年挺直的腰杆，给道路带来荫凉，你们有的手拉着手，在高原风的吹拂下，哗哗地歌唱，让我耳边想起了《团结就是力量》。但是更让我感动的是——你们年老的样子，或病树前头万木春，显示出生命的力量；或千年古树做衣架，为这里多民族的人们提供着生产、生活的便利：晾衣，晒谷，拉电线，系牲口……

你们是那样任劳任怨，无怨无悔。更有甚者，你们生命已经终结了，光光的树身还是那样挺拔，就如一根铸造的柱子，风吹不倒、雨打不烂。你们是那么顽强，站在村村寨寨边，如同一个个老兵，列在村头路口站岗放哨。

你们好辛苦，你们好劳累。你们是云南新起的植被中的一面旗帜，你们宠辱不惊，永远不倒。每每想起你们，总是要被你们所感动，为你们而感动！

至亲篇

岁月
心旅

我的阿母

——写在母亲逝世一周年之际

  2021年4月30日早晨7点16分,一切如往常,而与我相伴一个花甲时光的阿母,却在我一千个、一万个的不舍之中安详地辞世了。

  她老人家离开人间的时候,我们小冲吴村和阿母居住的室内室外都是那么地安静,这完全符合她一贯的生活氛围。早已被食管癌折磨得十分瘦弱的阿母,离开我们的时候是侧睡的,如果稍不注意,还以为她是刚刚入睡。其实,我知道,看不到她略微起伏的身动,她真的是永远睡着了——离开了这个她生活了82个年头的世界,离开了她心爱的子女、亲友和村邻。当时,守护在她身边的妹妹放声大哭,我欲号啕,但还是控制了自己,泪水先在眼眶里打转,一会儿便泪流满面:我的阿母啊,我的娘亲,从此我上哪里去找您?不知梦里可相逢?

  阿母,郑姓,讳名爱莲,祖籍巢湖巢县方集乡。1940年五月初十,阿母出生于皖南宣城敬亭山北麓一个世代耕作之家。因为外祖母早产,七个月便来到人世的阿母,自幼身体不好。在我的印象中,苦命的阿母一直与医药相随。每每看到她因病痛苦的样子,我总是在心里祈祷老天开开眼,让我的阿母好起来,让我们全家好起来……小时候,每年冬天来临,为了我们一家老小过年都能穿上新鞋,阿母总是在忙碌了一天后,夜晚坐在被窝里纳鞋底。偶尔被呼哧呼哧的声音弄醒后,也不知道是什么时间了,我看见阿母还在不知疲倦地一边用针在头发上蹭一下,一边很是吃力地锥入硬邦邦的鞋底。有时候都听见公鸡打鸣了,她才吹灯休息一会儿,天一亮便起来烧火做饭。这样的情形我印象很深，至今犹如一尊雕塑立在我的脑海里，挥之不去。

1986年的腊月，高中毕业回家务农后当民办教师的我，几乎没有为家里做出一点经济贡献就结婚成家了。因为小弟已经成人，阿母考虑他的婚事，便要求我们分家单过。虽然我与母亲相隔不过十几米，但没有母亲的家庭，我感到日子很是艰难。过去从没有做过的、以为很简单的事情，原来样样都是那么辛苦。特别是女儿出生后，我真正懂得了这样一句话的含义："不养儿不知父母恩，不当家不知柴米贵。"原来生活是那么不容易。1989年9月13日，一直用心扑在乡村教育上的我，因为种种原因被辞退了。依依不舍地离开学堂，我不知道自己脚下的路在何方。阿母知道我的苦恼，但她也无能为力，只能在背地里为我独自流泪。她说她完全理解我的心情，因为她也经历过一次这样的过程：从人民公社食堂的炊事员，回到了日晒雨淋的生产队田间劳作……好在天公佑我，不久我便遇见恩公相助，有幸去了当时的乡办成人技校，几年后又遇几位好领导，我有幸走进乡镇政府的广播站，直至转正并到后来调进城，成了一名党的宣传干部，实现了从农民到教师到干部的幸运转型。每每一次人生的跨越，阿母总是含泪为我的进步而高兴，只是她不善于表达，更不会在村上张扬。她把对我和我一家人的祝福默默地放在心里，而渐渐的苍老却慢慢地写意在她老人家的脸上。与她老人家聊天时，每次她都要叮嘱我，不要忘记过去，不要忘了曾经给予自己帮助的好心人。

1990年春天，我们一家三口离开了故乡的小村庄。当时团山技校是开着一部手扶拖拉机来为我搬家的，带着简单的家具、衣物和粮食，还有那一百多斤的黑猪，在阿母不停地擦泪中，在父亲不住地挥手中，我离开了生我养我的家乡和含辛茹苦、越来越老的父母……

2007年12月31日父亲过世后，与父亲相依为命的阿母要求单过，好在小弟的家就在她的身边，这让我这个刚刚进城的儿子心里踏实了不少。记不清哪一年，一直信佛的阿母来到了敬亭山的翠云庵，好像她的师傅还给她起了一个佛家之名，属于俗家弟子之类的吧。由于山间空气清新、环境静谧，她过得很开心，仿佛不再生病了。因为翠云庵就在我居住的小城之北几公里处，我便经常去看望她。一次我去得很早，到达翠云庵时才刚刚天亮，阿母见状后，拿来各种水果，非得让我带回家，说是吃了这些果子会保佑一家人健康平安，还为我端来一碗热腾腾的白米粥。吃着阿母在此地亲手做的小咸菜，看着她眼下的处境，想到了她一路走过的艰辛往事，我百感交集，顿时让我这个为人之子感到百般惭愧……也许阿母知道我的心思，便不停地安慰我，说这是她心属所归，说现在的环境对她的身体有益……直到大舅、大舅妈，特别是远在陕西宝鸡的堂大舅，他们来到敬亭山看望阿母，都觉得如此的环境对她有益后，我郁郁的心情才有了好转。人，一辈子很短，每个人都有选择自己生存方式的权利和自由，更何况阿母，作为人母她已经完成了自己的历史使命。后来，阿母还跟随着她佛家的师傅去了养贤乡大山庵村的一个寺庙，我和大舅他们都去过好几回，但不记得寺庙叫什么名字了……

　　几年前，我和小弟感觉阿母的年纪越来越大了，特别是她自己觉得佛门也有不省心的人和事情后，便坦然接受了我们接她回家的意见。回到了老家，阿母从此不再外出了，而是在自己家里摆了一个小佛堂，一日两次焚香敬佛，每月初一、十五吃素念佛。后来，故乡的老屋因为城市三环路的建设而拆迁了，小弟在老屋的山坡上自建了三间大平房，其中一间给阿母住，她照样巧妙地设了一个佛堂，小小的，依然如昨。水电送进家、购物有亲人。因为与小弟仅仅一墙之隔，而且隔墙还开了一扇门，有了小弟一家的照应，这让此前我一直为阿母"年高体弱人在外"的担心，变得云消雾散了。心儿踏实的我，工作效率比以前大大提高，多次获得奖励和荣誉。特别是近三年来，我还将自己对文学的爱好发挥到自认为最佳的状态，感受到生活的丰富多彩和有滋有味。

　　每次回老家，没有什么目的，就是看看两个年迈的老人——我的阿母和孤身一人的岳丈。我和妻子的第一站，因为顺路首先光顾的便是阿母的家。每每看见阿母与邻家的老太在开心地聊天时，我比什么都快乐；而看见阿母的屋门虚掩时，心里总是咚咚跳：会不会老人家又生病了？怎么没打我电话？推门入室，走进里间，床上无人。拨通手机，哦，原来她去了对面山坡上的三叔家……这样的日子过了好几年，我们也轻松了好几年。

其实，家住集镇上的小妹总是隔三岔五地回家看望阿母，除了吃的用的，关键是帮助阿母洗洗浆浆，这让她老人家的日子一直是清洁的、精致的、清爽的。如果说我们男人对父母的孝是粗犷、简单的，那么女人对父母的爱是细腻的、周全的，就如我的小妹对阿母，那是周到仔细的，也是时时刻刻、方方面面的，让邻家独居的无女老人好生羡慕。

阿母是在2020年底查出身患食管癌的，可没送她老人家去医院检查之前，她却那么坚定地给自己的病情下了结论："不用看了，我是食道癌……"然后她列举了村邻和长辈的病例情况。我很奇怪，带她到医院检查后果然如她所言。春节后，我们还是不放心，又去医院做了一次彻底的检查，希望上次是误诊。可惜我那一向谦卑、善良、诚实、苦难的阿母患上了"食管癌"——这个不治之症！2021年2月底，在我们的强烈要求下，阿母住进了市人民医院的肿瘤病房，面对我们儿女的一筹莫展，她却开朗地疏导着我们，说谁谁谁早就走了，说谁谁谁痛苦地走了。她说她这病好在一直不疼不痒的……她越是这样说，我们心里越是受不了。那些日子，我们当面是赔着笑意，一转身便泪水涟涟。我的阿母啊，我苦命的阿母，如今社会吃穿不愁，政府还发养老补贴，可你却怎么不能健健康康地活着呢？

3月，老家的窗外芳草萋萋，一切看上去是那么的茂盛，可我的阿母就如深秋的莲池，开始了生命的凋零；她犹如一盏油尽的老灯，熄灭了往日亮堂堂的火苗……忘不了、永远忘不了——农历辛丑年三月十九日早晨七时十六分，我的阿母——可亲、可爱、可敬、可怜的阿母啊，永远地闭上了她的双眼……

安息吧，我平凡而伟大的阿母！

想起我的脱贫户

2022年4月初的一天,我再一次走进了我帮扶的四户脱贫户的家门。临别的时候,我不敢说这是最后一次拜访,我不是怕他们对我依依不舍,而是怕自己说了告别的话语后,我会把控不了自己。唉,多少个日子里,我们亲密无间地接触,无话不谈,我早就把他们当成了自己的亲人。同样,我每一次上门走访时,他们高兴的样子见我也如同见着了家人。

一

记得2017年的7月,作为一名县直机关的工作人员,我有幸与全国各地的基层干部一样,积极响应关于脱贫攻坚决战决胜的号召,走进了皖南宣州溪口小镇的金龙村,受到村"两委"干部的热情接待。特别感动的是村里的扶贫专干、一个人人喊他"小枫"的年轻人,是他用热心和细心给了我们太多的帮助和服务。在一个叫梅龙街的自然村,由此我结识了我的扶贫对象以及他们的家人,直至1000多个日子后,他们的脸上露出了灿烂的笑容——全部胜利脱贫(其实,我们进村的时候他们已经脱贫了,那时是巩固阶段,我们是属于那种"扶上马后再送一程"的行为)。我与所有的扶贫干部一样,为自己历史性的参与而感到无比的自豪。

最初的时候我只有一户扶贫对象,一户就一个人。后来由于单位干部调动,我们都增加了扶贫任务,我的"关系户"猛然变成了四个家庭,老老少少的共计十个人,五男五女。记得第一次上门找扶贫户张孝根的时候,遇见一只凶猛的村狗,着实让我吓了一跳。一个瘦小的老汉跑出来呵斥，那畜生立刻变得乖乖的，摇摇尾巴不作声了。我向老汉打听我要找的人，不想他竟幽默地说：他呀，远在天边，近在眼前。原来他就是张孝根，一看就是个乐天派，一定是个可"扶"之人。

后来，我每次来到梅龙街的时候，只要事先打电话告诉张孝根，他准会在村中间的公路旁迎接我。如果有哪一次在公路旁看不到他时，我会立刻想：他该不会是生病了吧？因病致贫，是农村扶贫对象的普遍特征。后来的日子里，我会带上一些米、油、酒和糕点之类的礼品看望他（其实也值不了几个钱）。离开时，他准会送我一些茶叶、竹笋什么的，我实在推脱不掉，就只好恭敬不如从命了。再后来，他有什么困难和疑惑，要么当面问我，要么电话咨询，甚至还会与我说一些村子上发生的家长里短的事情，我们成了无话不说的好朋友。

二

我的扶贫户中还有一个小男人，名字叫何小三。第一次看见他这个名字的时候，我竟莫名其妙地想到了京剧《苏三起解》。说何小三是个小男人，不仅仅是因为他在我的扶贫对象中年龄不大，还有就是他的个头矮小。每次上门走访的时候，无论上午还是下午、晴天还是雨天，他总是大门紧闭，卧身在床。我每次敲门喊他的大名时，他会立刻应声一骨碌爬起来开门，一副衣冠不整、邋里邋遢的模样。也难怪，多年"一人吃饱全家不饿"养成的习惯，特别是常年有病，不仅是身体上，还有智力上的……唉，凡可怜之人，大体都是这番的景象。你不要以为他懒，据村上人说，何小三早年没病的时候，出门是一身精致的样子。

每次我进何小三的家门，他会倒上一杯开水，尽管我一再说不用不用，他准会说："你们辛苦了，没什么好招待的，山里的水最好喝……"他真没说假话，梅龙村的水是山泉水，清澈甘甜。而每一次离开的时候，他会客气地送我走出家门，但还没等我迈出三步远，回首一看，他已经关上了大门。估计他又是上床做他的春秋大梦了……

有什么办法呢？只希望他在政府温暖的关怀下（已经列入五保户）一

天天好起来。一个典型的农家的后生，我相信只要他的身体好转了，是绝对不愿意一辈子依靠救助过日子的。

三

汪秀莲是我扶贫对象中年龄最大的一个，今年八十有五了。老人家身患哮喘病、心脏病和高血压，长期靠药物维持生命，是典型的因病致贫户。不仅如此，她还有一个智残的小儿子张万明，母子相依为命。一个怕冷，一个怕光，经常在我上门的时候，他们母子二人坐在各自的小板凳上，对着黑漆漆的屋顶发愣。

每次我到她家走访的时候，她那五十来岁的儿子总会乐颠颠地叫起来："妈妈妈妈，那个干部又来了……"接着，他那身材高大、说话气喘吁吁的母亲便站起身来，马上迎我问上一句："你吃了没有？"没等我回话，她儿子便端来了一把黑漆漆的椅子。接下来的话题，大娘汪秀莲不是说儿子懒，就是埋怨自己的苦命，说她娘儿俩给政府添麻烦了。

俗话说，能说不能行，实属无奈。他们本是乡村勤快人，只是因病动不了。大娘还说，如今好世道，贫穷不怨谁，只怪自己身体差。若不是共产党，真不知道这日子怎么过……于是，她老人家还会忆苦思甜来，感激之情溢于言表，也让我感到自己的付出太值得了。只要我们为群众做了事，哪怕点点滴滴的小事，他们都是记在心间的。

四

要说我扶贫家庭人口最多的，自然是高白鹤一家了。当我看到扶贫手册上她的这个名字时，我脑海里便浮现出纪录片《丹顶鹤的故乡》中的情景，耳畔自然会响起那首优美抒情的主题歌。我佩服为她起名字的人，我估计她也是一个高挑白皙的乡村女人吧？

当我第一次走访她家的时候却吃了一个闭门羹，她在村中央公路边开小卖部的婆婆告诉我，高白鹤又去上海做血透了。唉，原来年纪轻轻的她，居然患上了要命的尿毒症。第二次走访时，我见到了一个面色黝黑的女人，好在她的精神状态还算不错。她说没办法，为了一个家，一个有儿有女的小家，自己必须顽强地活下去……不记得是第几次上门时，我们聊到了她上宣城中学的大女儿夏雨凡。她说自己的闺女很成器，本想在孩子高考前的一个学期去宣城陪读，但懂事的女儿说，省下陪读的租房钱，为了来年上大学用……说到这里，高白鹤哽咽了。我知道，她还有一个儿子在溪口镇上读初中，都是要花钱的，可她家唯一的经济来源是丈夫在上海挥汗如雨地打工挣钱。不是她说者有意，而是我听者有心。回家后，一想到那个与名字截然相反的面容，我便自然而然地想起她困难的家境。如何在政府照顾的情况下给予高白鹤一家另外的帮助呢？我想到了爱心捐助的方式。可我就是一个工薪阶层，一个人的帮助是有限的。怎么办？怎么办？突然，我想到了自己还有另外一个优势。作为一个社团组织的负责人，我来发动宣城市散文家协会的集体资源和会员力量——《伸出你的手　送上一份爱》：在宣州美丽的溪口镇金龙村，有一个建档立卡的贫困户，户主有一个很美的名字叫高白鹤。她是幸福的，因为她有一个疼爱自己的丈夫，有一对聪明可爱的子女，可是命运之神却在2009年对她实施了不公平的待遇：一场突如其来的大病后，高白鹤被查出患有尿毒症，急需换肾，否则性命难保。第二年，在伟大的母爱中，高白鹤得以从死神的魔掌里挣脱回来，家里却从此一贫如洗。换肾后的她，每月需要花四五千元的药费来保命，而她丈夫在上海一家化妆品公司开车送货，每月也只有三四千元的收入，她的家、一双儿女正在读书的家，只有靠借债来过日子。"好在有了党和国家的扶贫政策，否则我这个家早就撑不下去了……"如今，每每有人提及她家的境况，一向乐观开朗的高白鹤也难免出现忧郁的神情，因为今年8月底，儿子就要进入溪口中学初二年级了，而特别懂事的女儿夏雨凡将迎来她在宣城中学的最后一年，也是最关键性的一年——高三年级。作为母亲，高白鹤很想在女儿最关键的时候去陪陪孩子，以免留有终生的缺憾，可一想到一年15000多元的房租费，高白鹤便不知所措了……这是我夜晚赶写的倡议书前半部分。

2019年8月14日上午，在宣城市文联副主席黄廷洪的带领下，当宣城市散文家协会主席、宣州区委宣传部扶贫干部将6300元爱心捐款送至帮扶对象高白鹤手中时,她感动得泣不成声:"我只是随口一说,没想到你却把它当成一件大事用心做了……"

  时间过得好快。我梅龙街的四户亲人啊,你们还好吗?老张,你有高血压,可不能马虎大意啊,早晨起床动作要慢点;何家小三,可别总是睡觉,早晚得出门走走,身体是革命的本钱,活着比什么都好;汪大妈,你的哮喘病到了春天更难受,要多吃些清淡的食物,上了年纪要懂得静养;高白鹤,你还要外出做血透吗?你的闺女在上海读书成绩一定不错吧?要常常提醒孩子保重身体、注意安全。你自己还是要坚持治疗,继续保持积极乐观的态度,我相信你和你的家人一定会好起来的……
  我的扶贫户——我的亲人,你们都好吧?"纸船明烛照天烧",我还会再来看你们……

岳父的目光

自从与他唯一的女儿恋爱后，我知道岳父是一个特别苦难的人、特别勤劳的人、特别有耐力的人。他对未来、对生活总是充满了希望，对儿女是那么慈爱，仿佛从来就没有经历过什么苦难和不幸。三十五年来，我感觉岳父的目光里始终闪现着美好和自信，纵使有千难万苦，他也有能耐克服。用他自己的话说，没有过不去的坎，没有翻不过的火焰山。

我和妻子分别是上下村的农家子女，自小看着彼此长大。我记得童年的时候，她的母亲因故突然离开了人世间。那时，岳父带着三个孩子，特别是最小的一个还在襁褓里……原本温馨的小家倒了一半，接下来的日子怎么过？不久，他的第二个男孩子也突然患病去世。不幸和艰难就像两座大山，几乎要将他压趴在地。三年后，好心的村邻要给他找一个伴儿，可三十岁出头的岳父担心"前娘后母"的事情会苦了一对儿女，坚决不愿。那时的岳父，我没注意他的目光，但听到他如此的态度，我能想象，那一定是坚毅的、刚强的、忘我的。

就是在这种坚毅、刚强、忘我的境界中，岳父家的日子一天天好转：女儿出落得如花似玉，幼小的儿子在亲人的共同帮助下健康成长。在他"知天命"之年前，我这个邻村的青年走进了岳父的生活，让他看到了一种特别的希望。尽管那时我还是一个穷得叮当响的民办教师，连我自己都看不到未来的出路在哪里，但岳父的目光是肯定的，他没有嫌弃我这个"弱不禁风"的后生，几次让我几乎夭折的爱情回暖如春。在与他女儿成家后的那些日子里，岳父甚至充当了父亲的角色，帮我耕田耙地、插秧割稻……那时候的岳父，俨然是一位勤劳而勇敢的船长，帮我驾驶着我这个新立小家的小舢板，在大海一样的生活颠簸中前行。我在愧疚和自责中分明看见，岳父的目光是一种力量和温暖，就像一束雪亮的远光灯，让我清晰地看到未来有美好的彼岸。

清楚地记得，1990年的春天，我这个小家终于要离开有父母温暖的港湾了。征求岳父的意见，他竟义无反顾地说，你们奔你们的前程，不要管我……离开家的前一天，我和妻子与岳父道别，岳父的目光与我的父母一样，充满了无限的关怀与牵挂，当然有太多的不舍。要知道，我与岳父虽然是上、下两个村庄，但距离不过五六百米，几乎是天天见面的。洗洗浆浆的事情，妻子是会主动回娘家做的，可以后呢？两个男人的家庭（那时小舅子还是个少年）……唉，一路走来，岳父的付出是很多的，心里总是盘算着两个家。岳父渐渐老了，我们却要撇开他不管了，一种自责便深深堵在我的心口。

后来，我这个小家随着时代一道变迁。在聚集了岳父温暖而慈祥的目光里，我和妻子就像一块光伏发电板，集腋成裘、积沙成山。我们从学校到集镇，从小镇到城市；我的身份也从农民变成了教师，再由教师转成了机关干部；一对儿女也相继成家立业。家在变，我们在变，故乡在变，一切都在变……后来，我在故乡再也见不到我父母的身影了。我在绿油油的麦田里寻找，我在金灿灿的稻田里呼喊，可遇见岳父授意的目光，我知道，我的父母是去了哪里。这时，我看见岳父的目光是浑浊的，更是无奈的。这是我今生唯一一次看不到希望的那种目光啊，我突然感到，岳父老了，我也老了。

三月的一个周末，我和妻子回了老家（这是我近年来的习惯了）。一贯勤劳、如今独居的岳父，与我谈论起春暖后的瓜果蔬菜种植之事，他竟然破天荒地不再坚持曾经的原则了——"干不动了，干不动了，随它去吧！"傍晚时分，我和妻子拎着两袋岳父菜园里刚摘的青菜、萝卜和大蒜，就要回城，岳父坚持要送送。路过门前那早年圈起来的小菜地，看见越来越少的蔬菜，岳父说，再来一次还有菜给你们，以后就没有了。我一转身，看见岳父的目光里竟有泪光闪烁，那是一种无助，也是一种无奈，更是一种深深的留恋。我知道，一个躬耕一辈子的农人，他对土地的情感有多深，他对庄稼的眷恋有多难舍……

回吧回吧，一转身，我竟泪流满面。

二 弟

　　二弟只比我小三岁，他有几个小名，母亲喊他"毛子"，外婆他们喊他"小毛"，而村上的人有的叫他"毛头"，也有的叫他"毛毛"。可在我的心里，他就像是我的亲哥哥，因为早年在我们那个贫穷的家中，他很早就肩负起"兄长"的责任和担当。许多的时候或是许多的事情，总是让我这个做兄长的感到汗颜。二弟的性格秉承了父亲，性子刚直，有时候说话还有点冲，事后知道自己错了会主动承认，所以无论是村邻还是家里人，还是一如既往地与他亲密往来。"他这个人勤劳，心直口快，真诚善良！"这是别人对他最好的总结，我是完全赞同的。

　　二弟小学的时候，大概是他上四年级时的春夏之际吧，突然有一天他不上学了。我得知情形后，坚决不允许，硬是拽着他的衣服，拖他去学校，可他死犟着就是不愿去。我不知道当时哪来的力气，或许是受到"万般皆下品，唯有读书高"的思想所致吧，我使出吃奶的力气，硬是将小弟从家门口拉到了麒麟山（估计直线距离也有两公里，山南边就是我们当时的学校）。面对哗哗的石子路，小弟猛地躺倒了不愿站起来，可我还是不松手。可怜他那单薄的衣服怎经得住坚硬石子的摩擦，二弟几乎是磨破了双腚，流出了鲜红的血……现在想起那段不堪回首的往事，我总是十分愧疚。世上难道只有一条读书的人生路吗？适者生存嘛，为什么要逼他呢？如今四十多年过去了，我们兄弟俩在老家饮酒时，每每提及此事，二弟总是当成趣事在谈，而我就像做了亏心事似的不敢接话。感觉那是一道伤疤，提及就是揭穿，一段好痛的少年时光。

　　要知道，是弟弟的辍学，才成就了我从小学读到高中。因为当时父母的身体都不好，特别是父亲患有严重的肺病和哮喘病，根本无法承受家庭联产承包责任制的辛苦劳作。而那些"犁耙耘耖""栽秧割稻"等重体力活，全部压在二弟一个人的肩上，那时，他也仅仅是一个早熟的少年。1983年3月，高考落榜后的我在一个小学教学点当上了民办教师，每个月的收入少得可怜。而二弟，不仅干农活，农闲的时候还去附近的古塘窑厂、高岭岗窑厂给人家掼砖、烧窑。一天下来，人累得像个皮猴子一样，可他从没喊过一声累和苦。

1987年的春天，到了婚娶年纪的我，终于有了对象。面对需要建新房的困难，二弟不慌不忙，与村上的年轻人联手挖土垒窑……一百多天的日日夜夜里，我见证了二弟他们开土、掼砖、烧窑、挑水和出砖的辛劳。特别是出窑搬砖的时候，不仅要承受开窑时的高温，还要呼吸浓浓的灰尘。中午吃饭的时候，二弟的全身都是黑漆漆的，当然包括脸，只有一双眼睛显得特别亮，还有咧嘴露出的牙齿雪白雪白的。我当然也参与，但与二弟相比，所做的事就像是一个工程的小小零头而已。

十月里，金风送爽，我家崭新的三间青砖红瓦房建成了。腊月底的一天，我成婚了，二弟还采用透支的方式，给我买了一辆永久牌自行车，成全了他过门嫂子的一个附加心愿。可以这么说，从小学到高中，从建房到成婚，我一直在靠家庭的力量，实际上这都是以二弟为主挣来的血汗钱。我知道，今生我是怎么也还不上他的。

二弟是勤劳的，从不延误农田里的庄稼活。每当秋收季节，二弟看见自己田地的庄稼一派丰收在望，笑意总是挂在他黝黑的脸上。后来，老家的附近建起了高新经济开发区，我们村庄上的许多年轻人不再愿意"面朝黄土背朝天"了。看见田畈里那么多抛荒的水田，二弟采取流转的形式自己耕种。为此他买来了大型耕种机、收割机，并帮助需要的村民解决耕田、收割等笨重辛苦的农活儿。当然，他自己也从中赚取了不菲的酬劳。

我自1989年深秋离开出生的小冲吴村后，因为是长期的聘用，对工作一直勤勤恳恳、兢兢业业，丝毫不敢马虎，这样也就取得了一定的成绩，后来还通过考试取得了本科学历，从农民转变成一名基层干部。而对于日渐变老的父母双亲，我除了经济上给予帮助外，其他都是二弟和小妹他们操心，让我省了许多牵挂，这也是我全心全意工作的根本保证。而今每每看到自己一本本各级各类的荣誉证书，我就想，这里面足足有一半是二弟的功劳。

如今的二弟也近花甲之年了，儿子鹏子在浙江师范大学毕业后考上了教师，还娶了一个当教师的媳妇。一家俩教师，这在我们那个小村庄是绝无仅有的。由于长期的农田劳作，二弟落下了腰椎间盘突出症。逢年过节相聚，我们都会劝他放下农田注意休息，可他总是憨憨地一笑："不种田，我能干什么呢？我是习惯了，一辈子就是个种田汉……"这时，我分明看见，二弟说这话时，没有悲伤，也没有无奈，而是一脸的坦然、乐观，甚至是豁达。

这就是我的二弟，我最亲、最好的同胞兄弟，他的大名叫吴生喜。是喜悦的喜，是喜庆的喜，是喜气洋洋的喜……愧为兄长，我只能在心底祝愿他，往后平安、健康、快乐。

小妹文花

自从成婚与父母单门立户以来，特别是小弟、小妹成家立业后，我们兄妹三人，每年春节是必定要互相串门的。每一年的相会，都会勾起我们对童年、对父母、对往事的回忆，而每次我们兄弟妯娌来到小妹家，她都会忙得不亦乐乎，精心张罗出一大桌子的好菜，然后不停地叫着"哥哥""嫂嫂"尝尝她的厨艺……

2020年"五一"前的一天晚上，小妹打来电话，说今年作兴妹妹给哥哥送食品。我谎称"五一"也许要外出，她那头才挂了电话。其实，我对这些民间常有的做法是很清楚的，不外乎是一种推动内需的商家操作，没有什么科学依据，也没什么实际意义。第二天一大早，习惯早晨去公园散步的我，刚刚走出楼道口，猛然听见一声亲切的声音："哥哥！"原来，一辆电瓶车上骑着两个戴头盔的人，是小妹和夫婿。怎么这么早啊？小妹说，你不是要外出嘛，怕迟了你们人不在家啊？然后提着大袋、小袋的，一脸庆幸的样子。

一杯茶水端在手，小妹他们还没喝完就说要回家，好客的妻子怎么挽留也没成。尽管我一再解释今天不外出了，可他们还是执意要走。送小妹下楼，看见他们消失在小区的门口，心里顿时有了一种空落落的感觉。

小妹，一个比我小六岁的小妹，总是把我这个做哥哥的挂在心间。在我的记忆里，如此的做法，小妹已经做过好几次了，什么穿红色内衣可以逢凶化吉啦，什么送凉鞋可以稳稳当当啦，送苹果、韭菜可以平安健康啦……每一次的礼品，都有一种寓意，总是让你不得不接受。对于小妹每次这般到来，有时候，感觉无所谓；有时候，好像心安理得；有时候，还埋怨她多此一举……但回过头来想一想，这些加大亲情活动频率的举动，有岳父母送女婿的，有女儿给父母的，有外婆送给外孙的，怎么没有一次哥哥弟弟给姐姐妹妹送礼品的？扪心而问，这些年来，我给小妹送过什么了？我常常在酒过三巡的时候这样炫耀自己的德性：别人给我三分好，我会还以七分报！可为什么一直忽视了对自己那么好的小妹呢？

小妹，是我们兄妹三人中最小的一个，按说她是最应当受到宠爱的。可在我记忆中，我对她的关照几乎是微乎其微。小时候，她是天生的脚残，可照样提着竹篮打猪草，骑在牛背在放牧；长大后，她没有沾光两个哥哥的庇护，照样跟我们一道割稻、栽秧、砍油菜、挑水、做饭、洗衣裳。记得有年五月的一天，家乡的油菜籽收获后，十来岁的小妹从对面山坡上挑着一担"巨型"的菜籽秸秆，被突来的大风吹得跟跟跄跄，临近村口了，还是被吹倒在绿油油的早稻田里……事后有人告诉我，被路人拉上田埂的小妹，尽管身上都湿淋淋的，眼睛里饱含着泪水，可她还是咬着牙，一声不吭地把秸秆挑回了家——那时，我在城里读高中。

回想与小妹相处在父母身边的二十多年光阴，总感觉自己作为大哥的失职，有时甚至感到愧疚。20世纪80年代初，家乡刚刚实行家庭联产承包责任制，小妹与比她大三岁的小弟便辍学了，与父母一道，没日没夜地干农活。记得一年深秋，我放学步行三十里路归来，月亮已经升上了天空。家里无人，邻居告诉我情况后，跑到对面山坡上，只见父母和弟弟妹妹四人都在忙着收红薯片。父亲说，你回来得正好，明天要下雨。望着月光下满坡泛着点点白色的红薯片，我顿时头皮发麻：这得何时才能收完啊？……可看见弟弟妹妹一声不响地忙乎，特别是小妹，月光下的她扎着两个羊角小辫，几乎是跪着的样子，而且已经累了一整天，我立刻感觉自己是那样懒惰和渺小……也不知道过了多久，我们一家人终于头顶着浓浓的寒霜踏上了回家的田埂。队列中，单衣薄衫的小妹一声不响地走在中间，没说一声苦和累。

后来，高考落榜的我，回家当了农民。在我还不知道自己脚下的路该如何走时，小妹就被动地嫁给了为人老实巴交的妹夫小金，离家很远，且交通不便。当小妹出嫁的唢呐吹响的时候，我分明听出她的哭声里饱含着太多的眷恋和难舍。小妹，从此就离开这个家了——这个有她太多依赖和父母呵护的家了。她的未来是什么？听着一阵阵炸响的爆竹声，我突然不知哪来的担忧和伤感……好在，后来的日子告诉了我：老实人做老实事，老实人过老实日子。上苍不欺老实人，妹夫小金靠着自己的木工手艺，把娶妻养子的日子过得踏踏实实、稳稳当当，这让我心里轻松了不少、快慰了许多。

如今年过半百的小妹，已经是两个孙儿的奶奶了，他们一家和和气气，过着自己美好的生活。但无论如何，对于小妹，我总觉得自己这个做大哥的亏欠了她什么，常常会产生这样的念头：如果时光能让我回到童年或少年，我一定好好地照顾年幼的小妹，让她体会有一个大哥的温暖和幸福。

如果非得要找出自己对小妹有过什么好的话，那就是逢年过节与弟弟妹妹们回想往事时，小妹居然一直记着的事情，说我在城里读高中时，每每周末从学校食堂带回家的馒头是那么大、那么白、那么喷香的……这，或许是我面对小妹时，唯一让自己感到欣慰的事。

孙儿吴锦诚

2014年12月6日清晨，我的孙儿——因为早产提前来到了人间。母子平安，全家其乐融融，我在心里默默地对天堂的父亲说，老爸，我们老吴家又有传宗接代的新人啦！四斤八两，好小，需要在新生儿医院住院——这是医生说的话，我们不得不听。一周后，我抱着孙子回家，我们一家由四口变成了五口，让人着实高兴。回家的孙子，整天睡觉，只有一种情况下才会发出声音，那就是肚子饿了。他脸圆、额高、眉浓、眼大、口小、耳垂——这就是我的宝贝孙儿小锦诚。

时间过得真快，五个月的小锦诚的体重达到八公斤之多。此时的孙子方头大耳，只要是醒着的时候，总是会噢噢地笑。宝宝笑了，自然全家都乐。我们带他到楼下的院子转悠，凡是见着他的妇女或老人都会说孩子可爱，还伸手过来抱抱。才开始，孙子一本正经不苟言笑，但经不住他人的逗乐，嘿嘿地笑了。五月的小区里，大树呈现出片片阴凉。周末的时候，我会抱着孙儿在树荫下晃动，他高兴的时候，看见一片飘动的树叶也会欣喜万分，如小鸟一般不停地使劲挥动着四肢；他不高兴的时候，表现出难得的深沉，可谓沉默寡言。累了，我会在小区任何一处石凳上坐下，吹着口哨为他把尿，每次他都给我面子，"小雨"一条直线下，我好有成就感，更觉得孩子乖巧与听话。

院子里转悠够了，小锦诚的眼睛不再那么晶亮圆睁，肯定是想睡觉了。无论是在大床上，还是在他一人独尊的小摇窝里，仰面睡熟的孙子是那么安静，脸上露出幸福的甜美，有时还会出现笑容，让我忍不住想亲亲他。不知什么时候，"哭了，醒啦，喝牛奶啊"——成了全家人围着他这个小大人频率最多的话语。

　　时间这个东西，让人捉摸不透，有时候觉得过得很慢，但有时候却觉得过得飞快。这不，感觉一转眼，孙儿小锦诚已经200多天了。孩子如一株小苗，得风沐雨一般见长，而他甜美灿烂的笑容，又如一朵含苞的花蕾，绽放在我们全家人的心中。他，自然成了我家中没有任何东西可替代的开心宝。

　　已经七个多月的孙儿小锦诚，真的有许多让人开心的事。在家里，小锦诚已经能坐在学步车里滑来滑去了，也许是那廉价的学步车有问题吧，总是偏向一边。那么小锦诚的身体自然也会偏移，这就造成他总是横着前行，那夸张而滑稽的样子，谁看了都不忍俊不禁。这时候家里如果有人拉开大门，对着习惯到小区转悠的他喊一句："小锦诚，我们出去玩啊！"他会立刻像一个娴熟的溜冰舞者，风一般地飞驰到你的脚下，拍打着翅膀一般的双手，嘴里不停地发出谁也听不懂的声音，但意思很明白，抱他出去玩啊。如果你真的抱他下楼，他会用一只嫩嫩的紫芽姜般的小手，抓住你的衣领或是上衣口袋，每下一步楼梯，他都会抓紧一次，直到走到地面他也不放手。

　　夜晚的小区里路灯不是很明亮，再加上夏季的蚊虫，我只好抱着孙儿去小区外的街道走走。面对大街两边花花绿绿的灯光，孙儿小锦诚的小脑袋就像一只拨浪鼓，晃过来晃过去，晃过去又晃过来。他不知道看哪边是好，一副目不暇接的样子，一副左右光顾的憨态，让我忍不住要摸摸他毛茸茸的小脑袋，亲亲他滑滑嫩嫩的小脸蛋。

　　也不知道从什么时间开始，小锦诚会卖萌了。每每有人逗他的时候，他除了热情地响应你之外，还会趁你不注意的时候，收缩小鼻孔，翘上小嘴角，眯着小眼睛，对你直抬头。可只要你发出惊喜的叫声："宝宝做丑啦！"他会立马停下，然后，无论你怎么"央求"他再做一次，他就会三八二十四个不搭理你。你会扫兴吧，可他还是照样"噢噢噢"，有时候还会咿呀咿呀地说着我们谁也听不懂的话。

　　人们常说辛苦并快乐着，这话体现在我们家小锦诚他奶奶身上是不折不扣的。这不，因为儿媳妇的小表弟金榜题名了，开心宝要和他的父母回金寨的外婆家去庆贺,还说把小锦诚留下一个月,给他的外婆外公开心开心。人还没走呢,他奶奶就不停地对着孙儿念叨了:"宝宝就要出远门了,想死奶奶了。"还不时地跟我说:"也不知道孩子适应不适应那里的环境,他外婆外公会带好孩子吗?宝宝现在会爬了,睡觉的时候要时刻提防他摔下……"

夜深人静的时候,小锦诚的奶奶像个孩子似的说:"真舍不得孙子的离开。"我就打趣地说:"这样不是很好吗?你太辛苦了,是孩子们给你放一次假,让你休息休息嘛。"可他奶奶立马说:"我不想放假,我只喜欢我家的开心宝……"那声音有点哽咽,并深深地感染了我。我只好安慰她说:"一个月时间很快,小锦诚很快就会回来,你开心的日子多着呢……"

人常说,隔代亲,我如今算是深刻体会到了;有成语曰,天伦之乐,我算是尝到这样的美乐滋味了。每每在外,还多了一份实实在在、念念不忘的牵挂。孙儿小锦诚在一天天地成长,我坚信他的明天一定比他的爷爷奶奶好、比他的父亲母亲好。如果真要我对他说点什么,我最想说的是祝他一生平安!因为一个人如果没有"平安"这个竖起的"1"字常伴常随,那他纵有万贯家财、位高权重写出的无数个"0",那也只能是零。零者,空也!所以我要说,不指望他将来有多大的出息,我只祝愿他平安、平安,平平安安!

你在他乡可安好

记不得从是哪一年开始，一到年关，我的心里总是莫名其妙地产生出这样一个关心与关切：竹，你在他乡安好吗？你在他乡可安好？我一遍遍地问，是问他人还是问自己？问他人，我不敢，至少我不会随随便便地问；问自己？越问越挂念。也许有人要问我：竹是谁？你为何如此挂念上心？我怎能告诉你啊？又如何告诉你……

不是说"此处无声胜有声"嘛，我只能在心底里轻言细语说给我自己：竹，是我的老乡。她家就在离我家东边不足一公里的一个小山村里，那里很安静，是我见一面今生便注定向往的地方——在故乡皖南素有"江南诗山"美誉的敬亭山北麓，有一座叫麒麟山的东山脚下，一个坐北朝南的村庄，大概二三十户农家，依坡而居呈不规则的几排一字形散落着，村前是一口长方形的大水塘。春天雨水猛生，水塘下的溪沟里流水哗哗；夏日村庄绿树成荫，风儿阵阵送来凉爽；秋天呢？房前屋后瓜果飘香，稻谷在大塘上下的田畈里金波荡漾；而冬季的小村庄，则是白雪裹着村庄对面麒麟山的茫茫青松，让人想起缩小版的东北林海雪原。大雪封山，这里有许多野兔和狗獾在雪地里觅食，每每让勤快的庄户人有一顿美美的晚餐……以上，有些是我亲眼所见，有的是我亲耳所闻。

再看看竹的村庄里，背靠低低的山坡，有郁郁葱葱的杉树，四季常青；村东边的不远处，是一条最初让我们走进城市的黄土大路，路西边的乌龟山，我感觉不到它千年龟王的吉祥，相反却总有一种恐惧感，就连我上高中的时候，每次路过那儿还有一种莫名的不安。而村西头，却是一处让我无数次神往的地方：一棵高高大大的槠树蓬如伞状，远看就如一个巨大的绿蘑菇。夏天的时候，村上的小伙伴一定都聚在大树下玩耍，有调皮的男孩肯定会爬上树顶，看到更远处不一般的风景。啊，想想我都羡慕嫉妒。这就是竹的村庄，她的家就排列在村中央……以上赘述不是一种铺垫，也许你认为是多余的，可我要表达的是：我对这个村庄的动情要比对竹还要早呢。

好山好水好风光，好山好水出"好"人。自从我看到了竹，便牢固地认为她是这个村庄最好最好的女子！——时光来到1979年5月的一天。在竹家对面的麒麟山西南麓，在麒麟村初中三年级的一节劳动课上，我因为突然身体不适，不等拿着钉耙去挖地栽种山芋苗，便痛苦地趴在了课桌上，一个个同学纷纷走出了教室。恰在我感觉无比孤独失落的时候，一个轻柔细语的问候在我耳边响起："你怎么啦？不要紧吧？"顺着声音我抬头一看，那是一个白白净净、纤纤细长的女子（平时根本没在意有如此楚楚动人的女同学），一身清新得体的衣着，特别是上身那件浅绿色的灯芯绒褂子，让我迅速想起外婆家屋后那高挑高挑、碧翠碧翠的水竹。她最后一个走出教室时回望我的眼神，是那样的刻骨铭心，让我感到了亲人般的关爱，顿时有一股暖流电击了那我少男的心……

后来的日子，你可以想象，我在四五十个同学的人群里，总会情不自禁地偷看她、关注她，甚至想要去关心她。感觉心底里特别美好，而看不到她的时候，便是特别的酸楚和挂念。一年后，我们初中毕业了，竹消失在我的视野里，却那么牢牢地长在我的心间，让我心烦意乱。都说想念一个心仪的人是一件幸福的事情，可我怎么啦？是那般痛苦，有时简直就是一种煎熬。

就在那年的秋天，我被录取在县城一所较差的高级中学。一个落叶纷纷的日子，我在夜晚的寝室里终于按捺不住情感的奔流，给竹写了一封书信，意思委婉可十分清楚。第二天，信送走了，也送走了我一颗惴惴不安的心。我不敢想结局如何，所以既盼有信来，又怕有信来。无数个心焦的日子过去了，可我一直没有等到竹的任何信息，直到我高中毕业离开校园……那年冬季，四叔从上海归来送我一块古代仕女图的精致手帕，我舍不得用，将它夹在一本厚厚的大杂志中，我想寻找一个机会把它送给竹。

我感觉竹是完全配的，图上的仕女与她好相似啊，但我又十分清楚地知道，今生肯定与她无缘了！

今世忘不了，大概是1984年的一个冬天，得知竹就要成为别人的新娘，我好难受。她婚期临近的日子，已经当上民办教师的我，每每下课的时间也不敢走出教室的门，因为她出嫁的必经之路就在我校舍的旁边。那天，一阵欢快的唢呐声声脆，我却心里一阵阵痛，泪水情不自禁……谁说"男儿有泪不轻弹"？那是"只因未到伤心处"。

后来的日子，我没见到过竹。尽管我知道她的情形、她的住所，也知道她后来搬到了一个什么新地方。相见不如怀念吧，我把一切藏在了心底。再后来，我也找到了属于自己的另一瓣桃花，受伤的心灵有了一种难得的慰藉。

那是1989年的深秋，被辞退了民办教师的我，遇见了人生中的恩人，我有幸来到了一所乡办技校任教。而不敢与竹见面的我，却在那里不得不与竹相逢了。那时，尴尬与痛苦折磨着我，让我从心里产生莫名的自卑。好在三个年头不到，我被调离了学校，离开了她。可好景不长，由于我工作的小镇规模不断扩大，以缝纫为生计的竹，也赶潮似的来到了人气旺旺的小镇。面对现实，我把挂念深深地埋在了心底，让它今生无法发芽。后来尽管她与老公出现了一些不和谐，但我还是劝竹好好珍惜当下和今生……再后来，为求得更好的谋生方式，他们夫妻双双外出到了一个大城市，算是开启了她人生中的第二次淘金梦吧。二十多年间，逢年过节，我们每每在故乡相见，她莞尔一笑，偶尔问问我的近况，我也只是为问而答，归于少有的平静和平淡。

如今，我和竹都步入了花甲之年。少年的往事有时还会浮现在眼前，一幕幕的，自然有竹的轻轻声音、倩倩身影和浅浅笑容……尤其是在每年年关到来的时节，我总会想起她，忍不住在心里问上一句：竹，你在他乡还好吗？

焕子叔

至今我都没弄明白，我四叔"焕子"之名的准确用字，早年听村上的长辈们喊他"欢子"，而我的大姑父却叫他"唤子"。我今天之所以写成"焕子叔"，那是因为他身份证上的鼎鼎大名："尔焕"是也，所以我不得不这样去称呼。我感觉称"唤子"是不对的，我的祖母在焕子叔出世之前，已经产子四个（一个少年病亡）、女两个，面对又一个男孩的出世，她老人家还会呼唤再生男丁吗？叫"欢子"有可能，也有不可能——可能的是，那个年代，"多子多福"的观念浓厚，添一个男儿是欢喜的；不可能的是，毕竟前面已有四个男孩了（还有两个女儿），面对这一群的进食之口，我替我的祖父母想想，"欢"从何来啊？所以，我认定了四叔是叫"焕子"的，更何况还有一张身份证，毕竟还是有法可依的嘛。

在我的记忆中，焕子叔总是精神焕发的样子。我不知道祖父是哪年离开人间的，可母亲告诉过我，祖母逝世时年龄只有五十岁多点。那时的焕子叔应该还是一个懵懂的孩子，然后是跟着我父亲等三个哥哥在一起生活，慢慢地长大。我自记事起，就发现焕子叔是很乐观的，从他的脸上，你看不到缺失父母之爱的阴影，倒不是有三个大哥照顾着，让他不受什么委屈，我也亲眼见过调皮的焕子叔被人狠狠地掴过耳光，可他却强忍着泪水一声不吭。

焕子叔是个左撇子，却是村上难得的"挖鳖"（20世纪80年代之前流行于故乡的一种体力赌博方式）高手。无论是挖地窝子的"土鳖"，还是打假山上的"石鳖"，四叔上场的时候，欢畅热闹的气氛准是一浪高过一浪。他常常在举起左手的时候眯着右眼，然后慎重地、"魔幻"地将手中的那枚"鳖佬"铬子掷地有声地砸过去。每每"哐啷"一声过后，如果是地窝，则地窝里的硬币活蹦乱跳地四射出去；而如果是假山的话，则假山背后的硬币便屁滚尿流……哈哈哈，一场硬仗（其实对他而言是"赢战"）后的焕子叔，准会疼爱地吹吹手中那枚铸有"顺治"字样的铜板，连同赢得的一把硬币，哗啦啦地装进自己的上衣袋里，脸上焕发着得意的神采，让人羡慕不已。

　　至今我都忘不了，在故乡冬天清晨拾粪的情景。焕子叔是拾粪高手，同样的时间出发，规定的时间归来，人家一粪筐未满，他却背回来了一座"粪山"。开始我也弄不明白，莫非是他偷了别人的猪粪不？不不不，焕子叔拾回来的都是些大小不一的狗粪。那时，乡村的家狗或野狗特别多，而狗拉粪便与散养的猪子明显不同，猪子排粪一般都在房前屋后，而狗呢？也许是那个年代"狗多食少"，它们喜欢去荒郊野外寻找野食。人行小道的丁字路或是岔路口，是狗儿排粪最多的场所，而且它们不选择路口的树丛中，一律是在平坦的草地上……这是后来焕子叔禁不住我的吹捧"设套"，在他高兴的时候自个儿一股脑儿地说给我的。我替焕子叔感到骄傲，目不识丁的他，居然也能善于发现、善于思考而"实践出真知"。

　　后来焕子叔去了一次大上海。回村的焕子叔精神焕发，跟我们讲了十里洋场许多闻所未闻的人和事，特别是他从上海贩回来的毛衣、毛线等紧俏商品，受到周围几个村子小伙子、大姑娘的热捧和青睐。记得他还送我一条印有古代美女的花手帕，我不好意思用，也不舍得送人，把它夹在一本《人民文学》杂志里，心里想：等自己恋爱了，送给心爱的姑娘，可后来却怎么也没找到……焕子叔这次上海行，着实赚了一笔钱。不知道为什么，后来，焕子叔却再也没去过上海。

　　再后来，犁耙耕耖样样娴熟、割稻栽秧行家里手的焕子叔，成了邻村安塘冲的上门女婿。他每天费心费力地劳作，特别是恭恭敬敬服侍好自我感觉"娇贵"的妻子和丈母娘，却也换不回真心的相待，直至我那所谓的婶娘"离家出走"。焕子叔好失落啊，可他没有倒下，勤勤恳恳地耕耘着自家的承包田……好在焕子叔有两个孝顺的女儿，她们如今也都成家立业，经常上门看望自己的父亲，让晚年似乎有些寂寞的焕子叔宽慰了不少。

我记得焕子叔是不喝酒的。不知道他是从哪年开始在壶中寻找天高日月长的。如今，一喝酒就脸红的焕子叔，却是"快乐的小酒天天有"。微醉之中，他口齿伶俐，笑语连篇。特别是经济开发区扩建，他家的房屋被征用拆迁了，补偿了不菲的资金并分配了安置房，他的日子真好比是"芝麻开花节节高"。他呢，却深爱自己的老家，搬到了三叔的屋后，老兄弟俩住在了一块。好啊，我相信，如果父亲、二叔，还有两个姑妈都在人世间的话，他们也会说好的。人是故乡的亲，水是故乡的甜——叶落归根嘛！

　　也许有人想要知道我焕子叔的一些特征。那我就告诉你吧：他不像河根叔——方头大耳、力拔山河、直来直去，也不如宽嘴叔——细皮嫩肉、左右逢源、风趣幽默。他个头不矮、皮肤黝黑、精神焕发……逢年过节，与我们晚辈们在一起，焕子叔总是忘记自己的年龄和身份，有时会受到三叔的责怪，可他呢？却熟视无睹，充耳不闻，完全是"外甥打灯笼——照舅"，照旧也！

河根叔

河根叔？河根叔是谁？他是我老家村子上枣爷五个子女中的长子，是我故乡好几个亲叔和堂叔中最老实的一个人。据说他小时候生了一场病，也许是当时乡村缺医少药，或是枣爷好酒误事没能及时带他看医生，所以多多少少留下了一点后遗症，看上去有点木讷的样子，被村上一些世俗偏见的人称为"呆子河根"。

其实，在我的印象中，河根叔并不"呆"，只是厚道、老实而已。河根叔虽然比我的年龄大好几岁，但他喜欢与我们在一起玩。特别是为生产队放牛，他因年长而自然成为我们放牛队的"队长"。我们都称他"队长"，他也不推辞，我每次喊他"队长"时，总见他咧着大嘴呵呵地笑，笑得有点勉强甚至有些羞涩。

河根叔的小名很有地域特色——他家门前有一条大沟，那是大河的根系啊，我想这也许是枣爷为他起名的原始理由吧？而他的大名呢，则非常霸气——"尔汉"，好像有人在竖着大拇指对他文绉绉地说："尔乃大汉是也！"

少时的我，是故乡出了名的"懒娃"。因为体弱而特别厌恶又苦又累的农活儿，但有一点我做的不比任何人差：放牛。我包养了一头豁鼻子大牯牛，一年能给家里挣得三担稻谷，可以这么说，自己基本能养活自己了。这个事情，河根叔可以证明。那时的春夏秋冬里，我们一群少年娃，在河根叔的带领下，上馒头山、走叶冲里、翻麒麟山、蹚官塘湖……处处留下了我们"春风得意牛蹄疾"的身影。

至今我都不承认"呆子河根"这四个字。记得那时每年一到谷雨时节,是起早放牛的大好时光。河根叔会带着我们七八个放牛娃,趁着天色不明去邻近的山嘴生产队山上偷偷放牧,为的是替自己生产队留下砍柴草。要知道,水牛吃草如刀绞,嫩嫩的茅草,在水牛长长的舌条下,原先一蓬蓬的小草顿时荡然无存,而那时候家家户户的土灶都需要山上秋后的茅草填灶膛啊。每次在天快亮、对方的放牛队即将出现前,河根叔准会带领我们在第一时间里悄然撤退,然后,还会带领我们大大方方地与山嘴村的放牛娃对山歌。隔着一丘田畈,你来我往,歌声不断。山歌调子虽是呆板的,但是通过我们少儿的嗓子发出,却是清脆而响亮的。内容大都是即兴发挥的,如果一方接不上来,那就成为"输家",自然遭到对方的阵阵耻笑。我自小反应迟钝,经常遇见对手刁钻的歌词对不出下文。每每这时,河根叔准会高声地接过来替我解围,当然,这是山歌规则允许的。有时候,河根叔的对唱非常到位甚至恶毒解气,让我和同伴们拍手称快,而对方则灰溜溜地无声无息了……河根叔是"呆子"吗?

　　一年四季中,我感觉放牛最惬意的日子是夏季。面对暴风骤雨,我们会骑在牛背上随意地"打马扬鞭",因为就是倒下牛背滚入河坝也无妨,我们个个都是"水猴子"。特别是在夏天太阳热辣辣的中午,大人们正在家里午休。河根叔会头顶大木盆,带着我们溜进草坝里,拉苇草、摸河蚌、拽蒺藜茎子……这样的情形,河根叔会带领我们延续到立秋之后。有时候天阴上岸后,人冷得颤颤发抖,可看见别人在水中嬉闹时,还是会一个猛子扎入水中……河根叔呢,会坐在坝埂上看着我们微微地笑。

　　上述景象是在我们学会了游泳之后,之前,我可是深深体验了一次水火无情的可怕。在我九岁的那年夏天,也就是我接手放牛的第一个夏天。一天午后,天气很闷热,我们照常跟着河根叔去放牛。那次,他居然在光天化日下把我们带到了邻村谷冲生产队的柴山上放牧。也许河根叔考虑到被人发现,他选择了两山一洼处的一个小冲里。无风天更热,山洼里那么多肥美的嫩草,也无法让牛儿安心享用,它们纷纷涌进了一个山塘里。我们这些放牛娃也禁不住太阳毒辣辣的炙烤,几乎是跟在牛屁股后面下了水。没想到,这一下水就麻烦大了,原来这是一个"浴锅塘":塘埂陡峭,光滑得难以立足,而且塘底很深。因为还没学会游泳,一时间,我们几个人立马成了水中的旱鸭子，在山塘里漂沉不定，口中连连灌水。一会儿，我便感觉死神已经来临，好像正拽着我的双腿，拼命地往深处拉……冥冥之中，我听到了河根叔的小弟三宝叔在呼喊："哥哥，快来救人啊！"……然后，就什么也记不得了。

等我被救上岸，倒在塘埂上哇的一声吐出水后，才慢慢地睁开了眼睛，人仿佛是从鬼门关走回来一般，全身无力，半天不想动弹。如我一样情形的还有西林叔，他上岸后已是鼻孔冒血了……至今我都不明白，我们滑入山塘中间，河根叔在哪儿？三宝叔好像也下水了，他也不会游泳，怎么他却无事？他是怎么上岸的？一向反应迟缓的河根叔，是怎么在短短的时间里救起了我和西林叔两条性命？

后来的日子里，我多次问河根叔，他总是咧着大嘴呵呵地笑，不见他正面回答。前几日，远在杭州的三宝叔在微信里看到我写的有关文字后，明明白白地告诉我："那时候你们（指的是我和西林叔）先到塘边，我不敢下去，在塘埂下面小沟里面玩。你们两个下去后，我听到啊啊啊的声音，就从塘埂下面跑上来一看，看到你们两个头在水里、手往上伸……开始我还以为你们是在闹着玩，我哈哈哈笑着，后来一看不对劲，你们真的不会划水！我立马叫我哥，我喊双喜、西林掉水里了，快来快来救啊……我哥从山上光着脚丫跑过来跳到水里，先救的你，后救西林。你上来后吐水，西林上来后流鼻血……"

每每想起这段刻骨铭心的往事，我都要涌起一种无限的感恩之情。好想摆一个台面，请上老实巴交的河根叔，好好敬他一碗酒。真的要感谢他，当然也包括机灵的三宝叔。如果没有他们，我会在哪里？如果没有他们，我怎么能有今天！

好人有好报。如今的河根叔儿孙绕膝、身体硬朗。无事的时候，他爱端一杯酒，说这个世道正好，人人都过上了好生活。只是，再也没人叫他河根了，"呆子河根"的称呼，自然早就飘到九霄云外了……三宝叔曾在微信中告诉我："认真地说一句，我从来没有认为我哥是呆子，这家伙精着呢，他的几个小孩哪个不厉害？"……

魁嘴叔

在我的故乡皖南宣州北乡，乡亲们把"宽"字一律都读作"kui"，而且是第四声。我有一个远房的叔叔，因为一张嘴特别"kui"，也就是特别宽，被大伙叫作"魁（音同）嘴"。从他最亲的叔叔红四爷，到村上的其他杂姓年长者，都这么叫他，时间长了，似乎根本就不带什么贬的意味，好像这就是他的小名即乳名。"小名叫的好，从小喊到老"，这是我老家人经常说的一句话。慢慢地，我们这些晚辈包括年幼的他姓人，也都喊他"魁嘴"了，只是后面必须加上一个"叔"字，否则，准会遭到大人的训斥，就连魁嘴叔也会不高兴地骂上一句："失教的东西……"

魁嘴叔是一个可怜的人，从小就死了父母，是在好心的亲叔红四爷身边长大的，据说他在十四五岁的时候就自己独立生活了。至今我还记得，比我大几岁的魁嘴叔住在一个坐南朝北的稻草屋里。西边是他的床，东边是一口无烟囱的土灶，中间呢，晚上准会拴着一头老牛。每当做饭的时候，他家里真的是烟熏火燎。而当他做自己最喜欢吃的"炒辣椒"这碗菜时，总见他不停地咳嗽着从屋里跑出来透气，头上少见的几根头发似乎都站了起来，眼睛红红的，像有什么伤心事哭过一般，然后又一次钻进屋里。

可怜的家境、可怜的生活，可魁嘴叔好像没这么感觉，他认为自己能活命就是最大的幸事了，因而他总是很乐观、很开心。不知道是他上辈的基因所传，还是他逆境中学会了自我调剂，反正，我看到的魁嘴叔总是笑嘻嘻的。他幽默、风趣、会调侃，无论何时何地，只要有魁嘴叔在，那气氛就一定充满了快乐与欢笑；他嘴甜、尊老爱幼，有强烈的同情心，他拿得起也放得下，头脑灵活，从来不认死理……很多的时候，魁嘴叔似乎是村子里各种消息的传声筒：东家长、西家短、是非曲直，他从不吝啬自己的评判。这样一来，魁嘴叔又多了一个小名"快嘴"或"快嘴叔"。他呢，照样是我行我素，对别人送来的称谓从不计较，仍然乐此不疲地按照自己的心态行着、做着、活着。

要感谢改革开放，是改革开放让我的故乡人过上了一天更比一天好的幸福生活，魁嘴叔更是沾上了改革开放的光。因为改革开放，我的老家终于架通了无所不能的"电"。不知道是国家照顾孤儿的好政策，还是看到了魁嘴叔聪明好学有培养的潜能，经常一身就一件短裤衩的魁嘴叔，在一年秋天的上午，居然背上了令人羡慕的电工帆布包，成了大队下片电力加工厂的碾米师傅！对魁嘴叔这戏剧性的变化，有人说这是意料之中，有人说这是他祖上积德，也有人说是魁嘴叔翻地挖出了金元宝——纯属碰巧……魁嘴叔不以为然，只是很认真地对待这份从天而降的工作，继而得到他所服务人群的交口称赞。几年后，又一个让人想不到的好运再一次光顾了魁嘴叔——荣当大队农电工！这可是关系到全村几千人口生产与生活的关键岗位啊，有人担心魁嘴叔的能耐，但最终魁嘴叔用自己创造的良好事实与现实，打消了众人的顾虑，此后，"魁嘴"之称逐渐不见了，取而代之的是魁嘴叔的大号"尔贵"师傅了。如果偶尔遇到一个不清头的人，仍然冒出一句"魁嘴"或是"魁嘴师傅"等类似的话语，旁人听见后都会大声地甩出这样一句话来："失教的东西……"这时的魁嘴叔准会面带微笑地说："一样、一样，一样的！"

到了谈婚论嫁的魁嘴叔，自然也有许多好心人的帮助，可他家除了三间歪歪倒倒的土墙稻草房外，实在是拿不出一件压得住仓的东西。尽管替魁嘴叔说好话的人很多，但终究没有一家闺女愿与他同甘共苦结连理。"多好的小伙子啊，可惜就是太穷了"，这是许多人对魁嘴叔的感叹。而他自己，面对一次次的相亲失败，总是这样安慰自己：还是一个人好，自由自在，无牵无挂，一人吃饱，全家不饿……

后来，深受群众好评的魁嘴叔还光荣地加入了中国共产党，成了我们老吴家自红四爷后的第五个共产党员。那年村"两委"会换届选举，组织上提名魁嘴叔为村委会班子成员候选人。不知道是他的"快嘴"名声树大招风，还是他的社会阅历不深厚，或是政治资历根底浅？反正，魁嘴叔是落选了，一种失落的感觉笼罩着他，最后他连村电工也主动辞职不干了。

回到村庄的魁嘴叔，已经有五十多岁了。他那情形如同《天仙配》中的董永，真的是上无片瓦、下无寸土，因为他原先的稻草房早就倒塌了，红四爷家的小六子在他的屋基上盖上了三间大瓦屋。好在魁嘴叔长相尚可、人缘不错，在他自己主动提议下，由村人撮合，最后终于与邻村一个叫莲花的寡妇成了亲。那时的魁嘴叔也经常回我们村上来，还是那么乐观，好像小日子过得很安逸。可有一次回老家，母亲说，魁嘴叔得了一种病，是很难治的那种。我不想细问的原因很简单，就是不愿意承认这个事实而已，我是多么希望魁嘴叔，还有我所有的亲人、村人，都那么健健康康地活着。

好汉就怕病来磨。病入膏肓的魁嘴叔无力地耷拉着脑袋，我去看他的时候，想要说几句逗他开心的话，可话到嘴边了我还是刹住车。不久，聪明、肯学、勤快、热情、善良、幽默却不老实的魁嘴叔便撒手西去了，一堆新土就在离我父亲坟头不足三百米的地方。每到清明祭祖时，我会在看望自己的父亲后，默默地去为魁嘴叔插上一串白白的钱吊子，总会想起他们这些长辈的往事，特别是他为村人所做的点点滴滴的好事……

李老李世清

2020年7月30日下午两点钟前，李祺突然来了一个微信："父亲已于12点半逝世了。"啊！怎么可能？怎么可能啊！呜呼哀哉：李老，我们尊敬的李世清老人，您一路走好！

就在7月9日，我与《宣城日报》的老报人杨文宝先生，同去古镇溪口祝贺老友程年旺先生散文集出版面世。下午1点半左右，我突然想到了也在小镇上居住的另一个文化老人，也就是李祺的父亲——我十分敬重的长者李世清。当日，我们突然造访，本以为老人一定在午睡，却发现他正在奋笔疾书的一幕。只见李世清老人身穿一件黑色厚马甲一样的棉背心，胖胖的身子几乎是躺在一个宽大的椅子里，特别是一双几乎要眯合的双眼下，两个隆重的眼袋显得尤为突出，一副憔悴的模样。可就是这样，他仍然在提笔抄写经文。顿时，泪水模糊了我的双眼，为他的执着、为他的坚韧、为他的精神……不想，这二十一天前的匆匆一见，竟是与李老先生今生的永别！

回想与李老曾经相识、相处、相知的时光，好像一切都在眼前，可又仿佛是那么遥不可及了。匆匆而过的岁月啊，你好残忍——那个儒雅大气的李老呢？那个嗓门洪亮的李老呢？那个能歌善戏的李老呢？那个能拉二胡《高山流水》的李老呢？……回忆老人的坎坷一生，特别是他对文学和书画艺术的执着追求，真的让人好感动。一个乡野的老人，多才多艺：小说、故事、散文、国画、书法、乐器、京剧等，他几乎是门门通、门门精。早在20世纪50年代，李老曾创作并发表了《桐城老柯》《生命的历程》等文学作品；60年代曾创作地方戏剧本《小林上煤矿》，荣获安徽省奖并进京汇报演出；80年代，李老呕心沥血大半生搜集抢救宣徽大地文化遗产的《宣徽四稿》横空出世，大作共四部、六十卷、计150万言，为皖南民间罕见的文化大著，由此他被人们誉为"宣徽文化老人"。

当年，为了写好《宣徽四稿》，李老摸索书法，更触及《十三经》，从此便孜孜不倦地抄写。2018年元月3日，以花鸟和经文为主的"李世清书画展"在美丽的宛陵湖畔宣城书法馆开展。面对观众，接受宣城电视台记者采访的李老先生滔滔不绝地说，中国传统文化如东海排浪，西昆柱天，《十三经》是经典中的经典。他说自己展出的《十三经》书法，仅是冰山一角，只是重点突破，难及其余；以大写手法，以一斑而窥全豹，雪泥鸿爪，以彰显国学之浩荡恢宏，目的是唤醒广大民众的文化自信……那次，因身在外地，李老的书画展我无缘欣赏，便委派女儿前去宣传报道，以表对他的祝贺。但对他老人家的书画，我可是早就目睹过。李老的花鸟画，构图巧妙完美，笔墨浓淡相宜，特别是色彩，大胆奇异，艳丽夺目，给人以美的享受。而他的书法，更是个性突出，以一种绝无仅有的形体或方式呈现在世人的面前：或如岩石盘坐，或如古松苍穹，或如行云流水，或如天网疏密自如……也许是自己孤陋寡闻，或是对书法一窍不通，平时也不怎么关注行内的活动，但目睹李老的作品却是百感交集、震撼不已。我只想对自己说，看李老的书画作品，我终于懂得了什么是高人，为什么说高人在民间！

而更让我敬佩李世清老人的，是他的精神，一种锲而不舍、孜孜不倦的高贵品德。在长达半个多世纪的岁月里，无论个人荣辱、无论风雨艰难，老人一直在坚守一辈子的爱好，以文房四宝为伴，创作的书画作品不计其数。尤其是晚年，以书写经文为主。无论春夏还是秋冬，无论是拂晓还是黄昏，他都如痴如醉、坚持不断。据说，他已经抄写经文超过了300万字。特别是临终前的日子，老人的腿出现了问题，站立起来都困难，没办法，他索性躺坐在椅子里，仍然提笔不休，如饥似渴，直到住进了医院……

青山依旧在，碧水见东流。悠悠溪口古镇，一切好像还是原样，可斯人不在、已不在！

大辫子先生

那一年，我八岁。一年一度的春节在我们恋恋不舍的心情中一晃就过去了。隔壁的李奶奶总是对着我说，小双玩不成了，要去先生的学堂里念书了（那时还不是秋季招生）。记得有一次我问李奶奶：先生是谁呀？李奶奶抬起鼻梁上的圆眼镜说，先生就是教书的，手里拿着一根长长的竹尺，专门打不听话的孩子手掌心。每每听到这儿，我便下意识地一缩手，仿佛那长长的竹尺正朝我打来。

开学的时候到了，孩子们一窝蜂拥向学校。学校坐落在离家不远的小山坡上。低矮的稻草房开着四个大窗户，屋子里雪亮雪亮的。"别吵，别吵，先生来了！"不知道是谁喊了一声，顿时，课堂里顿时鸦雀无声。我的心不知怎么突然怦怦地跳起来。咦，先生呢，怎么还不见他人来？正在我纳闷的时候，教室里轻轻进来了一位梳着一根大辫子的大姑娘。她高挑挑的身材，红扑扑的脸庞，一双明亮的大眼睛笑吟吟地看着我们呢。一会儿，她就在黑板上写了一个大大的"人"字，并用脆生生的声音教我们识字。哦，原来她就是我们的先生、我们的老师啊。

那天，大辫子老师教我们认识了"人口手"和"上中下"六个字，我读得很是起劲。她让我站起来认读的时候，我居然没错一个字，受到当场表扬的我心里像吃了蜜。回家的路上，我就想，李奶奶说的先生打手掌莫非是吓唬我的？古人说二月春风似剪刀，而在我看来，大辫子老师的嘴像彩笔，她给我们描绘出许多神奇而动人的长卷：孙大圣的火眼金睛、诸葛亮的羽扇纶巾，还有丑小鸭、大灰狼……直说得我们嘴张得好大好大。大辫子老师每讲完一道题，擦黑板的纱团总要扬起一阵阵浓浓的粉笔灰，呛得她捂住了嘴。而每当此时，我便连忙提起随身带的宝葫芦——酒瓶装的白开水，给先生递过去。先生朝我一笑，我好开心啊。

  有一年冬天，雪好大好厚。每天我们都得早早起床，顺着一组大人的脚印蹦跳着来到学校。大辫子老师一声"同学们早"仿佛喊出了太阳，我们感到身上暖烘烘的。记得有次我不小心掉进路边的一个小冰窟里，双脚冻得通红，大辫子老师见状后便在学堂里生起火来，还拧干我的鞋袜，在火上烘烤着……而我脚上裹着的正是老师那条鲜红柔软的新围巾。

  寒假开始了，大辫子老师回城里了。没想到，她这一走便再也没有回来，没有人能够告诉我她究竟去了哪里。如今几十年过去了，我曾想尽一切办法打听她下落，可一直杳无音信。大辫子老师，您在哪里呢？

又见束老师

一年前，与同村的、也是邻居的初中老师杨英杰先生在一次闲聊中，谈起儿少那段懵懂时光，突然想起另外一个初中老师"束老师"（居然不记得她大名了），并问能不能找到她，真的好想见见她。杨老师当即表示"可以"，还说他与束老师是高中同学……从此，我便热切地等着这一天早早到来。

2023年5月15日下午一点多钟时，突然接到杨老师的电话，说下周五束老师从合肥来宣城参加一个聚会活动，问我有没有时间见见。躺在床上午休的我，立刻弹簧似的坐起来。妻子看到我这样少见的举动，一脸惊诧："什么事啊，你这样激动？"我瞅了一眼说："你不懂的！"是的，她怎么可能懂？分别四十五年的师生情，我从没与她说起过。

日子在一天天地过去，我脑海里总是回忆起四十多年前那段难忘的时光：1978年秋天时节，正在读初中二年级的我，在为一件事情纳闷：为何连续好几节英语课没有老师上堂？又一天上午，如往常一样，一阵叮叮当当的上课铃响过，教室里立刻鸦雀无声。后来知道仍是一节无教师的英语课后，同学们又恢复了课前的嘈杂。正在我们肆无忌惮、七嘴八舌聊得十分开心时，突然一声干咳——那个人人熟悉、个个惧怕的干咳，让我们立刻安静下来。这时我看见，校长许律根领着一个大姑娘走上了讲台："她就是你们新来的英语老师，姓束，以后你们就叫她束老师吧。"说完，许校长便转身出了教室。此时，教室里几十个少男少女的眼光齐刷刷地盯在了束老师的脸上，我分明看见有些羞涩的束老师本是红扑扑的脸蛋更红了,像那深秋熟透的红苹果。

说实在的,我不喜欢英语,所以几乎每节英语课,我的注意力总是不集中,而心里总是想着"束老师长得真好看",眼里总是晃动着她那一身绿军装后两根又粗又黑的大辫子……之后的日子,我总是看见束老师跟我们班学习成绩好的女同学艾家美走得特别亲近,后来我才知道,原来她是住在艾家美家的。再后来,大概是一年多的时间吧,我不知道束老师是什么原因、具体什么日期离开我们的,但多少年后我依然牢固地记得她与艾家美并肩走路的背影——四根又长又粗的黑亮亮大辫子,总是在我少年的脑海里甩动、甩动……

2023年5月23日上午十点,再一次接到杨英杰老师的电话:束老师周五下午到宣城,我们三点钟之前去高铁站接她,还说另一个同学后国宝专程开车,与束老师闺蜜一样的学生艾家美一同去迎接……提前来到高高的具有宣城特色的高铁站,与十多年未见面的艾家美一阵寒暄后,我们师生四人共同的话题自然都是围绕着束老师的。细心的艾家美还时不时地与束老师通话,生怕有什么闪失而误了接人的大事。

"到了到了,束老师到了。"不知什么时间,性格温和的艾家美突然急急地招呼起来。我们师生四人似乎有些手忙脚乱,纷纷奔向高铁出站口。"束老师!"艾家美第一个迎上前,一把紧紧拉着束老师的手。"束老师!"我们几乎是不约而同地喊着。还是那副身材,还是那种个头,但一副茶色眼镜的背后,却不见了那熟悉的脸庞。可声音还是那么有磁性,跟当年读英语单词的发声一模一样。一时间,我们师生互视对方。我似乎看见茶色镜片后溢出了柔弱的泪光,这是我们当年那个无比青春美丽的束老师吗?我想,她也一定会觉得,这些当年懵懂的少年怎么就变成脱发谢顶的小老头了?我们彼此都在感叹岁月匆忙、岁月无情……但很快,我们都被相逢重聚的喜悦所包围,尤其是艾家美,她就像是我们几人的代表,与束老师相拥着,诉说着彼此离别后的思念与感受。

雨开始下起来。坐在车上,我们共同的话题当然也是束老师关心的人和事。根据束老师的意思，其实也是杨英杰老师事先设计的线路：直奔麒麟山下的其林小学原址。车过城北，我们看着面目全非的街道，怀想着曾经的往事。雨越来越大，车窗外一片模糊。当我们来到水阳江边的庙埠海棠湾附近时，窗外的雨已是瓢泼而下了，可丝毫没有减轻我们对往事回味的兴致。后国宝开车的速度明显减慢，尽管雨刮器不停地左右摆动，坐在副驾驶位置上的我也很难看清前面的路。好在后国宝一直没有离开过其林村，面对城北高新区一条条纵横交错的道路，他还是轻车熟路地来到了其林村村部。可村部的办公房在哪儿？束老师曾住过的艾家美家的老屋在哪儿？而靠山而建的其林大队初中教室又在哪儿？哦，拆了、拆了、都拆了，连家住麒麟山北的杨英杰老师都不知道老校室是什么时候拆掉的。我特意带上拍照的尼康数码相机，一种无限的惆怅与失落涌上心头。雨还在下，如注般地下。车在其林中学的旧址边停留。我们明知什么也看不清、什么也没有了，但还是默默地注视着眼前的那片土地——那曾经书声琅琅的天空，那里有我们师生梦想的校园。我不知道，此时束老师会不会与我们想的一样？还是杨老师说得好，老天爷是在故意下大雨，让我们看不清，为的是让束老师再来一次故地重游。

晚间聚餐上，作为东道主的艾家美，她爱人和她三哥、三嫂、四哥、四嫂都来了，他们都说想看看四十五年前的小束老师。像久别的亲人，束老师与他们拉家常、说往事。一方说愧疚，当年农村条件差，没什么好招待；一方道感激，那不削皮的土豆、那香喷喷的红薯今生难忘……因为明天束老师要去宁国参加同学聚会，晚饭后我们就送她到预定好的一家宾馆入住。临别时我们都有许多想说的话，但归根结底的主题就是一个：期待下一次与束老师的宣城再相逢。正在彼此难舍难分时，我万万没想到，束老师突然回身，展开双臂，给我一个热烈的、大大方方的拥抱……

好像是第二天吧，我被莫名其妙地拉进了一个微信群，名曰"群聊"。仔细一看，群主竟然是我们的束老师。老师说，这样好了，虽然我们合肥、宣城两地，有了这个群就方便多了。在这个新建的群里，我看到束老师在回合肥的途中写下的这样一段文字："宣城县团山公社其林大队中学，我人生中第一批喊我'老师'的人就在这里。时隔45年他们还能记起我这个曾经的、短暂的'代课老师'，真是激动……坐在后国宝的车上，大雨中我们说笑着奔向我们曾经的校址……看着这面目全非的地方，往事犹如就在昨天清晰可见。虽然林场、校舍、山冈、松树都不在了，但没变的是这块土地，它承载着曾经住过这里人的记忆。看着雨中的校址和我居住过的艾家住址，想起当年每天必走的松树林中的羊肠小路，想起这里朴实的人们对我的关怀，想起这帮学生们的可爱、调皮的模样。忘不了那个年代，它深深地根植于我的心里……"咀嚼着老师带给我的美食"公和堂"狮子头，一遍又一遍地读着老师发自肺腑的感言，仿佛时光又回到了青春的麒麟山下。

　　后来我没有经过群主的同意，擅自将群名改为了"师生情"。束老师十分谦虚地说，过去我们是师生，现在是朋友了。群名便再一次恢复了"群聊"这个自带的名称。这怎么行？没有群名不等于无名之群吗？那不相当于"无名之辈"。我便又一次擅作主张，采取民主口头投票的方式，以少数服从多数的理由将群名命名为"其林中学"（那所令我终生难忘的母校），束老师对此的态度是没有态度。没有态度就算默许了吧。

　　此后的日子，每天一大早，束老师、杨老师和同学们都在"其林中学"这个小群里相互问好，师生之间其乐融融。特别是在我的要求下，新入群的同学都要晒上自己的两张照片（一张早年的、一张近期的），就更加活跃了群里的气氛。束老师也晒出了自己的青春之照，特别是她难得的素颜照，看上去是那么亲切，让我们师生的距离更近了。后来，束老师还在群里告诉我们，她1979年秋天离开其林中学后，先是去了团山中学，而后进入宁国水泥厂，1985年调回宣城，在宣城教育学院工作，直至2009年在宣城职业技术学院光荣退休，而住在合肥市是为了带她心爱的小外孙女。

　　如今的小小"其林中学"群，束老师在精心打理。同学们无论遇到什么困惑、问题、矛盾，束老师都会在第一时间出现，及时帮助解决、调停。"其林中学"群，让我们感受到家的温暖和温馨。"一张张熟悉的脸，苍老了容颜；一个个熟悉的名，变得已陌生……"这首流行的歌仿佛在我们这里失去了现实意义。我们是苍老了容颜，但我们不再陌生，因为我们有一个大姐一样的束老师，彼此变得更熟悉了，宛如回到了45年前的那所"其林中学"……

心语篇

岁月
心旅

吃在岁月里的宣城

洒家有三点爱好：喜文（喜闻）、好吃、懒做。其实，这是我老婆给我总结的。我承认，也不承认。喜文，我喜什么文？是新闻，还是散文？她搞不清楚，有时候连我自己也搞不清楚。在皖南的宣城，搞新闻的人说我是搞文学的，搞文学的人说我是搞新闻的。这是夸我还是损我呢？不想去细究。说到懒做，我是绝对不承认的。我的事情是谁做的？是你能做的？家务活，除了洗衣做饭，比如拖地、洗碗、带孙儿等，我没少干啊。至于说做得到位不到位、彻底不彻底，那是手艺问题，至少我的态度还是很好的。再说，男人嘛，毕竟是男人，不然怎么说"男主外，女主内"？关于说到我的"好吃"，我承认，我是好吃，我是一个好吃佬。小时候，生在乡下吃苦；长大了，活在镇上吃力；到老了，调进城里享福。如何"享"？最现实、最朴素的，我的体会是体现在一"口"之中。

记得从古泉镇借调进城的时候，中午一个人向来是不吃米饭的，像个娘儿们似的，专找味道好的麻辣烫去光顾。特别是那时只有两元一碗的麻辣粉丝鸭血煲之类的，我是吃了一年多时间，开胃更开心。广播大院、中山路、中心市场、沟阴头……反正这些地方的小摊小店，我都要吃上一遍。好，再来；孬，拜拜！吃这类东西，舒畅还痛快，可往往很尴尬。因为光顾此类地方的吃货，大多是少女和少妇。少是什么？少是年轻嘛，有句名言"年轻就是美丽"，谁个年轻不都是靓丽或帅气？按说与美丽相伴，心情一定舒畅。你看，小店里摆放的桌椅都是紧凑的，往往对面坐一个妙龄少女或艳丽少妇，双方一低头，几乎头碰头。一碗麻辣烫吃得真是别有一番滋味在心头。"有想法，没办法？"请不要这样猜测我啊，我想说的是，原本可以呼呼啦啦地狼吞虎咽，让你不得不畏畏缩缩；完全可以随随便便地大汗淋漓，让你不得不战战兢兢。特别是那不争气的"双龙"非要下来"吊水"时，你是火急火燎地用纸巾擦？还是痛痛快快地大声擤？无论怎么做，总感觉对面的人在看着你——如坐针毡，这要命的麻辣烫！好在这样的日子在举家搬进城后就结束了，从此，我的中午饭再也不去那个想想都让人浑身不自在的地方了。

听说西门口来了一家"烈火烧饼"，做的是金晃晃、香喷喷的"无水蛋糕"。我对老婆说，我必须去，不然我会不安的。于是，推出从乡镇带上来的那辆大平跑——除了铃铛不响，全身都嘎嘎响的老永久，美滋滋地赶往饼子店。哇，好生意啊，多少年不见的排队购物重现了。男女老少，不，是女老少小。我一个大男人，而且是一个身材不矮的大男人，杵在那儿，极其不自在。特别是看见一个熟人路过，感觉自己做贼似的，猫着腰不敢抬头。好不容易叫到我的号了，可是所剩的蛋糕不够数。再等等吧，终于，那诱人的东西装进了我的食品袋。呼啦一声，我抢钱似的拎着袋子就跨上了自行车。风儿在轻轻吹，车儿在叮叮响，我趁人不注意，把那可人的东西往嘴里一塞。心里在干吗？天佑我这个好吃佬，千万、千万、千千万……碰见熟人怎么办？好在离家不太远，骑在车上流动快，一转眼就到了中山新村，进了院子把门关，谁管洒家吃得欢？嘻嘻，我要的就是解馋——吃他个痛痛快快！

住进了城里，我终于彻彻底底地领悟了这样一句话："街上人，半边脸。"说文雅一点就是"吝啬"，说俗气一些就是"小头鬼"。这不，自打进了城，家里经常来人。倒不是人家专门进城来拜访你，往往是顺便来看看。奇怪了，为什么总是快到中午的时候来客频率高？到了家门口，哪能让人走。于是，这样的情况越来越多，多得有点让我想躲了——这就是所谓的"半边脸"吧。但这时候也有一种好处，一种福利从天而降，贤惠的老婆准会拿出一个干干净净的盘子："你快去东门大桥头凌麻子家，斩点卤鸭子来……""得嘞！"我答应得就像炕黄了的锅巴，咯嘣咯嘣地响。于是，就着宣城街上"味道特别特别好"的卤菜，在我的新家状元府，与故乡的来人海阔天空、夸夸其谈，直到老婆用眼神示意我看挂钟时，我才不得不和对方说，下次再来，再来吃中饭……来，肯定是来过的，但大桥头的卤菜，我吃了好多回，没感觉它有什么"特别特别的好"，倒是让我一到中午，只要看见老婆做的几碟小菜，准会情不自禁地拿出酒来，就是那白瓷瓶的老口子，倒上一小杯。哇，真的是"壶里乾坤大，酒中日月长"，那滋味，只有饮者"醉"有体会。好在那时候还没出台什么禁酒令，上班脸上红红的也不管，我呢，反正见到谁都是乐呵呵的，是属于小心翼翼的那种样子吧。

不是想吃就能吃的，毕竟凌麻子家的卤菜不是南瓜、萝卜、小青菜，没客人来的时候，我想吃也是不可以的，经济条件不允许，有什么办法啊！那时候，我家已经是一家变两家，我们老两口住进了城南的鳌峰新村。吃货洒家，经常在赶早起床后，去那跑习惯的中心市场去买菜。有一天，突然看见一队人在市场最东边的那排高场子门面房排队，便好奇地挤过去：板栗饼！顿时让我想起老家裹着三寸小金莲的东头奶奶，还有秋后她家对面菜园里的那棵老栗树，以及那棕红色的板栗果。这个必须吃，自己居然给自己鼓起了吃不到此饼誓不休的豪情壮志。长长的队伍，浓浓的香味，焦急的心情，漫长的等待……弄到手的我，不管三七二十一，尝鲜是第一。回到家，老婆说："怎么还有一个菜没买？"我连忙说："今天好走运，买到了老婆饼，让你尝尝什么叫'好吃看得见'！"哈哈哈，好一个"吃"字便风平浪静。后来，一次老婆突然莫名其妙地问我："你怎么弱智呀，板栗饼怎么说成是老婆饼？"

两年前，为了照顾孙儿吴锦诚，我们一家终于吹响了"向南、向南、向南进"的号角，儿子他们向我们靠拢。在我的一手捣鼓下，卖房又买房，住进了紧靠市政府——仅仅一墙之隔的某个小区。那时候，我好惬意，一手牵着可爱的小宝贝，一手拎着祖孙各爱的小吃，在不过几百米之间的两家来来回回，还常常在酒后哼唱那京剧名段《梨花颂》，就差没翘起那修长粉嫩的兰花指了。此时的我，吃遍了城里可口可吃的东西后，感觉要好好保护自己的牙齿了。唉，真的是应了一句古话："一岁年纪一岁人，一岁年纪一岁心。"为了"好东西慢慢用"的牙齿，洒家我选择了吃软的，吃松的，吃粉的，甚至是吃糊的……后来我发现，介于上述之间的，是吃酥的最好——宫廷桃酥便很快进入了我的法眼。于是，从东吃到西，从南吃到北，吃来吃去，竟然吃到了宣城风月场边的江滨路。现在，如果你要是问我哪家桃酥最好？我会迫不及待地告诉你：江滨路上大桥北——"江南，一直寻找的味道"。这家年轻夫妻店的酥饼不一般：这桃酥，一点含糊也没有；这味道，倒是一个难舍的甜……是不是有点像《沙家浜》"智斗"中阿庆嫂周旋于刁德一、胡传魁的那段味道？其实，在我心里就是这样唱的。从此，爱上这家"甜点屋"的桃酥便乐此不疲，你若不信，随时来我办公室，一杯香茗旁，往往会有一个小纸袋，其乐融融地飘着茶香和饼香，让我忙里偷闲嘴风光……

其实，在此前，我中间还夹杂光临了一些街巷里的美食：比如元宝街的甜酒大馍、敬亭苑的小菜光面、西门口的辣味烧烤、外贸巷的姐妹锅贴、法制路的叶家生煎、锦城路上的张记特色面、鳌峰西路的老面牛骨汤、剑影、幸福、红森林，肯德基、麦当劳、法瑞兹……那真是吃遍天下无对手。该吃的，洒家好像都不会轻易放过！

这些吃，我是吃在早，吃在午，吃在日落西山下；我是吃在春，吃在夏，吃在冬秋雪霜里。这些吃，我是吃了一年、两年、三五年，吃在不知疲倦中；这些吃，洒家是吃得好浪漫，偶尔也狂妄，斗胆对天一声吼：宣城，我是吃过了你的美味成记忆，吃过了你的岁月著作华章……

在缘分的天空下

在这个秋季，尽管皖东南的山水还没有显露秋意，哪怕是淡淡的、轻轻的秋色也没有，真的没有。如果你非得要去寻找点什么的话，那你会随意看到山南的花还在开放，河边的草照样碧青——人们不是常说嘛，"十月小阳春"。但有一个秋天的标志是明显的，那就是处处的、浓浓的丹桂的飘香，尤其是这个秋季，在我们小城的大街小巷里随风飘荡。好像是为了这种浪漫的芬芳，我们在一个看似平常的日子里，不平常地聚集在了一起。是爱好？还是缘分？我想这对我们来说，都是一个无须回答而且十分明朗的问题。"2017/10/15"——请记住这些数字吧，因为，是这个日子，让我们相聚在一方缘分的天空下。

宣城自古诗人地，多少骚人竞风流。秀美的山水，悠久的历史，深厚的文化，自然孕育出一代代的文人墨客。历史的长河滚滚不息，走进新时代的今天，我们有缘相聚在"文化自信"的朗朗晴空下。我们不敢自称文者，唯恐亵渎了"文学"这个神圣的词，但我们都有一颗对文学的痴心、爱心、热心，并大胆地挥舞出自己的用心之笔，对自然、对生活、对社会，等等，或酣畅淋漓、或委婉曲折、或深思熟虑地进行认识、觉悟以及浓浓的抒怀。这便是散文，一种我们共同热爱的记载方式，一种我们独享沉醉的书写平台。

宣州、郎溪、广德、泾县、宁国、旌德，还有徽商故里美绩溪——醉美的皖东南啊，我们共同的家园。这里的山，有绵延，有巍峨，有重叠，但均披翠；这里的水，有潺潺，有婉约，有奔腾，但都碧绿；这里的人哟，轻轻吴语，多情善良，智慧文明，也都真诚。诗山敬亭山，浩渺南漪湖，神奇太极洞，醉美桃花潭，山城宁国府，慢城徽水河，望族大龙川……这里还有太多的人文历史如一幅幅画卷，展开在这方美丽的大地上。这里不缺乏美，缺乏的是对美用心灵的发现和发掘——这便是"安徽省散文家协会宣城分会"应运而生的缘分天空，这便是我们皖东南大地上散文爱好者神圣的历史使命。

因为爱所以爱，因为有缘所以结缘。兄弟姐妹一家亲，共同爱好一起来。让我们不忘初心，牢记使命，深入社会，深入基层，深入生活，创造出更多更好的不愧于时代、不愧于祖国、不愧于人民、不愧于家乡的散文精品力作。

散文不散，精神永聚！

记得晒书

记不清从哪年开始，一到三伏时节，我总要在六月初六或其前后，选一个晴好的日子，在太阳底下翻箱倒柜地去晒书。

虽然我本世代躬耕人家，但我却爱书如命。少时喜欢书籍、连环画，长大了爱上了文学书刊，每每上街入市，哪怕肚里空空唱大戏，也总要到书店里逛一逛，有好书必购。有时友人出版书籍赠送我，便如获珍宝，连夜会瞅它个好样。久而久之，书便充满了我的视野。好在那时家有平房数间，于是辟一隅为书房，请来木匠师傅，打起了一目了然的书柜，并在房内贴上自书自裱的字画，取名为"宛溪斋"，还有幸求得一行家篆刻了一枚大大的鸡血石图章。如今，我每本书的扉页上都有一方朱红的秦篆"宛溪藏书"印，后来改成了"凹凸藏书"。那造型、那骨架、那鲜红，自我感觉还真有点大家风范的味道。

书多好处多。古人言，"书中自有黄金屋""书中自有颜如玉"。虽是寓意夸张，但书读得多，却是开卷有益，下笔成溪，甚至还会出现梦笔生花的妙境。哲人说，事有两面，书也如此。每到江南梅雨时节，我满柜子的书就会变得潮乎乎的。每每想方设法去保护，终不理想。于是受"六月六晒龙袍"的启发，每到农历六月初六，太阳开始火辣后，我会习惯性大张旗鼓地晒起书来。四周有丈余高的院墙内，我会搬出大大小小的板凳，还会卸掉大小门板，然后把书一摞摞地抱出来摊晒。记得那时一对欢蹦乱跳的儿女总会不请自到，他们与其说帮忙，还不如说是在添乱。他们翻翻看看，问这问那，好在我并不需要一一回答。太阳烤着书，也烤红了他们的小脸。他们满脸的兴奋或者是自豪，是因为有一个爱书的爸爸，还是因为爸爸有那么多可爱的书籍呢？我至今也没问过他俩一次。

每次晒书，我都会头顶烈日地站在阳光下，犹如叉腰站在禾场边的老农。满地的书是我的遍地稻谷啊，闭上眼睛，我就会想起每本书的来历：买书，一周没有了饭菜票；买书，忘了父亲的叮嘱的棉帽……在满满的回忆中晒书一次，又如飞马打道驿站休整一样。透过书，我就会从过去想到现在，从昔年忆直到今朝，走过的路，几多曲折，几多坎坷，几多苦乐，让我读懂了平坦与幸福。晒书时，我会悟出一些道理：人生需要努力，如这一本本书，都是一行行、一页页连起来的，真所谓"不积跬步，无以至千里"。晒书时，我也会拾到许多失落的教训，没有真才实学，纵然机遇有千千万，也只能与你擦肩而过。晒书的时候，我会慨叹生命短暂，不可虚度光阴，最后的胜利永远是在努力后的明天。

爱书没有错，与书交友不亏。我能走出人生的沼泽地，做起我钟爱的舞文弄墨的营生，归根结底就是源于书。书给了我不少的荣誉，它也是我努力上进的台阶。那年金秋八月，人民日报社给我寄来了北京一大学高等学府新闻系的结业证书，红绸缎面耀眼，让我又忆起两年前攻读新闻理论业务书籍的苦和乐。

晒书，如同翻晒我自己的历史，让我懂得了许多东西，所以我一直坚持这个习惯。从原先的宽敞小院，到如今的楼顶平台，每年三伏天，我会让书籍摊满我的视角。这时，我的心便有一种奇特的归属，仿佛我躺在一本偌大的书籍上，如同躺在平湖中的小船上，摇我轻轻入梦，看见了风花雪月，看见了江枫渔火，看见了四季更替，看见了平凡安静……

农历六月六，我总记得要晒书。

跑步去上班

大概有两年时间了,由于受内人影响,不,是强烈的要求,我们开始了每天晚饭后必须在户外步行一个半小时的艰难历程。何谓艰难,那是因为刚开始的时候,我是非常排斥的。感觉近几年自己的身体微胖了,长时间走路是一个字——累,而另一个字是懒——不想走。内人也不情愿,但她太在乎自己一次偶然体检的所谓"胆固醇偏高",于是才有了每日的逼走、必走。我与她不同,一周总有几次应酬。酒杯一端,啥叫健康?早就抛在脑后了。由于来自督促的压力,我常常在酒后补课。方式有二:一是无论饭局在哪儿,哪怕是荒郊野外,我也总是坚持在饭后走路或是小跑回家;二是如果当晚推杯换盏的时间过长,且又禁不住主人豪车的直接送回,无奈,第二日便跑步去上班,当然是小跑。

跑步去上班,刚开始自己感觉不适应,特别是面对他人异样的目光:这人年纪也不小了,看装束也不像是个疯子,干吗疯疯癫癫地在大街上小跑?好在文明创建工作中,没有哪一条不允许人在大街小巷里跑步,而且是小跑。跑步去上班,对于我来说,其实也不远:从家到叠嶂路上的办公室行程不过一里。刚开始,我是跑得气喘吁吁的。后来,无论晴雨和寒暑,一日四次,坚持不断,渐渐地我能一口气跑到办公室的楼下了,就连走上五楼也如行走平地般轻松自如。特别是看见别人来我办公室的那般吃力情形后,感觉跑步给我带来了无比的自信、自豪和优越感,也更坚定了自己继续跑步去上班的信心,让我平添出一种无限的动力。

我好欣慰,因为连续的行走和小跑,去年机关里举办了长跑和竞走活动,我居然毫不犹豫地报名参加。不巧的是,因为与外出采风和参加文学活动的时间冲突而未能成行,但至少面对这样的挑战,我已经无所畏惧了。我想，这不仅仅是精神上，更多的还是来自身体的可行性。随着时间的推移，跑步去上班给我带来的愉悦也越来越多，自我感觉也是越来越好。

天生我材必有用，跑步上班好轻松。这不是对联，更不是什么诗句，而是我心中由衷的感慨！

当然，跑步去上班，并不是时时愉悦，有时候也会遇到尴尬事。记得去年春天的一天，我兴冲冲地一路小跑去办公室，就在跑到供销大厦向西拐弯处，迎面走来了一位正在看手机的长发"低头族"。我因躲闪不及，与她撞了一个满怀——长发飘飘，齿白唇红，浓浓的诱人的香水味袭来……四目相对，对方是怒目圆睁，我呢，自然要满脸堆笑："对不起、对不起……"也许是看我面相坦诚，或是年纪上也不像"碰色"（这是本人从"碰瓷"演绎而来的新词）之人，"低头族"也立马态度好起来，最后来了一个"有欢而散"。可事情还没完，那日回家的我，被特别敏感的妻子嗅到了香水味，而且很浓……解释？徒劳，解释就是掩饰啊。于是，家里顿时硝烟四起，烽火连天。

第二天、第三天我没再跑了，几乎是一周的时间我都懒得去跑。我敢肯定，那些在四小边执勤的民警和接送孩子上学的家长，一定感觉到了这段路况的新变化：那个拎着灰色公文包的长腿大老爷儿们，近日怎么就不那么疯疯癫癫了？他是不是身体出了什么毛病？

咦，还真是出现毛病了：不跑的身体起了诸多的不适反应，请允许我在此不一一赘述。因为有些症状说出来很清楚，但不文雅，似乎有悖我们这个小城的文明创建工作，不知道聪明的您是否理解我的意思。好在了解真实情况后的妻子，也愉快地举起了停战（其实是冷战）到主动和平的大旗。于是，我又恢复了自我，重操旧业——跑步去上班！

有时候，我还会不小心撞上他人，但长头发的女人我肯定是坚决不会撞到的。我已经吸取历史性的经验教训了，不再犯低级错误。一改"低头拉车"为"抬头看路"，特别是严格注意长发飘飘的"低头族"。有时候，也会遇见熟人，他们往往会小跑追着问我："你跑什么跑？都快要退休的人了，有什么事情等着你急做啊？"我总是无言地笑笑继续跑。如果遇到要好的朋友这样问我，我会如此地说："一万年太久，只争朝夕！"然后，我会迅速地把他甩在身后。自己呢，仍在小跑……

我们都是追梦人

我们都是追梦人，尽管我们虽是一个国家，但不是一个民族，不在一个地区，不在一个单位，不在一个岗位，不在一个家庭，可是我们都有一个共同的愿望即梦想：日子越来越好，民族越来越旺，国家越来越强！

如何实现日子越来越好的梦想？空想是来不了好日子的，它需要我们继续努力，有的还需要不懈地努力，甚至需要艰苦奋斗。心存如此的梦想，也就有了美好的愿景，有了愿景就有了前行的目标。党的方针如同明亮的灯塔，照亮着我们前进的航向。认准一个目标坚持着走下去，不信东风唤不回，那么，我们百姓的好日子就在不远的前方了。

每个人都树立了理想，每个人都心有梦想，我们56个民族就有了共同美好的希望。民族有了共同的希望，中华也就有了力量，世界民族的森林里不仅有我们的一方天地，而且还能发出我们客观公正且掷地有声的话语。世界，是我们全人类的世界，中华民族再也不是百年前的中国了，那段曾经受尽屈辱的历史也就一去不复返了！

民富国强，民富即国富；国富，民自然会强。我们树立了美好的目标去努力，我们都是追梦人。每个人都有自己的追求，我们在不同地区、不同单位、不同岗位、不同家庭纷纷发力，发挥各自的聪明才智，做好本职工作，坚持做到"干一行爱一行"的理念，天长日久，我们每一个人都能成为本行业的行家里手，甚至成为我们的"大国工匠"。试想，如此的国度，世界能不给我们应有的尊严吗？

作为一名散文作家或是散文爱好者，我们一定要扑下身子，投身于我们伟大祖国改革的时代洪流中，深入实际、深入基层、深入群众，努力做到贴近实际、贴近生活、贴近群众。为人民抒写，为人民抒情，为人民抒怀，创作出更多更好的散文精品。

奔跑吧，我的祖国，我的同胞，我的兄弟姐妹……今天的中国人，正在勇做追梦人。伟大的时代呼唤伟大的精神，心怀梦想，奋力追梦，为实现祖国和平统一和中华民族伟大复兴做出我们的新贡献！

为了必须的爱

"这是心的呼唤，这是爱的奉献……啊，只要人人都献出一点爱，世界将变成美好的人间……"当年韦唯的这首脍炙人口的《爱的奉献》之歌，曾经让多少听众产生共鸣、为之动容，甚至是热泪盈眶。这是说爱，说爱是需要大家的奉献，说爱是需要全社会的共同参与。如今，在我们的社会，在我们的身边，有这样的一种群体，他们需要我们廉洁用心地去服务，尤其是需要我们公平、公正的法律来保护，特别是阳光般温暖的法律援助给予普惠。

7月的一天，我们有幸走进了宣州区法律援助中心。在充满爱心、勤勉工作的刘晓春主任的帮助下，我们翻看了一个个法律援助的卷宗，便由此了解到宣州法律援助工作中一个个关于廉洁勤政、扶助贫弱和保障社会弱势群体合法权益的真实故事——

时间回转到2016年10月的一天，那是一个金风送爽的日子。安徽敬亭山律师事务所的工作人员早早地打开了大门，迎接新一天的开始。在所主任洪武的一番工作交代后，大家都开始了一天的忙碌。大约10点，不经意中，一个拄着拐杖、操着一口浓浓的四川口音的男子走了进来："请你们帮帮我吧，帮帮我吧……"来人几乎还没进门便不停地哀求着。这时，已经迎上去的所主任洪武赶忙接过话茬："不要急，不要急，什么情况您慢慢说、慢慢说。"一杯温馨的茶水，一个关切的眼神，立刻让来人的情绪慢慢地放松下来。于是，又一个农民工维权的案例，便清晰地展现在律师们的眼前。

安徽敬亭山律师事务所的律师李杰，在所主任的安排下，认真接待了曾天元这个显然没什么"甜头"的案件。初次接触这桩案子的李杰，凭着自己的工作经验告诉曾天元："你这个是工伤案，应该先认定工伤，再做劳动能力鉴定，然后再去工伤待遇申请仲裁，不行的话，还得一审、二审地打官司……"一番诚恳的话语，立刻让曾天元这个远离巴山蜀水的农民工感到十分亲切，好似在茫茫人海中找到了自己的亲人。同时，李杰还提醒曾天元，注意在事发一年内申请工伤认定，劳动能力鉴定后两个月内申请仲裁……"多好的律师啊，连一根香烟也没抽着，对我这么贴心地帮助！"曾天元在心底里由衷地说着，这让他觉得宣城的律师是那么廉洁和敬业，自己再也不是"西出阳关无故人"了。

不久，李杰律师通过自己的不懈努力，找到了办案线索，也理顺了办案思路。后来又经过大半年的辛苦工作，李杰帮助曾天元进行了工伤认定、劳动能力鉴定和停工留薪期的确认等工作，并主动建议曾天元去宣州区法律援助中心申请法律援助，自己愿意做他案件的承办律师……

一份汗水，一份结晶；一份付出，一分收获——本案的后续自然是不言而喻了。案件圆满结束时，老实巴交的曾天元紧紧地拉着李杰律师的手感激地说："亲人啊，你就是我的亲人！"他还非要请李杰吃一顿饭以表达自己的感谢之情，甚至要购买礼品赠送，这些都被李杰一一婉言谢绝了。望着曾天元满意而去的背影，李杰，这位在法律援助中心做值班律师已经三年多的年轻律师，更加增强了自己对公平的景仰、对正义的执着、对法治的信念和对廉洁的坚守了。同时，他还觉得自己更应该扎实地学习法律专业知识，因为每一个咨询者、每一个求助者，对你都有着一种特别的信赖感，我们还必须拥有一颗爱心和一颗实实在在的廉洁勤政的责任心，这样才能对得起法律援助的美好社会信誉。

在我们打开的卷宗里，还显示出安徽金皖律师事务所的敖万红和李进，安徽师阳律师事务所的林茂静，安徽律研律师事务所的施胜强等律师，他们都有一颗高度负责的心，不计名利，敢当责任，廉洁勤政，为扶助贫弱、保障社会弱势群体的合法权益做出了积极的努力，为社会稳定发挥出有效作用，自然获得了受援人员及社会各界的一致好评。

都说数据是枯燥乏味的，但从宣州区法律援助中心主任刘晓春口中说出的这些数据却是那样地温暖人心：今年上半年，宣州区法律援助中心共接待咨询534件，受理法律援助案件490件，结案135件。

我们还得知，今年以来，宣州区法律援助中心按照省厅的规范要求，全面完成了宣州区公共法律服务中心实体平台建设，建成功能齐全、设备全面的面积200多平方米的临街公共法律服务接待窗口，并增加了规范达标的档案室和档案设备。他们全天安排律师值班解答来访与咨询，指导法律援助，接听12348法律援助热线，对咨询与来访及时进行系统录入、数据统计和舆情分析，报送有关部门，为各级领导提供决策参考。对符合法律援助条件的，当日进行受理，并指派到各律师事务所、法律服务所督促办理。

更难能可贵的是，宣州区法律援助中心每周安排法律援助律师，免费到设立在人社局的农民工维权法律援助工作站值班，形成农民工专项维权常态化。专门对计划生育特殊困难家庭、军人军属、聘不起律师的申诉人、农民工及老弱病残者的法律援助工作开通绿色通道，对他们遭遇侵害，作为刑事案件被害人申请法律援助的，优先予以办理，及时提供法律援助，保护其合法权益。对因民事纠纷提起诉讼，申请法律援助的，符合法律援助条例规定范围的，予以优先受理……熟悉情况的人都知道，做这些法律援助方面的工作，无论对律师事务所，还是对办案的律师，一分钱的报酬也没有，可没有一家律师事务所推辞，没有一个律师抱怨，彰显了我们法律工作者恪尽职守、奉献爱心的美好情操。

刘晓春还高兴地说，为提高法律援助案件质量，规范法律援助服务水平，宣州区法律援助中心全面开展了法律援助案件承办人廉洁承诺机制，每一案承办律师都与受援人签订了廉洁承诺书。同时，全面开展了案件质量检查、评查与回访；组织旁听案件庭审、开展案件质量同行评估和优秀案例评选，督查案件质量。开展由值班律师采用随机抽查的方式检查、评查法律援助案件案卷，并电话回访受援人，评查案件质量，利用网站等多种渠道公示法律援助投诉电话、投诉方式……让人感到鼓舞和骄傲的是，今年上半年，宣州区办理的法律援助案件，无一件投诉，无一件引起上访，广大法律援助工作者的廉洁作风更是受到社会各界的广泛赞誉。

"这是人间的春风,这是生命的源泉……只要人人都献出一点爱,世界将变成美好的人间"。告别宣州区法律援助中心,一个个卷宗仿佛还展现在我们的面前,我们看见了许多的不幸和伤痛,但更看到了走出不幸和伤痛的感激,那是因为我们的社会有爱、我们的法律亲民,我们的法律援助工作者廉洁勤政,他们怀抱一份必须的爱,如温暖的春风,激荡着每一个弱势群体者的心田,和谐着我们美好的世界!

人物篇

人间草木

岁月
心旅

在皖南绩溪县长安镇，有一片出自黄山之脉的巍巍群山。这里山势挺拔，磅礴峥嵘，四周众峰环峙，宛若大山聚会，因此得名"大会山"。

大山出好水，好水汇大源。作为长安镇母亲河的大源河，自古以来就用她甘甜的乳汁，养育着这里勤劳善良的人民。当时光的指针转到2019年10月，在绩溪长安镇村民的感官中，家乡那条美丽清澈的河水，不见了往日的欢畅和清脆，取而代之的却是——

大源河在呜咽

10月的皖南，天高云淡，秋高气爽。可今年的秋天，绩溪县长安镇的男女老少心里总是堵得慌、闷得够呛。轻轻走进这片土地，不管你是留意还是无意间，都会听到村村角角的人们，还在聊着一个让他们太熟悉、太感激、太难忘、太纠结的名字——李夏。时间过得真快，距离8月10日那场无情的"利奇马"台风已经有两个多月了，长安镇的一切似乎已还原到本来的模样，但是，村民的心却还在隐隐作痛，那种失去亲人的疼啊，怎么去愈合？谁能帮助愈合？你听，大源河好像已经不再是哗哗地流淌了，而是在呜咽，在悲伤地呜咽啊，呜咽不停：李夏，那个在村部宿舍里挑灯学习的李夏，那个帮着村民拎洗衣竹篮的李夏，那个坐在村民家门口赤着双脚与大伙唠嗑的李夏，那个哪里有危险就在哪里上的李夏，你去了哪里，去了哪里啊？长安镇的村民还在等着你回来，等着你回家……

谁说时间不能倒转？思念太深的长安镇干部群众，只要一闭上眼睛，仿佛又回到了8年前9月的一天。这一天，长安镇镇政府来了一位个头不高、文质彬彬的小伙子，名叫李夏，听说他是屯溪人，爷爷、奶奶还是

1949年以前参加革命的哩，他是通过公务员招考来长安镇上班的。那时，大伙都以为他是来长安镇"镀金"的，还有人断言：要不了多久他就会找理由调走的。可是后来的情形告诉人们，李夏放弃了几次进城到机关工作的机会，在长安镇一干就是7年多。"有事情，找李夏"成了长安镇老百姓的"口头禅"。李夏用自己实实在在的为民事例，让乡亲们见证了一名优秀年轻干部的成长历程，更让人们从他身上感受到一名基层干部务实工作、敢于担当的浓浓为民情怀。

两年前的早春2月，长安镇的大会山上，杜鹃花还在酝酿花蕾的时候，李夏事业的春天已经来临——他因为工作出色，被组织上提拔为长安镇纪委副书记、监察室主任。由于能力强、敢作为、能担当，当年6月，李夏被安排到长安镇最偏远的一个村——高杨村担任党建指导员。

熟悉高杨村过去的人都知道，原先村部通往胡村塔村民组的田埂路，晴天时尘土飞扬，下雨天泥泞不堪，村民吃尽了出行难的苦头。李夏来了，就迅速带领村干部为修路而四处奔波，还争取到项目资金的支持，最终使道路改造顺利实施，村民由此踏上了平坦、宽敞的大道。李夏调离长安镇后，心里还念念不忘那些朝夕相处的高杨村群众。今年3月下旬的一天，当他得知村民葛洪亮因摔倒昏迷在医院抢救时，立刻从荆州乡赶到150公里外的医院看望，陪伴着葛洪亮熬过了生命危险期，还带头捐款并积极组织募捐活动。葛洪亮感动了，葛洪亮的家人感动了，高杨村的老百姓感动了！

茶源村的村民永远不会忘记：去年6月底的一个深夜，长安镇境内下起了大暴雨。凌晨4点，灾情严重的茶源村村民向镇里拨通了求救电话，李夏和同事们毫不犹豫，10分钟就火速赶到了茶源村口。这时，山洪已经淹没了村庄道路，正面是无法进村的。怎么办？李夏当即决定，从后山翻山越岭进入茶源村，为的是在第一时间迅速转移受灾群众。要知道，这可冒着被洪水冲走和山体滑坡的危险啊！上午9点左右，洪水稍退，李夏立即与镇村干部上门帮助群众清理淤泥，然后又积极组织灾后重建……再马虎的村民也会发现，忙碌了一夜的李夏，除了一双熬红的双眼，还有一双被洪水泡得泛白发肿的赤脚，谁看了都会心疼。一直忙到黄昏时分，全村的电通、路通了、群众喝上自来水时,李夏才放心地离开。临走,他给乡亲们留下了自己的手机号码,还一再叮嘱:"有事,给我打电话……"

晚上9点,李夏的电话果然响了——村民曹志仁急匆匆地说:"村子对面的山体出现了塌方,如果河道堵了,好多房屋就要被洪水淹没……"10分钟后,李夏与镇上的几名干部赶到了塌方现场。这时,对面山上还不断传来山石滚落的声音。李夏对在场的村民说:"这里有危险,我们去看看。你们离远点,千万别跟着……"事后,村民才知道:那天晚上雨很大很大,李夏他们在塌方点附近守了一夜。他安排其他人轮流在车上休息,自己却在雨中不停地查看险情,一直到第一缕曙光照亮了绿油油的茶源村。

10月的长安镇,成片成片的贡菊长势喜人,但今天人们看见这累累的丰收花朵,心情却怎么也高兴不起来,好像每一朵菊花都是一滴滴泪珠凝固成的,让人们想起李夏、念叨李夏。仿佛只有双眼被泪水模糊时,李夏就又回来了——他走在那哗哗流淌的大源河畔,走在那蜿蜒曲折的盘山路上,走在那菊花簇拥的弯弯田埂上。

胡中武是高杨村一名普通的菊花种植户,最近他特别想念李夏。今年他家种了十多亩的菊花,长势喜人,估计每亩收入比往年要多出2000元,他打心眼里要感谢的人就是李夏。因为以前他与大伙儿不懂技术,怎么种产量都上不去。李夏来了,三番五次地从黄山请来贡菊技术员给大家做指导。这样一来,只要菊花出了问题,种植户们就会习惯性地找李夏。夏天高温,是菊花最容易出现黄叶和烂根的时候,而李夏总是带着技术员扎在菊花田里,一琢磨就是两三个小时,太阳毒辣辣的,把李夏的脸晒得黑红黑红的……老胡伤心地说,这样的情景再也看不到了。以往他们村只有三四百亩的菊花,今年已经发展到了1400多亩,可李夏呢?他再也看不到这满地金灿灿的菊花了。

高杨村另一位菊花种植户——年过六旬的汪秀萍大妈,得知李夏牺牲后,心里一直特别难过。看见自家丰收的菊园,无论碰见谁,她总是止不住泪水地告诉别人:"李夏这孩子太好了,我怎么也不敢相信他已经离开了我们……"回忆两年前的那个7月,面对自家菊园被害虫吃得光秃秃的情景,汪秀萍忘不了李夏左一个"大妈"、右一个"大妈"上门贴心服务的样子。

就像自己的亲儿子一样，李夏曾帮助她接过肩上的担子："大妈，你要注意身子。""大妈，你放心，你们这个地方一定会富起来的……"李夏的声音犹在耳边，可他的身影却再也看不到了。揪心的疼啊，汪秀萍大妈哽咽了："如果老天爷能允许，我情愿拿我的命来换回李夏……"

高杨村的贫困户汪少美，是李夏联系的贫困户之一。因为行动不便，汪少美几乎没有迈出过家门，是李夏帮她申请了居家创业补助资金，让她在家里开起了小卖部。起初，汪少美是不想干的，可李夏跟她说，这样既可以贴补家用，还可以多些人来家里聊聊天，心情也会好些的。如今的汪少美，经常在没人来的时候伤心流泪，因为她早就习惯了李夏每月两三次的专程探望，也习惯了李夏每次办事路过小卖部，朝她家马路边的窗户亲热地招招手，而现在呢？她再也见不到那熟悉的笑脸了……

"披着晚霞，踏着晨露，你从乡间的小路匆匆走过；寒来暑往，朝起暮落，你在平凡岗位孜孜忙碌。乐于奉献，为民服务，你让短暂的青春闪闪夺目……"——李夏走了，永远地离开了我们。"初心不因来路迢遥而改变，使命不因风雨坎坷而淡忘"。这是"在路上"（李夏微信名）个性签名中诗一样的话语，更是他不畏艰难、励志拼搏的行为准则。李夏，他把信仰注入了脚下的这片土地，大会山不会忘记，大源河不会忘记——这个33岁的小伙子，永远在他离开的那个夏天生如夏花、绚烂绽放！

10月的宣城、10月的绩溪，10月的长安啊，在这个菊花绽放的金黄的季节，心情压抑的人们终于迎来了一个激动人心的日子——10月23日，这一天，从北京传来好消息：李夏，这个基层青年纪检监察干部的优秀代表，终于荣膺"时代楷模"！安息吧，李夏，你终于成了我们的骄傲、中国的骄傲、时代的骄傲！

巍巍大会山，传来阵阵松涛，将悲痛化为力量，吹响了鼓舞人们士气的新号角；弯弯大源河，荡起清清波浪，呜咽过后见激昂，唱起了英雄的赞歌，引领着人们踏着楷模的脚印大步前行！

与谁分享敬亭秋

——谨此悼念敬爱的高正文先生

2018年1月12日,一个很平常的日子。早晨去上班,我没有骑车也没有坐公交,而是选择了步行。走到国鑫大桥中段时,突然手机响了一下,我知道这是微信的声音,便习惯性地打开手机瞄了一眼,只见"宣城散文群"里的刘仪发了一条消息:"高正文主席昨天去世了。"(后来知道,其实是当天的凌晨36分)。啊?我顿时蒙了,我在心里不停地念叨:"错了,错了,一定是弄错了。不可能,不可能,绝对不可能……"我是多么希望刘仪是在撒一次弥天的大谎啊。可随后我一看"安徽省散文家群"刷刷的文字,脑瓜儿里立刻一阵轰鸣,双腿如灌了沉沉的铅,半步也迈不开了。我知道:安徽省散文家协会副主席王晓红发布的"高正文主席逝世"的消息不可能是撒谎了。

但是,一路上我还是震惊不已、惊讶不已——怎么可能啊?一个月前,我们还和高正文主席一起参加了明光市的安徽省散文之乡授牌暨安徽省散文馆开馆仪式;三个月前,高正文主席来到我们宣城,在宣城分会的成立大会上发表了热情洋溢的讲话——"一朝分享敬亭秋"。可现在,却是音容宛在,阴阳相隔。高正文主席,我们敬爱的高正文主席啊,您走了吗?真的走了吗?就这么走了吗?不是与您说好了吗?明年的秋天,不,就是今年的秋天——我们宣城散文分会一周年的季节,请您再来宣城,与我们分享充满诗情画意的敬亭之秋啊。可如今,您走了,您真的已经走了!

回到办公室里，我瘫坐在靠背椅上，几乎是噙着眼泪在看着"安徽省散文家群"和"宣城散文群"里的文字，那一字字、一句句、一段段或一篇篇沉重的话语和悼念的文章，犹如一排排咆哮的海浪，狠狠地撞击着我们这些熟悉或了解高正文主席的人的心。当我看见芜湖市作家协会主席何更生先生"要去送高正文主席一程"的信息时，泪水再也控制不住了："我也要去看看他老人家，一定要去看看他老人家！"我猛然站立并在心底这样强烈地呼喊着，仿佛只有这样才能表达我此时无比悲伤与痛苦的心情。

得知高正文先生的追悼会是1月14日上午在宿州市殡仪馆举行时，下午我就分别去了宣城火车站与宣城汽车站，只想早早地赶到，看一看我们敬爱的高正文主席。1月13日的早上8点10分，我和章晓铃先生代表宣城散文界的全体同仁，踏上了宣城开往合肥的大巴（因为没有直达车，火车的时间也不合适）。三个多小时的颠簸后，我们终于在下午1点40分坐上了前往宿州东站的高铁。车到宿州境内，只见窗外广袤的原野已经覆盖着皑皑白雪，让我们本身就沉重的心情变得越发沉重起来，而下了高铁辗转到达高正文主席的灵堂前时，已经是下午4点多了。

刺骨的寒风，低沉的哀乐，缭乱的花圈，悲伤的人群……我不知道自己是如何深深三跪和叩首的，我只知道，自己是在章晓铃先生的一再提醒下，才慌慌张张地拿出新面世的《宣城散文》内刊，放在高正文主席那慈祥的遗像前："高正文主席，我们来了，宣城散文人来看你了……"泪水顿时模糊了我的双眼。恍惚间，我的耳边仿佛响起了高正文主席在宣城散文分会成立大会上那极富有文采又具有感染力的讲话："中秋的明月依旧悬挂在心空，五星红旗仍然在眼前飘扬，我一踏上宣城的土地，诗情便在胸中荡漾……近几个月来，安徽省散文家协会的重大活动几乎没有离开宣城，7月我们品读绩溪，8月我们走进旌德，10月我们又欢聚在这里……"特别是回想起他老人家对我个人寄予厚望的妙趣话语时，更是感觉他的离去成了让我最伤心、最痛苦、最无法面对现实的当头一棒：高正文主席，您为何要走？而且走得这样匆忙？

第二天的高正文主席遗体告别仪式上，何更生先生代表安徽省散文家协会致悼词:"2017年,安徽省散文家协会在他领导下连续开展了8次重大活动——采风、笔会、讲座和分会成立,如此密集的工作节奏,即使是身体健康的年轻人也难以承受,何况高正文先生已身患重症,又年近七旬,完全是带病在拼命地工作呀……"何更生先生哽咽了,我默默地低首不敢对视他人(因为我早就流泪了),在场的许多人也流泪了,还有人号啕大哭起来。这是发自内心的深情表露,这是深刻怀念的由衷体现,这是悲痛欲绝的心灵呐喊啊,它代表了我们全体在场人员——不,是全省散文家协会几千名会员的共同心声!

离开宿州的好几个夜晚,我总是难以入眠,因为一闭上眼睛,就会想起与高正文主席在一起的时候,特别是在宣城那个令我今生难忘的日子,面对面相处的20多个小时内,我笨拙的嘴竟没能对他说出一句感激的话。后来我从高正文主席的儿子高翔口中得知,他是抱病来宣城的,而且是绝症,他对我们宣城散文分会的成立给予了大力的支持,寄托了深情的厚望,也让我们憧憬到了美好的未来。可现在呢?他走了,永远地离开了我们。如今想起,我真的是愧疚难当、悲痛万分。

寒冷的日子是难熬的,冰冷的世界是痛苦的。想起我与高正文主席不过一年时间的幸会交往,他的人品我敬爱,他的文才我敬佩,他的精神是我的楷模……谁都知道,冬季过去就是春,夏天走了就是秋,可谁能告诉我啊,今年的10月,今年的秋天,我们宣城散文人,与谁分享敬亭秋?!

2018年1月12日,一个不平常的日子:安徽省散文家协会的黑色之日——安息吧,敬爱的高正文主席,我们永远怀念您!

访丁芒先生

2017年9月16日上午，在金先生的带领下，为给宣城即将创刊的一份散文杂志题名，我们一行四人专程去"六朝古都"的江苏南京城，拜会"北有臧克家、南有丁芒"的中国文学界泰斗级的杰出诗人丁芒老先生。其实他也是中国著名的散文家，有《丁芒文选》和《丁芒散文选》为证，尤其是被评论家誉为"活的维纳斯"的那篇著名散文《王岩洞绿瀑》，全文质朴情真，紧严格高，收纵得宜，调度合拍，用意高远……每每想到曾经拜读过的这篇散文，我的记忆是那么深刻且激动不已。

当日早晨9点，我们因为准备充分，很是顺利地来到了丁芒老先生的新住处——南京星雨华府17楼。没等我们敲门，丁老先生的夫人就打来电话，说她在菜市场，一会儿就到家，让我们在门外等候。因为打的是金先生的电话，所以我不知道电话那边的态度和语气，窃以为"大家"就是"大家"，不摆点谱那怎么能是"大家"？特别是"大家"的夫人，也许就是那种常见的"门难进、脸难看、事难办"的人。这种现象很多，也很正常，自然不可少见多怪，何况你是来求人办事的呢……正在我脑子里不停地旋转着这些杂念的时候，突然，一个脆生生的嗓音在我们身后响起："不好意思，不好意思啊，让你们久等了，让你们久等了！"这声音如同带着一股强劲的风儿猛然吹过来，让我们不约而同惊诧地回过头。经金先生一介绍，原来她就是丁芒老先生的夫人樊玉媛老师。樊老师长方的脸蛋，高高的身材，亲和的力量，让我联想到她年轻时的大气之美。从她的语气、表情和高兴的动作中，我原先的想法顿时云消雾散了，尤其是她的热情深深地感染了我们，让窄窄的楼道里荡漾着热情与亲切的浓郁之风，也让我们原先有些拘谨、紧张的情绪立刻变得放松和舒畅起来。

入得家来，本以为93岁高龄的丁芒老先生一定会在卧床休息中，没想到的是我一探头，只见一位身穿一套灰色长衣的老人正端坐在客厅沙发上。哦，这便是我敬仰已久，曾经无数次想见的丁芒老先生。你看他身姿挺拔、表情慈祥、精神矍铄，与我想象中的"九十高龄丁老"根本不是一回事，这让我们的心情愉悦了很多。一番沟通交谈，特别是在金先生带来的早年发表的有关丁老先生的文图资料中，老人渐渐回忆起关于他在宣城的美好往事：江南诗山敬亭山，宣城诗人梅尧臣，还有那李白的诗句"两水夹明镜，双桥落彩虹"……打开了丁老先生的记忆，也就打开了丁老先生的话匣子。后来是樊玉媛老师忍不住打断了丁老的回忆，附耳与他说出了我们此次的来意。这时，我们分明听见丁老先生轻声地哼着一首我们陌生的小曲，面部的表情是那样愉快，俨然一个老顽童。

起身，迈步，提笔，润墨，挥毫，每一步都是那么麻利，恨不得一气呵成——这是我看见的一位九十有三的老先生的动作与精神。在樊玉媛老师折叠的好宣纸上，丁老先生的毛笔如行云流水般挥洒自如、尽情收放。中间稍做休息后，老人再度上阵润墨挥毫，不到半个小时光景，竟书写出大小不一的书法作品七八幅，幅幅让我们一饱眼福，啧啧称赞，就连一直在为丁老先生书写做好配合服务的樊玉媛老师，也在不停地说："好，好，好！"这让我们看出了这对文化老夫妇的亲密与恩爱，同时也折射出"鼓励和鼓舞"的作用不仅仅是孩子的需要，更让我们找出了丁老为什么会有"老顽童"现象的美好答案。

不知不觉中，时间已过了一个多小时，在我们的"厚颜"请求下，丁老夫妇表现出感人的热心与主动，不停地变换位置和姿势，一次次与我们合影……不经意间，我留意了手机上的时间，已经是10点30多分了，为了不影响老人们休息，我们必须尽快告别。放下一直紧握的丁芒老人的手，几步就能走出的丁老的家门，我们竟用了10分钟的时间。慈祥二老热情的话语，美好的嘱咐，让我们如沐春风；对老人真诚的谢意，由衷的祝福，也不能完全表达我们此次的欣喜、激动与感动。

最后，81岁的樊玉媛老师还非得要送我们下楼去小区大门口，在我们无数次的坚持劝说下，老人只得与我们挥手道别，并让我们以后一定要再来南京玩……

——这就是在丁芒老人家短暂而难忘的时刻，两位老人的热情和平易近人让我，不，让我们一行人感动不已，也让我们由衷地发出一种感慨：什么是"大家"？什么是真正的"大家"！

兵哥三题

  他们出生在不同的年代，经历了不同的岁月，来自不同的乡村，但他们却有一个共同实现了的青春梦想：18岁的好儿郎，走进了绿色的营房，穿上了绿色的新军装。
  无论今天的老"侯哥"、大"寨主"，还是新"牛仔"，不要以为如此的称谓有失大雅或是有些玩世不恭，不！其实，这是他们当下最得意的活法。他们都有一个共同的愿景：身在故乡仍是战士，只是没有了硝烟，为了提高人民的幸福生活，为了守护那绿水青山……

——题记

山庄"侯哥"

  走进腊月的旌德县云乐镇张村，在新建村民组一处相对平整的田畈里，你根本就感觉不到冬天寒冷、萧索的迹象。在满山翠竹的一座叫碧山的山脚下，有一处一字排开的徽派建筑，悬挂在屋檐下的一个个红灯笼在微风中摇曳着，那么红火，那么耀眼，仿佛在向即将到来的虎年招手。举头一看，只见门楣上三个鎏金书法大字赫然醒目。哟，好一个"侯家庄"是也。
  再看那门前一片平展展的场地上，大大小小、高低有序地排列的奇花异草盆景，奇形怪状、林林总总，让人耳目一新、啧啧称赞，特别是那一株株齐刷刷的盆栽杜鹃，数量之多、外形之大，实属罕见，让人大开眼界。不远处，一条名叫山坝河的溪流在庄前潺潺流过。鹅、鸭在歌唱，小鸟在啁啾，腊味在飘香，炊烟在升起……随身转看，不远处田畴高高低低，村庄粉墙黛瓦，好一幅现实版的"桃花源记"。

这时，侯家庄西侧的几株有着"植物活化石"称誉的红豆杉树下，一位中等个头、身体结实、目光炯炯的中年人（后来才知道他应该算是老年人了），正手提竹篮，采摘树枝上那累累且鲜红欲滴的小果子，说是为了泡养生的药酒，为光顾"侯家庄"的客人提供特有的享用。这位老年人，就是旌德县侯家庄生态旅游有限公司总经理——被四邻八乡亲切地称为"侯哥"，而他自诩"老猴子"的侯家庄"庄主"侯观林。

绿色军营，青春的梦想。1974年12月，高中毕业的旌德山里农家娃侯观林，积极响应祖国的召唤，离开了生他养他的故土应征入伍，成了中国人民解放军总后部队的一名工程兵。一个月的新兵连训练结束后，侯观林被部队拔尖子一样地抽调到测绘班，专业学习仪器使用、绘制图纸等从前他做梦也没想到的"高尖活儿"。知道为啥吗？用于深挖山洞，为了储存武器弹药等军用物资装备。后来，侯观林还任测绘班班长，成为一名测绘骨干，先后在四川省峨边县、贵州省龙里县的大山深处奔忙，他感觉自己就像一只不知疲倦的猴子，再苦也是甜，再累也是无上荣光。他曾先后获得连队的三次嘉奖。

当时部队有规定，义务兵服役期满再服兵役3年就可以转为志愿兵，谁不想留在部队？可侯观林却主动把机会让给了亲爱的战友。1980年12月，参军6年的侯观林脱下了难舍的绿军装，选择回到了故乡的大山里。

一

由于当时的政策，农村籍退伍老兵是无法安排正式工作的，上级考虑到侯观林有文化、有阅历，并且在部队就光荣地加入了党组织，责任心强，有正义感，朝气蓬勃，敢说敢干，经研究将他安排在云乐乡唯一的一家村办企业——云乐乡吕家槽楔厂（现安徽省旌德县江南机电配件有限公司）做销售工作。那时的侯观林，用他自己的话说，"就像一只机灵的猴子"，他凭着自己敢闯敢干的劲头，除了跑周边大城市找市场外，还跑到了东北和大西北等地方，逐渐成为吕家槽楔厂一马当先、遥遥领先的销售"猴大王"。1984年,该厂在侯观林的带动下,晋升为乡办企业。后来,经乡企办公室和云乐乡党委、政府决定,侯观林当上了吕家槽楔厂的厂长。到了20世纪80年代末,在侯观林的努力下,这家厂成了旌德县乡镇企业的一面旗帜,是全县第一家税收突破万元大关的乡镇企业,并实现了该县中外合资企业零的突破。工人们都说,他们的"侯哥"非同凡响——1988年8月,他被安徽省人民政府、安徽省军区评为拥军优属先进个人;1991年6月,他被安徽省民政厅、安徽省军区政治部表彰为"抚优对象先进个人";1994年7月,他被安徽省人事局、安徽省乡镇企业局评定为经济师;1999年4月,他荣获安徽省"双退"安置领导小组"全省军地两用人才先进个人"称号……

随着形势的发展和政策的变化,乡镇企业时代翻过了它光辉的一页,可是在侯观林的带领下,他们原先所从事的产业——电机槽楔,却一直在跌宕起伏中不断发展。时隔近40年,公司依然引领行业前行,拥有国家发明专利十多项,2019实现年销售1000万余元,纳税超过60余万元,解决了50多人不出山村且在家门口就能稳稳妥妥就业的问题。2017年,安徽省旌德县江南机电配件有限公司获得"国家高新技术企业"称号,2019年在安徽省股权托管交易中心科技创新培育层挂牌。为此,2017年侯观林还将公司的主打产品——机电配件"槽楔"注册了"老猴子"这个很有寓意的商标。

二

2015年,已到退休年龄的侯观林,本应享受和同龄人一样的天伦之乐,可不甘寂寞的"侯哥",积极响应旌德县委、县政府关于打造全域旅游的号召,又开始了他花甲之年关于"花果山"的艰苦创业。

一是侯观林在旌德县水利部门的支持下,牵头为张村新建、吕家、前山3个村民组实施了饮用水工程,使得3个村民组80多户200多人用上了清洁卫生的自来水。二是他自筹资金50余万元修理河坝300多米,在河道上架设两座载重30吨的桥梁,不但保证抗住当地50年不遇的洪涝,还为当地老百姓的出行和农资运输提供了方便。三是投资100多万元在原有苗木盆景的基础上，建成了一座500余平方米的农家乐——旌德县侯家庄生态旅游有限公司，也就是他一直欣赏有加的"侯家庄"。尤其是他自己曾经戏称的"花果山"景区的建成，不仅为游玩皖南川藏线的游客提供了休闲娱乐地，也带动了当地村民的就业。同时，侯观林还成立了旌德县泥鳅坞茶叶家庭农场，注册了"泥鳅坞"和"老猴子"商标。他还积极响应国家精准扶贫的号召，带动贫困户以小额贷款入股的方式增加了五户贫困户的收入，受到当地干部群众的好评。侯观林呢？有了成就感的"老猴子"非常得意自己的老来发光，他整天忙碌在"花果山"上，与村庄上的所有村民一样，感觉日子越来越幸福！

如今，位于皖南川藏线南入口的侯家庄园区，境内山峦叠翠，绿水环绕，动植物资源丰富，孕育了仙草灵芝、野生梅花鹿和名贵植物等稀有物种，享有"天然氧吧，清肺超市"的美称，是皖南山水户外的天然驿站。"老猴子"以市县打造皖南川藏线为契机，通过深入挖掘灵芝产业、旅游休闲和森林康养产业特色，打造皖南川藏线重要旅游目的地。山庄占地面积100余亩，其中绿化苗木和花卉占50亩，园内有成林红豆杉和桂花树2000多棵，无刺枸骨、红花檵木、映山红和茶花等高桩盆景达1000多盆，还有保护完好的大桂花、黄连木、枫杨等古树，更有国家一级保护植物"银缕梅"等珍稀物种。

青山绿水，绿水青山。"侯家庄"现已建成一次性能容纳200多人就餐的农家乐餐厅和绕道环行休闲长廊。在他"侯哥"侯观林的眼中，自己的"侯家庄"就是皖南川藏线上的一朵耀眼的花儿。

如今，回顾走过的艰辛历程，"老猴子"侯观林常常说，在部队6年的军旅生涯，培养了他坚韧不拔的毅力，感觉遇到什么艰难困苦都不算什么，没有过不去的火焰山。面对眼下取得的成绩，"侯哥"是这样说的："生态休闲这本'经'我会永远念下去的，作为一名退役老兵，我有责任也有义务守护好我们绿水青山的美丽家园……"

高山"寨主"

在绩溪县长安镇镇头村高山组，一处坐北朝南的顶山腰上，一棵高大、古老、茂盛、常青的苦槠树旁，"7"字形的建筑显得气派和时尚，明亮的玻璃大门边上挂着一个长牌，"天路山生态休闲农庄"九个大字赫然显目。这里除了天然的大自然美景可以尽收眼底、一览无余外，还有罕见的奇花异草、特色瓜果和齐全的生活设施，确实是城里人休闲度假的世外桃源。尤其是那棵参天的苦槠，被中国古树专家金炳铨鉴定为树龄约1200年后，"国家一级保护"金牌与大树旁曾经气势有度的宋代官员古墓，以及村民亲眼所见的高山巨蟒，更是渲染了这里神秘莫测的色彩。

而每天出入在大树下和农庄里的是一名身材中等、腰杆笔直的中年汉子，他刚毅自信的脸上，不仅仅总是露出微笑，更多的时候是一副坦然、乐观和自信样儿……自2008年春天以来，他"守山如玉"地带领着这里的山民广种山货发"山财"，用行动唱出了一曲动听的歌……他，就是被大伙誉为高山"寨主"的天路山生态养殖专业合作社理事长陈承兵。

一

1985年冬天，与那个时代的所有年轻人一样，达到服兵役年龄的陈承兵，人生字典里自然就有"参军入伍"这四个让人热血沸腾的字眼。当时他还是一名没有出师的泥瓦匠学徒，师傅好心劝他：学完手艺将来生活无忧。可具有高中文化程度的师娘见状后，却说农村的孩子应该到外面的世界闯一闯，部队更是锻炼人成长的好地方……就这样，陈承兵连家门都没进，直接从工地去参加体检，然后顺利地走进了中国人民解放军陆军第二通信总站。在新兵连的日子里，身为农家子弟的陈承兵不怕吃苦，什么事都干在前。下连队后，只有初中文化的陈承兵居然干起了"载波"这个特种技术活，而且一干就是整整15年。15年间，陈承兵先后荣获南京军区"国防勇士"，所在部队"小老虎""优秀士兵"和"优秀志愿兵"等荣誉称号。最难能可贵的是，他还主动让贤，放弃一次"三等功"的嘉奖，把机会让给了亲密的战友。

1999年冬天，陈承兵回到了故里绩溪，被安排在绩溪县商业局下属的一家公司任安全科科长。可好景不长，到了2005年企业改制，陈承兵下岗失业了。因为妻子在县城开办了玩具厂，陈承兵才得以有了安身立命之处。后来，为了给玩具厂找到更多的订单，在没有任何关系和背景的情况下，陈承兵独自一人到大上海闯荡。那时，他吃干粮，睡车站、码头是常有的事情，经常是手里拿着黄页去找客户，跑遍了大上海的每个角落，而每每是热脸碰人家的冷屁股……功夫不负有心人，终于遇到一个客户让他先试做单子了。最终，玩具厂在客户规定的时间内按质按量完成了任务，因而赢得了信誉。一花引来万花开，当年，陈承兵夫妇的玩具厂因为业务扩大，安置下岗职工300多名，解决了他们的生活后顾之忧。

二

2007年，随着玩具市场的日渐萎缩，放眼未来的陈承兵拿着玩具厂赚的钱，回到了自己的老家长安镇高山村。其实刚刚回村他心里也没什么底，就合计着干些什么能带领大伙共同致富。经过和村里的几位能人商定，他决定利用本地独特的自然环境养殖土鸡并成立合作社。当时，高山村不少农户并不知道什么是合作社，经过陈承兵不厌其烦地解释后，大伙基本上有所了解。于是，陈承兵冒着风险拿出多年的积蓄，流转土地，改建房子做办公场所。2008年4月，陈承兵终于成功注册登记了"安徽省绩溪县天路山生态养殖专业合作社"。

难忘那个春夏之际，陈承兵忙得不亦乐乎，通过流转村民土地办起了养鸡场，还种西瓜、菊花、油茶和山核桃，并经营起休闲农业旅游，让多年寂静的高山村村民组热闹起来。他采取"合作社+基地+农户"的经营模式，突出生态农业和天路山休闲旅游观光的主题，重点发展高山生态种养业和旅游观光农业。

陈承兵建立了茶叶、瓜果、贡菊、土鸡等高山生态种养基地，完善了水、电、路、通信、休闲等基础设施，建立了游客接待中心。形成了徽菜品尝区、瓜果采摘区、特种动物养殖区、农耕体验区、垂钓休闲区、娱乐健身区、园林景观区及科教文化区八大功能区。另外，他创建的"篝火晚会""农耕体验""山庄淘宝""驴友集训""垂钓体验"和"采摘体验"等游客互动项目达到12个。他们生产的"皖南土鸡""放养土鸡蛋""天路山梨"等农产品通过了有机食品认证，还成功打造出"天路山"休闲旅游农产品品牌。2012年，高山村成功举办了以"天路山上好西瓜，带领致富千万家"为主题的绩溪县首届"天路山"西瓜采摘节；2015年成功举办了天路山首届菊花观赏采摘节，吸引了八方来客，沪苏浙的客商纷纷与合作社订立了定向购销合同。陈承兵，让高山头的农特产走进了大中城市。

通过看得见、摸得着的赚钱实例，极大带动了周边广大农户大力发展无公害、有机绿色农产品的积极性。在农产品质量安全、农业标准化生产等方面，陈承兵及他的合作社实行精准控制，建立和实施产品质量可追溯体系，从基地到产品，从山地到餐桌，每个环节都按照绿色有机规定要求操作，受到了消费者的一致好评，因而取得了农产品销售量连年持续攀升的显著成效。

2011年，天路山生态养殖专业合作社被评为市级龙头企业，陈承兵被授予"安徽省农民创业带头人"称号；2013年"天路山无公害西瓜"列入国家星火计划，"天路山"商标获评知名商标。2014年，天路山生态养殖专业合作社被评为国家级农民专业合作社示范社、国家四星级乡村旅游示范企业和省级"森林旅游人家"。

三

作为一名曾经的军人，陈承兵始终"不忘初心、牢记使命"，牢固坚持政治信念。2014年，经过大家的推荐，他参加了村干部的竞选，成功当选为镇头村总支书。在职期间，他一心一意谋发展，尽心尽力抓脱贫攻坚任务和美丽乡村建设，给群众留下了一个清正、廉洁、正直、勇于担当的共产党员和革命军人的良好形象。

为使全村人民早日致富，多创效益，陈承兵利用天路山生态养殖专业合作社，经常对种、养殖户和贫困户进行技术培训，丰富村民的知识。他还安排贫困残疾人来合作社上班，为他们提供免费的技术服务。几年来，合作社免费为瓜农提供嫁接苗，为社员和贫困户免费进行种植技术培训、嫁接油茶苗、发放覆盆子苗，等等，价值近百万元。陈承兵还邀请专家现场指导，统一管理、统一销售，特别是要确保贫困户当年的收益，并主动对接歙县雅氏贡菊集团，与对方建立合作关系，解决了农户卖花难问题。目前，天路山生态养殖专业合作社发展成员218人，带动农户1380多户，流转土地山场3300亩。2021年，合作社实现收入1687万元。

谈及未来的发展计划，这个拥有"军地两用人才"荣誉称号的高山"寨主"陈承兵信心满满：一是要争创中国十佳合作社，打造休闲农业升级版，建成集生态保护、生态休闲和科普科教于一体的现代有机农业示范区，为乡村振兴探索生态文明之路；二是要实现农业资源环境与自然资源相协调的农村生活方式，打造一个"生态宜居、生产高效、人文和谐"的示范典型高山村。通过专业机构认证，生产各类高端有机绿色蔬菜、瓜果、禽类、蛋类等，努力建设高端养生特色民宿的"高山寨"……

"牛仔"战士

寒冬时节的一天下午，在山城宁国东部20公里处的一条乡间泥石路上，一辆沾满泥浆的皮卡正在飞速地行驶。尽管道路弯曲狭窄、坑坑洼洼，但驾车人照样开得风驰电掣，只见两旁树林、翠竹和山冈在急速地后退。不一会儿，车到梅林镇对山村鲍家坞一处屋舍时便戛然而止。这时，从车上迅速跳下一位高大英武、身着迷彩服饰、脚穿长靴的年轻人。他不修边幅的脸上露出一副刚毅的神态，顿时让人想起"西部牛仔"这四个字。他是谁？他就是鲍家坞这片山林的主人——已过而立之年的宁国市秋水家庭农场总经理、"牛仔"战士黄钢。

刚刚一幕，正是黄钢开车送自己农场的有机农特产品去梅林镇——办理完顺丰快递回"大本营"呢。

一

1995年12月，生长在宁国城里的黄钢光荣应征入伍了，服役于北京某武警支队，主要是负责天安门广场的安全警戒工作。

在部队这个革命的大熔炉里，黄钢进步很快，完成了从一个男孩到一个男子汉的人生蜕变。部队更教会了他自立、自强、好学、坚韧等好的品质。特别是在处理警备区的安保事件上，黄钢是有理、有据、有节、不卑不亢，表现出中国军人的优良素质与良好形象。短短三年军营生活，黄钢荣立过二等功，还荣获过北京市"十大执勤标兵"等称号。

1998年12月，黄钢脱下了军装，告别了军营和战友，回到了家乡，被分配在宁国县文化局工作。但黄钢想了很久之后，却做出了一个令家人意想不到，旁人不会干的"傻事"——放弃了这份难得的正式工作，选择了去北京打工。他说他要去闯一闯，见识世面，锻炼自己。

在北京打工的时候，喜欢旅行的黄钢还外出登过赤道上的雪山——乞力马扎罗，去过北极探险，还到过非洲大草原。2004年和2005年，黄钢做过非政府组织的志愿者，接触到一些环保组织，也就是从那个时候起，他对有机知识有了一些了解，并产生了莫名的兴趣。

"天有不测风云，人有旦夕祸福"。2016年，黄钢的母亲身体出现了健康问题，一贯孝为先的黄钢不得不回到家乡，希望在父母有生之年，自己能多一些时间去陪伴他们。

二

当得知母亲生病的原因与她平时的食品有一定的关系时，黄钢就希望能让她吃上健康的东西。但纯天然的有机食品国内不好买，于是一个连别人想也不敢想的决定在他心底里开始萌生了：自己种，让家人和他人能吃上安全、健康的东西……

就是抱着这种朴实的心愿，这个从小就在城里长大的孩子，开始了自己种植有机农产品的尝试之旅。于是，他多方筹集资金，通过租赁的形式，流转了梅林镇对山村鲍家坞的750亩山场，大力发展有机农产品。

理想很美好，现实却是残酷的。黄钢真正开始自己种植有机农产品后才知道，原来一切都是那么难，而且原先一直从事有机种植的当地农民，现在都离不开化肥、农药了，包括自己农村的亲戚，大家都固执地认定：不用农药、化肥是种不出丰收的庄稼的……

但黄钢在国外参观过很多漂亮的有机农场，也知道有机农业在国外有比较成熟的技术和很多成功的案例。因此，他决心不改，自己去学习有机技术。2016年和2018年，黄钢先后在上海和菲律宾参加了IFOAM（国际有机运动联盟）的亚洲青年有机农场主培训，此外，他还在国内的北京，以及2017年和2018年到德国、法国、马来西亚、美国等多个国家和地区参加了最先进的有机农业技术的培训，不仅掌握了一定的种植技术，更提高了自己在这个领域里大有作为的满满信心。

"不积跬步，无以至千里；不积小流，无以成江海""在一个全新的领域进行创业实践，除了看准市场的蓝海，更需要脚踏实地地去学习和实践。特别是做农业，土壤和植物不会去迁就你，你要是骗它们，它们就会骗你，会用产量、病害、虫害等问题的出现，非常直接地告诉你……"这是如今提及有机种植时黄钢的心得体会。

通过学习，黄钢不仅更好地学习和掌握到了有机农业技术，更了解到了化学农业对自然环境的破坏、对人们身体健康的伤害，从而也更坚定了他做好有机农场，为家人、为社会提供安全的食材，为环保而战斗的决心。

现在，深处皖南山区的黄钢秋水家庭农场，已经建立了自己的技术团队，还与北京的中国农业大学有机循环研究院、南京农业大学有机研究所建立了合作关系，和德国波恩大学、国际有机运动联盟（IFOAM）、瑞士有机农业研究所（FiBL）等国际有机组织建立了很好的联系，包括一些国内外有机公益组织，都有很好的互动交流。经过三年多的努力，秋水农场在生产方面初步探索出了适合自己的、建立自我循环模式的良好机制和方法，并已显现初步成效。2020年，秋水家庭农场的农产品品获得了欧盟有机认证，目前正在向国际上最高的有机标准"德米特有机认证"冲刺。

面对每年都要进行的欧盟有机组织认证检测，黄钢用实实在在的行动坚守而安然无恙。2021年，欧盟有机组织还增加一次飞行检查，不仅要查他的200多亩面积的茶叶、200多亩竹笋和几十亩的蔬菜等农产品，还要对农场取水、取土，查看有无违禁成分。采样送德国检测后，给出的结论是：秋水农场是合格的。黄钢的心里是激动的，就像战士又一次从战场上凯旋那样……

如今的"牛仔"战士黄钢知道，未来的路还会更加艰辛，有机行业毕竟目前还是一个小众的行业，农业毕竟没有像制造业、房地产业、金融业那样的高利润，同时也面临着人才短缺、技术落后、专业机械缺乏、市场不成熟、消费者认可度不高等许多问题……但黄钢坚信：生态、健康是未来更多人的追求。这条路，会有越来越多的人去走。他说："这条路上，我不会孤单。"

黄钢还说："生态和谐、绿水青山是我们每一个人的梦想，在这条艰难的道路上，无论现在还是将来，我永远是一名战士。过去在部队，我是保卫国土不受外来侵犯；如今在家乡，我是保卫耕地不受人为污染……"

致敬李舸

在我们皖南宣城，李舸这个名字我已经不止听过一遍了。印象中的听到一次应该是从一个同属相的好友、文化企业老总昌森先生的口中，那是源于我们宣城宣州水乡摇橹小镇朱桥的一次文化旅游节。听说他是中国摄影家协会的一把手，来自北京的，我自然敬佩，而且又是我今生第二个爱好（第一个是文学）——新闻（他是人民日报的高级记者）、第三个爱好——摄影（他是中国摄影家协会主席）方面国字号的资深人，我自然很想去拜见他。哪怕迎上一个面，擦过一个肩，最好是能说上几句话，我想都有可能给我的上述两个爱好带来一种全新的感受、另样的体会或思想的提升？或者是一种境界的提高。但是他会跟我说说话吗？孔子曰："三人行，必有吾师焉。"更何况是一个艺术界的泰斗级人物！我当然想见识见识。但我这个人有一个非常不好的思维定式，觉得高处吧，不要去高攀。你乃行业中一介爱好者而已，攀什么攀？有用吗？因为你与人家根本就不是一个档次，何必自讨没趣。另外，曾经的经历告诉我，有些所谓的大腕名家，也不过如此，从高处走来，喜欢人家前呼后拥，我是骨子里不喜欢这种场面的。

综合上面三个方面的原因，我谢绝了朋友的邀请，这使我后来一次次失去与李舸谋面的机会。后悔吗？也谈不上，因为没有接触，不知道他会给我什么印象。所以，在有人提及李舸主席并赞赏他新闻与摄影的造诣时，我也就那么平淡地、不乏遗憾地在心里叹一次：罢罢罢！

后来，我知道李舸到过我们宣城的泾县桃花潭、宁国的西村、郎溪的飞鲤，还到过我们宣城的宣州水东，可不知道他是否到过绩溪、旌德、广德的某某地方？但我估计他应该是去过的……事实证明，我的判断正确，因为就在今天（2022年1月9日）的上午，在我们中国文房四宝城文苑山庄5号楼的会议室，我终于见到了李舸主席，并听到他自己说，许多领导和同仁都认为他是安徽人，而他也认可了！你想想吧，一个安徽人，一个"爱彩好色"的摄影家，我认为他可以不去皖北，但不可能不来多彩的皖南啊！

我非常赞同我们宣城现任文联主席潘丽华主席的一句话："李舸主席不仅是安徽人，他还是我们宣城人。因为他是我们宣城宁国西村的、宣州前进村的荣誉村民！"

听了李舸两个多小时的报告或是讲座，我很感动，感动他在这寒冬腊月的季节，特地南下为我们基层文艺工作者带来党中央为新时代文艺创作指明方向的清新春风，让我们感到一种拂面的温暖；当然，他也是从艺术的角度，来给我们传经送宝的：一个主题"百年历程摄影在场"，李舸从三个维度、四个方面旁征博引，从历史、民族、世界三个维度出发，结合我们文化的自信、自省、自强——中国的摄影追溯、历史、记录、留存和文化传承，提及了摄影艺术不是简单的视觉感观的刺激，而是能给我们带来影像背后整体的力量……

这些，我当然有同感，但不是感动。我所感动的是他的那些精彩、经典的摄影作品，有一张还是全球独一无二的：2008年北京奥运那张长焦镜头中七彩烟花簇拥而升腾的五环照片，然后还有一张张有着视觉冲击力、心灵震撼力的作品，让我终于知道了什么叫大家，什么叫艺术大家！

你也许认为上述这些便是李舸令我敬佩的地方，其实，我想告诉你的是：错！还有最令我感动、感激的是他那种身为摄影人而甘于、敢于担当历史责任，勇于、乐于敬业牺牲的可贵精神。

我敬佩李舸！也许国家没有想到，但他作为摄影人想到了；尽管国家没有号召，但他却勇敢地号召摄影家们组成一支队伍，为武汉来自全国各地的42000多名医务工作者，每人都留下了一张人生特别境遇中难忘的瞬间。李舸和他的团队，用手中的相机与手机一一记录，竟意外地发现，这也为医务工作者的焦虑、疲惫和重压打开了一扇倾诉、释放的窗口。那些日子，李舸陪他们一起流泪，看他们在镜头前真情留白，还有现场同感地体会他们在扭头后继续前行的坚毅。

说句真心话，听了李舸先生这次关于政治、文化、专业的综合性讲座，我好几次都感动到流泪，那是为我们已经强大的祖国，为我们凝心聚力的人民，更为我们所从事的文学艺术事业，以及她所衍生的力量而骄傲和自豪！

"眼纳千江水，胸起百万兵""登高使人心旷，临流使人意远。"……我感觉李舸做到了，或是已经在做了，我们基层文艺工作者自然应该学习，也必须践行，为实现中华民族伟大复兴的中国梦贡献一分力量……

今夜难眠，因为我感动；今夜无眠，因为我激动。2022，爱您，致敬我心中的感动人物——李舸！

成功者范昌喜

他个头不高,但额头很亮;他眼睛不大,但炯炯有神;他待人接物彬彬有礼,说话、办事干净利索。如果你在人群中看见他,你绝对看不出他有什么与众不同;如果你有机会能与他交谈一番,你绝对会有所启发、有所收获,你也一定会认识到:他,不仅仅是一个西服的制造者,还是一个靠不断思考而发展壮大的智慧"总裁"。他,就是"昌喜私人定制生活馆"老总范昌喜。

时间追溯到20世纪90年代的初期,那是一个难忘的夏季。在上海七宝镇一处钢筋工地上,只有20岁的范昌喜与当时千千万万的农民工一样走进了城市,成为一名全靠出卖劳动力而获取收入的人。迎着朝霞,送走晚霞,一个个苦累的日子,他几乎就是一个劳动工具。有一天黄昏,无聊的范昌喜吃过晚饭后,便坐在一个工地旁的大桥上看风景,但远处的景色怎么也提不起他的兴趣,他的头脑里总是在想一个问题:眼下的生活方式终究不是自己想要的,现在还年轻,再过20年呢?难道还要像那些年老的同事一样,弯腰弓背地扎钢筋去养家糊口?不,一个男人如果年轻时不想方设法改变自己的落后现状,那将来就是一个家庭无法脱离贫苦的局面。思考出这样的问题,并得到了这样的理论后,范昌喜顿时感觉身心轻松了许多,就连黄昏的晚霞也变得更灿烂了。而正当他提起垫在身下的褂子回工地房休息时,突然看见桥下有一家夫妻缝纫店,男裁女缝的,还有不少客人进进出出,一看就是生意红火的景象。这时,范昌喜想到了一年前自己在家乡团山农民技校时接触过的缝纫技术培训,也想起了父亲经常唠叨的那句话——"荒年饿不死手艺人"。对,一个人要想有好的生活环境就必须有一技之长!

1995年的夏天,年轻的范昌喜回到了故乡古泉的小镇上,跟一个裁缝师傅学服装缝纫技术。由于用心肯学,3个月后,师傅觉得他在缝纫方面很有前途,主动劝他去宣城拜高师。于是,范昌喜来到宣城,拜当时城里赫赫有名的王玉翠为师,学了整整一年的缝纫技术。

1997年,23岁的范昌喜凭借自己扎实的手艺,不是回到小镇而是在城里,开起了自己的"昌喜服装店",终于实现了自己给自己打工的美好愿望。至今老西门的人还记得,当年紧靠中山路的麻园小区里,一个从乡下来的小伙子,与自己的妹妹一道,踏踏实实地将一个小小服装店经营得红红火火,人们感叹这对兄妹的不易。留意宣城服装制作的人都清楚,在当时,类似"昌喜服装店"这样的小小服装店大街小巷很多,什么夫妻店、父子店、姐妹店、兄妹店,等等,真的是名目繁多,用"雨后春笋"来形容,是一点也不夸张。

生意好是好,但除去房租和其他成本,范昌喜兄妹俩也仅仅是挣点辛苦费。范昌喜忙里偷闲的时候就在想,选准了一个行业,坚持走下去无疑是正确的,不是说"坚持就是胜利"嘛,但要想发展壮大,该怎么办呢?正在范昌喜不知道下一步如何突破走出瓶颈时,一个偶然的机会,他看到了激励大师陈安之的一个碟片:如果想要在一个行业里挣到钱上台阶大发展,就一定要让自己成为这个行业里的"No.1"(第一)!

怀着一个远大的梦想,范昌喜决定在服装业中选准一个品种——西服。因为他觉得西服来到中国有100多年历史了,深受各类人群的喜爱,不容易被淘汰。无论是上班族,还是结婚、外交等场合,人们都喜欢穿西服,它的基础需求量大,因而市场的潜力就一定很大。两年后,范昌喜在得知上海服装行业比较流行的"高端私人定制"时,就毫不犹豫地把宣城的服装店交给妹妹管理,自己又一次来到了大上海,采取边打工边学习的方式,在上海罗蒙西服店学习西服的制作技术。从量身到裁剪再到缝纫制作,范昌喜学习了整整两年时间。

2000年下半年,学成归来的范昌喜回到了宣城,他感觉自己的目标明确后，视野也变得开阔了许多。俗话说得好："思路决定出路。"这年年底，考虑到市口问题，范昌喜把自己的服装店迁到了人流相对较多的法制路上，并改名为昌喜服饰加工厂，主攻男女西服和风衣。由于他掌握了过硬的西服裁剪技术，生意自然不错，店里聘请了七八个员工。

要想赢得市场，必须降低生产和管理成本，只有给消费者提供优质的产品、超低的价格，才能赢得其青睐。范昌喜悟出了这样的理念后，就连续不断地推出了系列促销活动：当时150元一套的高品质面料西装，他家的售价只有120元；凡是节假日，消费者来他家购买西装的，在优惠价的基础上，赠送一件衬衫；顾客生日来店购买西装的，赠送一条裤子……这些促销活动曾在宣城引起一时的轰动。为此，不少同行老板找上门来责怪他："你这样做，我们宣城以后的服装加工店怎么生存？"面对同行的责备，范昌喜没有不悦，而是心平气和地告诉大家："大品牌甚至国际大品牌都在做让利于消费者的活动，为什么我们不可以？你们也可以做呀！"

商海波涌，大浪淘沙；勇者无敌，适者生存。这个规则不是谁定的，但一定是肯定的。2003年10月1日，思考出"好酒也怕巷子深"的范昌喜，毅然决然地把自己的服装加工厂迁到了叠嶂路上的时代广场，门面房的租金一年就达五六万元，同时他也改变了经营模式：专攻西装。罗蒙西服的技术有了，怎样才能做大做强呢？爱思考的范昌喜头脑里经常萦绕这个问题。当时宣城普通西服套装的价位一般在200—300元，因为价位低，利润空间自然小。范昌喜在逐步提高全体员工工艺水平的同时，也大胆地尝试引进高档次面料，并引导消费群，以满足高端类人群的需要，同时，在品种和花色上紧跟时代潮流，让每一个消费者穿上"昌喜"有"里子"也有"面子"，让"昌喜西服"成为宣城的名牌西装、品牌服装。

在此后的日子里，范昌喜在服装销售上大打"薄利多销牌"的同时，还在进一步营销上狠下下功夫：公交广告、新闻媒体，到后来的网络媒体，直至如今的移动互联网，进行广泛的宣传，让更多的消费者知道"昌喜"，认识"昌喜"，认同"昌喜"，喜爱"昌喜"，以求赢得广大消费者的美好口碑。这时候的范昌喜还悟出这样的想法：行业竞争太小了，实在是没有必要，要角斗，就要做市场上的斗牛士，与品牌竞争，与大品牌比高低。范昌喜还常常在想：什么大品牌？它们往往都是老字号，而老字号的"老"，除了资历老，不就是时间长嘛，它们为什么会有这么长的生命力而不被淘汰？关键性的一个原因就是质量，其次是应对市场的能力，只有不断地满足消费者的新需求，才能站立在西装不败之林的前沿和高地。

于是，善于学习与不断总结的范昌喜，在营销上推出了"分享营销法"，让消费者明显地感知"昌喜西服"总是抢先一步，把最好、最新的面料和款式在第一时间送到他们的面前，用价位的优势敢与大品牌比高低，并通过高福利引进人才赢来一派欣欣向荣的新景象。

时间过得真快，转眼就是21世纪的14个年头了。时代广场的11年，"昌喜西服"因为专注地坚守自己的专一，理所当然地成了宣城西装中的领头羊，成为当地的西装的一个知名品牌，并越来越受到西装穿着者的喜爱。2014年11月15日，"昌喜西服"又一次新面孔地出现在城区繁华地段的叠嶂中路上，顾客盈门，热火朝天——这是外界的认可，更是"昌喜西服"思路决定出路的生动写照。随着时间的推移，到了2017年的下半年，范昌喜感觉现有的门面房无法满足顾客的宣衣看样了。当年10月28日，还是在叠嶂中路上，一个楼下接待与展示厅就达80多平方米的全新的"昌喜私人定制生活馆"，终于横空出世了。

范昌喜说："'昌喜私人定制生活馆'的闪亮登场，就是我们吹响向品牌化进军的战斗号角。"依靠着后台700多平方米的制造车间，"昌喜西服"终于拥有了自己投资的加工大本营。随着需求量与生产量的增加，范昌喜觉得管理水平更需要紧紧跟上。完善售后服务体系，为消费者提供"无忧"保障，成了范昌喜不敢掉以轻心的首要任务。他对外公开承诺：凡是在他家定制的西服，在穿着时纽扣、拉链掉了或是坏了，随时免费提供并安装；衣服需要大改小，也是免费服务……

这些，在宣城的服装制造行业，一定不会多见。

"坚持，坚持，还是坚持！"这是昌喜私人定制生活馆"总裁"范昌喜经常在心底里发出的呐喊，也是一种对自身信念的不懈追求，更是一种对"幸福是奋斗出来"的最好演绎。眼下，昌喜西服在新潮网络购、服饰多元化等不利浪潮的冲击下，已经成功推出了"私人定制个性化"举措：一人一款，一人一版，单件单流，确保每一件衣服的品质，让每一位消费者的满意。

"一花独放不是春，万紫千红春满园"。谈及行业的前景，如今既是制造者又是管理者更是思考者的范昌喜深有感触地说："一个人的繁荣不算繁荣，只有让整个行业繁荣了那才是真正的无限生机。'昌喜西服'愿意毫无保留地与同行交友，真诚欢迎各地的爱好服装制造者来'昌喜'交流和互相学习，让我们这个行业蒸蒸日上、欣欣向荣。"

我们没有理由不认同，已经走过21年服装制造的"昌喜西服"对服装行业的乐观与自信。范昌喜说："诗歌和远方就在触手可及的地方，我要努力，我会坚守……"

"佘老太君"

在中国古代，官府的人称当官的娘为太夫人或者太君，而称老太君的，就等于是老夫人，其实这都是一种尊称。还有，大富大贵家的老太太，即使儿子不当官，外人称呼她为老太君也是可以的。而她，出生于1941年1月的一位平常人家的农民老奶奶，不知为何，如今当地的人们却习惯性地称她为"佘老太君"，这里除了她是姓"佘"以外，其他的原因到底还有什么呢？

由皖南宣城宣州区的周王镇政府向东南方向行约3公里处，有一座国家小型水库。它始建于20世纪60年代初，有一个当年非常流行、颇具革命色彩的名字——红星水库。那是当时所在的红洋大队乃至周王公社全体社员几个冬修劳动和汗水的结晶。紧挨着水库东南边的小山坡下，青翠茂密的竹林间散落着四五户耕作人家，这就是如今的宣州区周王镇红洋村红上村民组的部分农户，被当地人亲切地称为"佘老太君"的水库边"守鳄奶奶"佘世珍，就住在村东头的第一家。

瞧，如今改装成乡间别墅一样的平房门前，在一处高台的护栏里，一位瘦弱的老奶奶一手拄着拐杖，一手举搭凉棚似的极目远眺。顺着老人家的目光，不远处是一番湖泽的世界，平静的湖水荡漾着微微的碎浪，在日头下闪着粼粼波光。一个孤峰样的小岛伫立在水面上，不时见白鹭轻轻飞起。老奶奶几乎是一动不动地看着水库方向，更像是在侧耳细听什么……这位老奶奶便是人称"佘老太君"的佘世珍。这样的举动是她近年来因为身体不便走动后，一天要出现好几次的习惯性动作。

如果有人与佘世珍提起水库里的扬子鳄以及她和老伴守护扬子鳄的经

历，"佘老太君"总是如数家珍，滔滔不绝——1982年夏天的一个中午，"佘老太君"的儿子老三、老四在门前的红星水库里洗澡，当他们爬上水库中央一个绿树成荫的小岛时，发现了一堆特别的新土，好奇的兄弟俩上前扒开一看，只见里面埋着二十几枚奇怪的大蛋，他们以为是蟒蛇蛋。调皮的乡下娃兴奋地把蛋捧回家后，父亲张绪宏一眼认定其为"土龙"（当地的乡亲们都这样称呼扬子鳄）蛋。张绪宏将这些蛋带到了离家几十里地的安徽省扬子鳄养殖场请专家鉴定，果然是扬子鳄的蛋。"原来水库里有'土龙'，这可是国家一级保护野生动物啊！"之后，红星水库就被确定为扬子鳄保护点。就这样，住得离水库最近的老党员张绪宏和佘世珍（那时候她也只是大妈的年龄）两口子，受专家们托付："一定要保护好这些濒危动物。"从此，义务保护水库里的"土龙"成了"佘老太君"家老老少少一件重要的事情。从那时起，佘世珍和老伴张绪宏便开始一趟趟巡视红星水库，劝阻村民下网捕鱼，宣传保护扬子鳄的重要性。

　　离"佘老太君"家门不足百米的红星水库，实际上是一座在两山间的田畈里建起来的小型水库，水域面积只有200多亩，库边有许多丛生的芦苇，生长着许多水鸟，有的还非常凶猛。每当幼鳄出壳时，总会遭到那些水鸟的侵害，这可难坏了"佘老太君"一家人。早年，宣城城郊的中国扬子鳄繁殖中心总会来人把这里的幼鳄捉回夏渡鳄鱼繁殖中心饲养，可后来考虑到扬子鳄野生习性的培养和研究，该中心要求"佘老太君"一家把越来越多的扬子鳄就地看养起来。为了提高扬子鳄的成活率，每当"土龙"下蛋后，"佘老太君"都要和老伴张绪宏小心地取回鳄蛋，放在自己家门前池塘边进行堆土孵化。为确保幼鳄的安全，"佘老太君"一家人硬是一锹一锹地将门前的小水池挖成了一方水塘，在其四周钉起了树桩，布起了密密的铁丝网，并在池塘的上空罩上了牢牢的尼龙网，还专门养了一条小狗夜间守护。每当夜深人静，只要一听到狗吠，"佘老太君"和老伴张绪宏准会立刻起床……直到幼鳄长到水鸟奈何不了时，她和老伴才会松一口气，然后选择一个晴好的天气，像嫁闺女一样把那些小鳄鱼一一捞起来放进红星水库里。

　　1990年9月15日，这对"佘老太君"一家人来说，真是个值得纪念的好日子，因为原宣州市人民政府就是在这一天，在他们家门前的水库边竖起了一块大碑，碑上刻着"中华人民共和国一级保护动物扬子鳄红星水库保护点"，那23个醒目的字，让全家人更加坚定了守鳄护鳄的信心。此前8年多来他们守鳄护鳄而产生的所有委屈——部分村民不理解导致的不自觉行为：时有打鳄捕鳄，为了护鳄而与他人与发生争执，等等，都在这一天从"佘老太君"一家人的心头上云消雾散了，也证明了他们前瞻性地保护野生扬子鳄是对的，那么，他们所有的付出都是值得的。

还记得，那时候每年入夏，到了扬子鳄繁殖的季节，"佘老太君"都要和老伴张绪宏摇着小木船去水库中的小岛上修剪树枝，搭棚帮助扬子鳄做窝产卵，并利用早晚的休息时间去看望它们。等到扬子鳄产卵后，他们就会及时给扬子鳄的巢穴洒水，为的是给每一枚鳄蛋保湿，同时还要防止扬子鳄的天敌偷食鳄蛋。他俩还不忘不失时机地向周边的村民宣传保护扬子鳄的重要性，劝阻村民在水库里下网，以免惊扰、伤害到鳄鱼宝宝。最难能可贵的是，他们自觉地坚持每天记录扬子鳄的活动情况，其中包括扬子鳄的数量、叫声、习性，等等。"佘老太君"的老伴张绪宏经常对家人说，扬子鳄有科研价值，他家是真正的近水楼台先得月，容易掌握野生扬子鳄的第一手资料，以后可以给相关研究人员提供参考，所以必须要认真地记录，不能因马虎而放过一个细节……

"我待'土龙'，那可比孙悟空看护王母娘娘的蟠桃园还要紧哟！"性格开朗的"佘老太君"面对外来采风的人总是这样说。她说自己打小就最喜欢看土台戏，每当本村和邻村唱露天大戏时，一听见那脆生生的小锣声，心里总是痒痒的，恨不得饭都不吃拔腿就走，但一想到水库里的"土龙"，就只好打消念头了。老伴还要到田间地头从事农业生产，不能时时刻刻在家看护鳄鱼，守鳄的事，她不盯着指望谁？村里的左邻右舍可以证明，30多个春夏秋冬里，"佘老太君"和老伴从没有结伴出过一次家门，因为家里没有人看守"土龙"，他们放心不下啊。多少个风风雨雨的日子里，她和老伴相守在水库的岸边，那是"土龙"的安危时刻牵挂着两个老人同样的一颗爱鳄心。

不过，"佘老太君"还是很开心，她说"土龙"也让她这个世代耕耘的农家老人沾了不少光。从2002年夏天以来，远在大上海的华东师范大学研究野生动物的师生，将她这里确定为实践基地，每年都要来红星水库一次。师生们吃住全在她家，大学生们就有关野生扬子鳄的知识还"大妈长，大妈短"地向她讨教，让她乐不可支。最让她忘不了的是2004年9月14日，来自中国新疆的《南方周末报》和大洋彼岸的美国《国家地理》杂志社的资深采编人员登门来访，拍摄了她和她的"土龙"，还有一张张与她亲切的合影，让她和她的宝贝走出安徽，走向了世界，感觉自己的人生因为与鳄有缘而精彩万分。

"佘老太君"也有伤心事，那就是与她一同守鳄的老伴张绪宏在2005年6月去世了。佘世珍老人说，她的老伴是个退伍军人，曾担任过多年的红洋村党支部副书记。红星水库的"土龙"能从几条繁殖到后来的几十条，全家就数他的功劳最大。风里雨里，寒来暑往，正直而有威信的他，为保护红星水库的扬子鳄可谓吃尽了苦头，说破了嘴皮。"佘老太君"说，2004年6月18日那天，老伴张绪宏突然病了，三儿子张宏安用摩托车送父亲去镇上卫生院检查身体。车子出村越过一座山坡后，张宏安突然听见父亲在身后大叫起来："回去，回去，赶紧回去，今天的'土龙'记录还没记呢！"儿子知道父亲的脾气——"土龙"是他的命根子，只得掉转车头，回家等父亲认真填好当天的天气、气温、风向以及土龙的出现和鸣叫次数等后，才重新骑上摩托车送他去看医生。不想，这一走，张绪宏就永远地告别了亲人，告别了水库，也告别了他朝夕相处的"土龙"。临终前，张绪宏嘱托家人："我几乎一生都在保护扬子鳄，以后你们要坚持下去，要把我的话记着啊……"佘世珍含泪对老伴点头："你放心，只要我还有一口气在，就会保护好这里的扬子鳄的。"

23年间，张绪宏记下了23本扬子鳄保护日记。他去世后，"佘老太君"将其中22本无偿捐赠给扬子鳄国家级自然保护区，自己只留了1本作为念想。翻开记录本，每一页都被细细划分成格，从活动时间、发现鳄数，到天气情况、鸣叫情况，一应俱全。这些密密麻麻的文字，是记录，更是"佘老太君"和老伴与扬子鳄互动的一点一滴。这一本本记录本，也让张绪宏和佘世珍两人成了名副其实的"土专家"。"7月13日、14日，老鳄一定要生蛋，过了15日就不生了。""小扬子鳄孵化后就开始叫唤，老扬子鳄就来扒窝了。""鳄鱼蛋拿到灯光下一照，有带状的就能孵出小鳄鱼。""它要是哼哼地叫，那肯定要下雨了。"……佘世珍说，每天晚上睡觉前，老伴总在灯下认真记录扬子鳄的活动情况，而他们谈论最多的话题也是关于那些扬子鳄……

张绪宏走了，红星水库的鳄鱼少了一个亲密的朋友，"佘老太君"少了一个守鳄的最好伙伴。多少回梦里，她看见老伴划着小船在水库里给鳄鱼喂食。虽然"佘老太君"独自一人守护着"土龙"，可她的劲头还是那么足，每天一大早，她就会到水库里放一些叫"地笼"的渔网，捞一些鱼虾去喂门前池塘里的小鳄鱼。因为不识字，她就把白天看到的关于鳄鱼的各种情况牢记在心里，等上初中的孙儿张明庆回家后，再口述给他一一记录。"佘老太君"说，如今自己可算是一位"专职人员"了，因为宣城市郊的中国扬州繁殖中心每年都要发给她近千元的工资，镇上、村里的领导也时常来看望她，她的儿女们不仅孝顺，而且非常支持她守鳄护鳄，三儿子、四儿子经常划着小船送她去水库中央的小岛上去查看鳄鱼蛋，就连年龄最小的孙儿也时常跟着她，一道在水库边的芦苇丛边转悠。

夏天的傍晚，仿佛来得特别迟。那是2009年5月26日的黄昏，"佘老太君"好不容易盼回放学的孙儿到家，便迫不及待地问："小明子，今天离7月10号还有多少天？""奶奶，你是不是又在搞倒计时？上海大学生到我家还有40多天呢。""佘老太君"刚上初中的孙儿张明庆有点不耐烦，因为奶奶最近几乎天天都向他提出这样问话。其实张明庆心里清楚，奶奶是在盼着远在上海的华东师范大学的师生到来，因为只有和那些高等学府的师生们在一起的时候，她才更加感受到自己守护水库里野生扬子鳄的意义有多重要，一种莫名的自豪感让她精神焕发，充满力量，更感觉到自己的行为是多么伟大。

2018年，"佘老太君"的儿子张宏华接下了管护员的工作，陪伴母亲一起承担起守护的责任。张宏华目前在市区建筑工地上打临时工，每隔三五天他就回到村里，探望母亲，看看扬子鳄。每次回去他都会搀扶着母亲沿着堤坝慢慢走，母子二人回忆着张绪宏生前是如何测量温度、风向，如何一动不动地站在水边观察扬子鳄……他说，保护扬子鳄不仅仅是一份责任和义务，更是张家人情感的纽带。经"佘老太君"和家人这些年的保护，红星水库的野生扬子鳄目前达到20多条，最大的一条将近2米长。为了改善扬子鳄的繁殖环境，保护区又在水库里建起两座新的人工岛，如今岛上已经郁郁葱葱。

"佘老太君"已是84岁高龄了，日子也愈加孤独。为了让母亲安享晚年，子女们动了把老人接进城里住的念头，可她放不下那水库里的扬子鳄，执意留在老家。腿脚不便的她，还是坚持每天早、中、晚到水库边巡视一遍，从未间断。瞧，夕阳的余晖下，一位满头银发的老人拄着拐杖，步履蹒跚地走在堤坝的草丛中，一对半的身影越来越长，分明告诉我们：一种可贵的坚守在延续、增长。

天道酬勤，旌表功勋。官方与媒体的语言这样评说"佘老太君"："她犹如一颗发光发热的启明星，照亮着更多的人加入保护野生动物的行列中来。"她用爱心、细心、责任心，更是用恒心，40多年守鳄护鳄成为一种习惯，从未放弃——2016年，中国野生动物保护协会向"佘老太君"佘世珍颁发了"斯巴鲁生态保护奖"；2019年3月，她当选为"安徽好人"；2021年10月，她荣登"中国好人榜"当选为诚实守信类"中国好人"！

而更让"佘老太君"轻松许多、开心许多的是，国家和地方出台的有关扬子鳄保护的法律法规越来越全面、细致，保护这些"活化石"已经成为当地人一种自觉的行动。

难怪，开心的笑意时常挂在佘世珍这个当代"佘老太君"的脸上。

鲁猛的梦

"星光大道，百姓舞台。实现梦想，点亮未来！"这两句台词如今已是我们中国电视观众耳熟能详的流行语。亿万观众对朱迅和尼格买提睿智阳光、幽默诙谐的主持风格，以及对每一个圆梦者走上这番舞台实现理想的故事，都给予了热烈的掌声和由衷的敬佩。2019年10月11日和10月17日，央视一套和央视三套，分别在22点38分和19点整，为全国观众展示我们安徽宣城一位税务干部的精彩圆梦，他，就是优秀退役军人、我区杨柳镇高桥村原第一书记鲁猛。

熟悉鲁猛的人都知道：他，阳刚帅气；他，成熟练达；他，锐意进取！11年的军旅岁月，铸就他不畏艰难、勇往直前的品格，如野马驰骋沙场，似猛虎啸傲山林。但是，走进地方，深入百姓，他的举止言谈里，感染你的却是一股股浓浓的似水深情。——请看他下列的荣誉：2012年至2014年连续三年获得"优秀公务员"称号；2015年至2017年连续三年获评为年度优秀选派干部；2015年至2016年连续两年被评为优秀共产党员；2018年3月被授予"全市第六批优秀选派帮扶干部标兵"称号，同年6月被评为全省地税系统扶贫工作先进个人；2019年4月记三等功一次。

鲁猛有一个梦，在军营就萌生的一个梦，一梦就是十五载，尤其是为了让梦想成真，他付出的艰辛与曲折，却鲜为人知。

梦从写诗开始

"是山鹰，就要翱翔在蓝天；是雄狮，就应驰骋于莽原。路在前方，迈开的脚步是敢想敢干；梦在心中，不变的当初就等着花开。总有一天，星光会格外耀眼，汇成一条彩虹大道，一端是过去，一端是未来……"这是诗吗？回答是肯定的，而且这还是一首言志之诗。如今读起这首自己创作的《星光大道2005》，鲁猛便会想起军营、战友，还有嘹亮的军号、猎猎飘扬的军旗……

2005年初，一直热爱文艺活动的鲁猛突然产生了一个"我要上央视——走上星光大道舞台"的梦想。其实，他也不是不知道，这个大舞台，不是他想上就能上的。但是，一直有着坚持与执着精神的鲁猛，梦想已立，如开弓之箭，必将勇往直前。可是，刚好这阶段鲁猛也正在忙于转业的事情，自然对参赛有所影响。都说退伍不褪色，退伍不褪志，退伍不退步！鲁猛呢，他是退伍不退梦。平日里，他是写诗不断、唱歌不歇，他要练好一身基本功，为的是冲刺梦中的"星光大道"。

"没有远方/我一直就在你的身旁/无论最后我老成什么样/为你种的那片花依然会开放/只有牵挂/你从未离开我的目光/就算有一天我再也睁不开眼睛/为你不死的思想会在某个地方/我笑过是因为你笑了/我哭过是因为你哭了……"这是鲁猛诗歌创作中的一首，是写给自己聪明活泼的女儿久儿的。据鲁猛说，目前，他已经创作出诗歌作品2000多首，内容及主题都是积极向上、满满正能量的抒情诗，其中有写军旅生活的，有写逐梦言志的，有写思想感悟的，有写浪漫爱情的，有写亲情、友情的……

歌是登台之梯

"二十岁，二十岁，我就要离部队，我把青春留给了亲爱的连队，连队给了我呀勇敢和智慧。从此再也不怕浪打风吹。啊，生命里有了当兵的历史，一辈子也都会感到珍贵……"一首首自己热爱的军歌，他是日日唱，夜夜唱。无数个黎明，当城市还没有苏醒时，鲁猛在宛陵湖畔迎着东方唱来曙光；夜幕已经降临，星星布满苍穹，万籁俱寂时，鲁猛在敬亭山顶吼出一轮月亮。风里雨里，寒来暑往，为了一个梦想，鲁猛真的是做到了"舍得一身剐"。

我们都知道，上"星光大道"必定是要以歌为媒介的。而唱歌对自己来说只是一个爱好，要想把爱好变成准专业，鲁猛知道自己脚下的路还很长。为此，他总是利用工作后的双休时间，走出宣城向专业老师请教，并购买音响设备为自己"助威"，提高信心。为了唱好歌，鲁猛做到了夏练在三伏，严寒战三九。早在五年前，为了不影响他人，鲁猛在宣城市郊租了一间小仓库练习唱歌。因为出租屋没有窗户，冬天照不到一缕阳光，冷了，鲁猛就蹦蹦脚；夏天吹不进一丝风儿，闷热，鲁猛的全身一次次被汗水湿透。有时候连他自己也在想：何苦呢，又没有人逼自己。但鲁猛就是鲁猛，倔强的性格总是能摆正自己摇摆不定的思想，从而更加地坚定信心和勇气。他曾对朋友交心地说："有些歌，我已经唱过一万遍！"

"梅花香自苦寒来"，请看鲁猛压缩版的文艺活动收获年表——2014年7月，主演的微电影《微笑的仙人掌》，荣获省青年文明号微电影大赛优秀奖；2015年10月主演的微电影《因为有你》获得市第二届微电影大赛优秀影片奖，他也获得最佳男演员奖；2015年9月，参加宣城市总工会举办的纪念抗战胜利70周年抗战烈士小传专题朗诵会，获得第一名；2016年11月，参加"全家上电视"综艺秀比赛，获得全省总冠军；2017年5月，担任市文联主办的"一首歌·百样唱"音乐盛会总导演；2018年2月，参加安徽电视台《新闻故事会》"我的2017年公益志愿活动"节目展播；2019年5月，成为"中国好声音"宣城赛区特邀嘉宾，担任半决赛和决赛的评委；2019年9月，担任编剧和主演的微电影《守廉》在安徽电视台播出……

梦圆神圣时刻

2019年的秋天，是我们伟大祖国即将迎来70周年华诞的神圣时刻，举国沸腾，万众同庆。就在这美好的时刻，鲁猛的梦，一个做了15年痴心不改、如痴如醉的梦，终于到了梦醒时刻：7月下旬的一天，继之前参加中央电视台"星光大道"节目全国选拔赛进入30强后，他终于又盼来了通知他参加全国决赛的好消息。要知道，选拔赛到决赛，那是经过了全国层层海选，再一次优中选优，是一个30人选10强的残酷淘汰赛。自从参加全国选拔赛后，鲁猛的心情特别复杂，因为有太多的不确定性。进入全国30强后，鲁猛仿佛看见了希望之光正在自己的眼前闪耀，他军人骨子里特有的闯劲再一次迸发："我要上！一定要上！"伴随着巨大的勇气和信心，在决赛中，他顺利挺进全国10强。

　　天道酬勤，好梦成真，一个激动人心的时刻终于到来：9月8日至10日，作为选拔赛全国10强之一的鲁猛，终于如愿以偿地站在了中央电视台"星光大道"节目录制的舞台上。要知道，为了军人的形象，在短短不到两个月时间里，鲁猛硬是通过刻苦锻炼等方式，让自己足足减轻了10公斤的体重。"一条路我走了很多年，有过都市的激动，也有乡村的喜悦；一首歌我唱了很多遍，是秋蝉还是夜莺，至少都是喜欢。用万条荆棘坎坷铺一条大道平坦，经数年酷暑严寒换一场春暖花开。"这是录制现场大屏幕上鲁猛的诗歌《星光大道2019》开头的一段，更是他15年来努力拼搏、梦圆理想的真实写照。

　　透过鲁猛这次上台表演的节目，我们看到的都是他满满的爱——爱军营，爱家乡，爱村民。一身迷彩服，挺拔、伟岸，亮开歌喉，就是那《我是空降兵》，浑厚铿锵。他是一个兵，军歌嘹亮，永远不褪色；开口就是扶贫村，心中挂着老百姓，带着村里的生态木榨油，让宣城、宣州和杨柳镇、高桥村走向了世界的四面八方；才艺展示，鲁猛的反差转身让朱迅和尼格买提大跌眼镜：他与女儿久儿同台"共戏"《姚大金报喜》，他演的却是一个幽默滑稽的丑角儿，而戏的剧种，自然是忘不了的家乡皖南花鼓戏……

　　10月11日22点38分，央视一套，看鲁猛怎样"闪亮登场"！我们安徽、宣城人拭目以待！

有一种颜色，它晶莹剔透，蜜样的黄色显现华贵大气；它纯净透明、清爽舒畅，让人心绪宁静；它内敛幽深，质润如玉，像玉一样温润，像水晶一样晶莹。这便是琥珀，它是时光的沉淀，它是岁月的结晶。李白有诗赞曰："兰陵美酒郁金香，玉碗盛来琥珀光。"

琥珀之光

一

20世纪60年代末出生于广德卢村乡清方村大山深处的许庆伟，小时候家里特别苦，因为家庭成分是地主，父亲每年都要为生产大队里做义务工。因为家庭主要劳动力终年没有工分，一家五口人的生存都成了问题。真的是"穷人的孩子早当家"，9岁的许庆伟便开始以卖柴为生。那时别人家的孩子可以去山上砍柴，而他这个"地主仔"只能靠捡柴火去卖。一次卖得1.9毛钱，但来回需要走4个多小时的路程。为了自己养活自己，那时候的许庆伟没有第二条生存的路可走。读小学一年级时，看见别的孩子戴上了鲜艳的红领巾，看见别的孩子评上了"三好学生"，一向守规矩、成绩始终第一的许庆伟好生羡慕啊。1979年春天，那是一个令许庆伟多么开心的春天啊——读小学二年级的他终于可以与其他小学生一样了，站在国旗下宣誓："我是一名中国少先队队员……"他的眼里饱含着泪水，但更多的是希望，一种对未来无限憧憬的希望。1980年春天，许庆伟家的"地主帽子"被摘掉，他学习的劲头更足了，每学期考试都是班上的第一名。1985年，他以全校第一名的成绩考入了县重点中学——广德中学，1987年高中毕业后考入某大学中文系。1991年7月，许庆伟大学毕业后被分配在原安徽省农垦厅下属的安徽省国营青草湖农场政治处,具体分管宣传、组织人事工作,实现了他人生中"鲤鱼跳龙门"的梦想。当时省国营青草湖农场有11个农业分场、5家工业企业,其中就有一个黄酒厂,此时的许庆伟做梦也没想到,自己的将来会"染"上黄酒,会"沉迷"琥珀色的希望而遨游在市场经济的大潮中。

4年后的1995年,许庆伟考虑到在机关工作工资低,要想在宣城城里买房无法实现。而他早就知道干销售除了固定工资以外,还可以拿到与销售挂钩的提成收入。于是,摩拳擦掌的许庆伟主动找到农场领导,要求到青草湖黄酒厂去做销售科科长,因为销售成绩出色,他的工资收入果然增加了1倍多。3年后,在黄酒厂改制中脱颖而出的许庆伟走上了分管销售的副厂长(后来任副总经理)的岗位,那时候的他除了宣城本地,主要跑上海和绍兴市场。针对当时人们不太喜欢喝黄酒的现状,许庆伟把思路定在培养人们的消费观念上,采取引导消费、免费品尝来拉动市场。至今许庆伟还记得,他们在当年"飞彩集团公司"门前,将简易包装的"南漪湖"黄酒发给一身疲劳的工人免费品尝,在社会上引起不小的反响,由此也开启了人们"喝酒要喝健康酒"的理念。黄酒也逐渐走进普通百姓尤其是喜好白酒之人的家庭,这让许庆伟看到了一种希望——那晶莹剔透、蜜样的琥珀色的希望。

二

走上管理层岗位上的许庆伟通过走访市场感觉到,青草湖黄酒厂生产的"南漪湖"牌黄酒,"南漪湖"这3个字必须改,因为这中间那个字许多外地人不认识,读起来也有些拗口,不利于本厂黄酒的口口相传。皖南山美水美,青草湖风光旖旎——蓝天、白云、碧波、青草。于是,特别有诗意的"青草湖"3个字便在许庆伟和他的同仁们的心中脱颖而出了。从此,在世人"酒"的饮品中——"黄酒自然'青草湖'"便广泛传开。直让许庆伟感到兴奋的是:到了1998年9月,"青草湖"还一跃成为中国黄酒行业第一家获得"绿色食品"称号的产品,而其他黄酒厂却要迟到5年之后。这期间，有一组数据更是让许庆伟记忆犹新：他刚到黄酒厂时，青草湖黄酒厂年产量2600吨左右，产值1000多万元，出口量100吨，而他当了副厂长（后来的副总经理）后，酒厂的年产值达到了2000多万元。

1998年，青草湖黄酒厂顺应时代发展进行改制，员工人人可以买股份，看好黄酒未来前景的许庆伟持有的股份是2.4%；2006年第二次股改，许庆伟因为业绩突出，持股比例增至8.7%；而到了2016年第三次股改时，已经提升为董事、总经理的许庆伟个人持有的股份再次大幅增加，现已成为公司自然人中的第一大股东。他的干劲更足了。经过十几年的发展，特别是从2017年以来的近5年发展，如今的青草湖酒业公司年产值过亿元，固定资产投入超过了过去30年的总和，综合排名在原来全国第30位的基础上前进了10位，成为全省黄酒生产的前三名，荣获过中国国际农业博览会金奖、安徽省名牌产品系列荣誉。为何取得如此的成果？许庆伟总结出的经验有三点：一是要有敏锐的市场把握能力。针对不同的市场和不同的销售组合，他结合实际，因地制宜——在陕西，他积极与当地国旅合作：买千元黄酒，公司送千元旅游券等，促进了该地的销售市场发展；二是建立一支优质稳定的生产、品控队伍，打造了农业部（现农业农村部）、轻工业部和安徽省优质产品，被国家海关核准为出口产品，当时黄酒行业仅他青草湖酒业公司一家。三是带好一支团队。许庆伟始终认为一个人的力量是有限的，而一个战斗力很强的团队，则有排山倒海的能量。他把原先简单的销售员培养成为具有产品研发、市场调研、市场招商、渠道建设、市场方案制定、方案具体实施等多项作为的复合型人才，当然他们每年的收入也在不断升高，每人收入在十几万元甚至更高。

同时，许庆伟还注重品牌建设，在国内外利用各种载体，努力提升"青草湖"品牌形象，提高品牌溢价，特别是在华东及沿海市场，"青草湖"黄酒几乎是家喻户晓。在国外市场，2018年，许庆伟在十几个国家注册了"青草湖"国际商标，为"青草湖"黄酒进入全球市场奠定了基础。此项工作得到宣城市政府的肯定，青草湖黄酒厂成为全市第一家拿到10万元政府奖的企业。

三

作为一名成功的企业家和一名政协委员,许庆伟一直把责任和爱心扛在肩上。先后拿出数万元资助贫困儿童上学,每年一到洪涝、干旱时节,他也会拿出一定的资金去支援朱桥、五星两个乡镇。5年前,许庆伟去广德市四合乡购买高山茶,结识了因病致贫的农户李某,此后每年他都要帮助该户销售茶叶两三万元,同时还帮助宣州区溪口镇东溪村贫困茶农。针对青草湖黄酒厂附近不少60多岁身体不好的农民工,许庆伟安排他们进厂,让他们做一些清洗酒坛等力所能及的工作,每月工资也有三四千元。特别是最近两年来,公司大力提升现代化酿造设备,工人摆脱了原先脏、累、苦的工作环境,同时工作岗位被现代化设备取代,但许庆伟对这帮农民工依然不辞退,一个不少地让他们做些手头活。

对于近景,于2002年拿到安徽大学企业管理硕士学位的许庆伟信心百倍,他首先是积极配合地方政府着力打造一个黄酒小镇,以酿酒工业旅游、高效农业观光等深度融合为主线;对于长远,许庆伟的目标是建立一个占地面积1000亩、投资10亿元的黄酒产业园,新的产业园区集山、水、湖、林为一体,将生产、科研、生态、观光融入其中,更加突出美化、亮化、净化功能,更具有鲜明的青草湖酒文化特色。因为在琥珀色的黄酒市场中摸爬滚打30多年的许庆伟清楚,自己经营的青草湖酒业公司已经在华东地区200多家黄酒厂中崭露头角,实现了连续5年销售收入、利税正增长,特别令人欣喜的是:从如今人们都在追求健康的生活品质,绝大多数饮酒者正在从有损健康的白酒向黄酒过渡,另外还有国家政策不断地对黄酒进行有利调整,这些都让许庆伟分明看见:黄酒的春天即将来临!而那琥珀色的希望之光正在他心里和眼中不断闪烁、升腾……

传艾者美

两个多月前,身体感觉出了许多纰漏般不适的妻子,在一个好心人的介绍下,去了几次几乎免费服务的艾灸馆(每次40分钟、每月20元),回家说的话题都是与艾灸有关的内容。不知道她是被艾灸馆的人深深地洗了脑,还是受人蛊惑,反正,她是迷上了艾灸,甚至是痴迷——每天一次,不论赤日炎炎,不管刮风下雨,她都雷打不动坚持不停。不到一个礼拜,她说身体似乎发生了一些微妙的好转,精气神也足了,我觉得她这是精神在起作用。"你做吧,只要对身体有益!"没想到,我一大力支持,她竟非要拽上我去,因为她知道我的腰部特别是肩周部经常胀痛。经不住她三番五次的游说,我抱着看看究竟的心理终于来到城西中山路对着大坝塘巷口的宣城"艾尚艾灸"馆。

走进一楼的店堂,只见装设很是简陋,靠里面右手边一个"L"形的柜台里,站着一位穿白衬衫、戴着眼镜的年轻人,说话文质彬彬的,像个大学生。在他的身旁有一位年龄还小的普通女孩,像个助理似的协助着戴眼镜的小伙子做这做那,看上去很单纯。一听他们说话的口音都是外地人(后来我知道,男生姓杨,是这家艾灸馆的法人,大伙都叫他小杨;女生姓梁,自然是店员了,大伙都叫她小梁)。面对秩序有点乱的人群,他俩不慌不忙地发放着号牌。我因为是第一次来,可以先不购卡,免费试灸三次,说是感觉有效果了再购卡。面对如此低廉,几乎是免费的服务,我感到不可思议。上到二楼,不一会儿时间,只见50个腰鼓一样的艾灸仪上陆陆续续坐满了人,我一看,天哪,一个个都是不愿老、不服老、不想老，但确实已经老了，需要健康的老大妈、老大姐，而纯爷儿们只有两三个。这种场景，倒让我顿时生出什么叫"稀有珍贵"来。看着一个个端坐在艾灸仪上、人人水桶腰的样子，我忍不住扑哧一笑，因为我猛然想到了南极冰雪覆盖中一个个站立的企鹅……见我莫名其妙的突然一笑，妻子一道白眼闪过来："你神经病呀！"可我还是忍不住想笑。

"好了，叔叔、阿姨们请安静……"这时，我才注意到，一位个头偏高、身体偏瘦的小伙子（后来知道他姓韩，是河南艾灸公司宣城艾灸馆的经理，大伙都叫他小韩）站在了一部挂壁电视机前，操着一口典型的"河南普通话"，开始了艾灸知识的宣讲。听吧，反正坐在艾灸仪上也是无事。"万病之源源于寒。人体得病的进程：虚则寒，寒则湿，湿则凝，凝则淤，淤则堵，堵则瘤，瘤则癌……虚者，乃阳气不足也。"——这些就像语录一样从那位年轻人口中有滋有味地清晰吐出来，让我顿时领悟了许多。"在我国，神奇的扶阳艾草艾叶用于治病已经有2000多年的历史，艾叶在民间的应用十分普遍。俗话说，'家有三年艾，郎中不用来'。……"特别是他讲到"在我国，端午有家家户户挂艾草的习惯"，还有"满月的宝宝用艾煮水洗澡的习俗"时，让我立刻想起了小时候自己得了一次湿疹，是妈妈在厨房里用大铁锅煮沸了艾草水，然后倒进一个圆圆的大木盆里，一次次地用手试测着温度，等水温适宜时给我擦洗身体……如今艾草依旧在故乡的端午时节里疯长，可母亲未等到今年端午的艾叶飘香，就永远地离开了人世间。

在后来的日子里，不知道是不是艾草让我每每回首少儿端午的往事，生出了一份特别的情感，还是因为小韩实实在在的宣讲，小杨、小梁认认真真的周到服务，我和妻子坚持一个"冬病夏治"的理念，几乎每天都如小学生一般去规规矩矩地做艾灸，有时候也买一些做活动时物美价廉的艾草产品：艾草的眼贴、香皂、乳膏、洗发水、洗面奶，切身感受到祖国传统中医文化的神奇与博大精深。更加可喜的是，我们的身体也在不知不觉中发生变化：妻子原先糟糕的失眠症不见了，满头的银发中有了黑色的新芽……我，曾经乱投医、寻偏方而久治不愈的久坐不适、肩周胀痛等职业毛病，都有了明显的改善。

艾草如此清香，我们曾经与之紧紧相依；艾草那么神奇，我们似乎慢慢与之疏远。如今，如果不是三位来自中原的年轻传艾者在宣城的孜孜不倦地传播，小时候的那些关于艾蒿的记忆，还会走进我们的心间吗？传统不能丢，国宝倍珍惜。韩氏扶阳堂创始人、洛阳中医养生协会会长、神都艾灸养生协会分会长、华夏针灸养生协会分会长韩江涛先生说："知艾者福，善灸者寿。"我想说："传艾者美！"正是小韩、小杨、小梁这些知艾者、懂艾者、用艾者，把人人都需要的健康之福，通过神奇的艾草，送到了千家万户，送遍了神州大地。如此的传艾者，难道不是一种难得的美吗？

"徽派黄酒领袖"潘跃国

这是一个冬雨过后晴朗的下午,阳光虽然不是那么灿烂,但照在人的身上还是暖暖和和,让人觉得舒服。抬头望远空,天穹湛蓝湛蓝的,有薄薄的云儿在悠悠地飘着。一阵微风吹来,夹杂着从远处乡野中传来的那庄稼成熟后所特有的味道,让人忍不住要来一个深呼吸。这是一处风景很美的农庄,档次自然不低,仅看那别致古朴的楼台亭阁就知道,这不是普通意义上的农家乐。这是在一个静静的山谷里,远离城市的繁华和喧嚣,尽管是周末,但来此度假的人并不是很多,有点别墅式的小楼前,可谓门可罗雀,少有的清静是好事,反而让人觉得这是一方难得的天地。

在一栋小楼外的落地窗前,一位六十来岁的男人,身着休闲装,端坐在一个深深的藤椅中,眯着一双眼睛,像是在休息,又像在思考。在他的正前方不足百米远的地方,是一方明镜似的池塘,尽管有人工合成的痕迹,但主体是自然成趣的感觉,一条小巧的乌篷船静静地泊在水面上。靠左边,一处山峦从远处延伸而来,顺着山谷,是一条落差不是很大的溪流由此潺潺地流入池塘中……这个静静的画面也不知维持了多久。突然,那男人猛地从藤椅中站立起来,一双眼睛顿时炯炯发光,然后是一个快速的转身,自言自语而且声音特别响亮地说:"走,喝酒去——喝自己的黄酒去!"进屋,出门,男人手拿钱包掏什么时,却带出了一张薄薄的卡片,明显得很,那是一个中华人民共和国的居民身份证。只见那男人激动而深情地对着身份证说:"潘跃国啊潘跃国,你今天可又一次让自己走出了一个困惑……"

不错,这个男人就是潘跃国,会酿酒的潘跃国,会酿黄酒的安徽古南丰实业股份有限公司董事长——潘跃国！

"没有跨不过去的高门槛""没有飞不过去的火焰山"——这是潘跃国常在心中念叨的一句话，也是他从懂事那天后，经常听到父母亲挂在嘴上的一句话，也正是这样一句话，让他在一次次人生低谷的时候，喜欢找一处僻静，借助大自然的神奇力量，过滤一下因为得失浮躁而有些心灵喘不过气来的种种压力，来一次人生思考的"泛滥"与积淀——为自己新的征程积蓄勃发的能量。为此，他也思索出许多关于人生、社会、事业和明天的哲理语录，丰富了自己的思想，指引着自己的航向，去完善着自己的事业。

生在新社会，长在贫民家，他学会赚钱，那是因为"穷人的孩子早懂事"。

1952年9月22日，是农历的八月初四，郎溪县南丰乡十三泉大队梨园生产队土生土长的农民后生潘荣辉家，又发生了一件人丁兴旺的大喜事——早晨，他的第二个儿子呱呱坠地了。这孩子如许多孩子出世一个样，一出娘胎便哭个不停。潘荣辉见状便乐呵呵地说："好啊，我老潘家又多了一个男子汉。你这孩子好福气，命好，你这棵小苗呀，往后一定会是茁壮成长！"躺在草褥上的潘荣辉妻子则轻轻地念叨："孩子他爹，虽说'每一棵草尖上都会顶着一颗晶莹的露珠'，但对孩子的管教不可以马虎，不成才没关系，不能不成人……"妻子的一番话，让潘荣辉这个七尺男儿顿时佩服得由衷赞叹："到底是安庆书香门第的后代，知书达理，想得就是比我周全……"潘荣辉对自己这个美丽、贤惠又有思想的妻子平时是疼爱有加，今天更是刮目相看：自己是一个幸运之人，这孩子以后一定会成才成人！

一个人的智慧也许会与父母的遗传等因素有关，可是他所经历的社会大背景，不是一般凡夫俗子所能改变的。那时，潘跃国兄妹6个人，吃树皮和嚼生大麦还算是幸运的，有时是整天食不果腹。那时，父亲去一个叫"丫山"的地方烧炭，母亲则忙着挑废铁去县城炼铁厂。在他的记忆中，每天天不亮，睁开眼睛的第一件事就是找吃的。那时，衣不蔽体的潘跃国每天还要去挖一种叫"黄花菜"的野菜，等着母亲回来打糊吃。特别是到了冬天，刺骨的寒风呼呼地吹，在野外，没有任何遮挡的耳朵好像被鸡啄一样疼痛。

潘跃国至今也忘不了，1962年的春天，在他10岁少年的心里是特别温暖的，这是因为经过了一年时间的"三自一包，四大自由"新政策后，家家户户开始能吃饱饭了。要知道，从饥饿的泥潭里挣扎出来的人，谁不觉得吃饱饭是天底下最幸福的事情啊？

"三代不念书，放出来一笼猪"。这一年，潘跃国高高兴兴地背着母亲巧手缝制的新书包，迎着早晨鲜艳的太阳，唱着动听的儿歌去上学了。

"勤劳人有饭吃""聪明人会赚钱"——这些大人说的话，潘跃国是牢牢地记在幼小的心间，并早早地有了自己的体会和认识。

至今潘跃国对自己"读书赚钱"的往事还记忆犹新：母亲从白茅岭农场托人买来一种叫"麻洋鹅"的种蛋在家孵化。上学时，他背着书包还背着一个小鱼篓。鱼篓里放的是"麻洋鹅"的鹅娃娃。上课时，他把鱼篓放在课桌底下，放学后送到预订的人家去。有时候星期天，潘跃国还要跑十多里小路去卖小鹅。一只苗鹅能卖到一块五，赚个八毛一块的差不多，这在当时对他潘跃国来说，是一件多么开心的事啊！

每到星期天，潘跃国帮父母干的最多的事是去管村卖小菜，还有少量的芝麻、花生和鸡蛋。管村近邻是上海市白茅岭劳教农场，那里有好几万人，他们只有星期天才来管村小市场采购食物。天不亮，他就把母亲打理好的一把把韭菜和豇豆，还有自家人舍不得吃的鸡蛋，装在一只大竹篮里，背到管村去卖，一把小菜5分钱……每每收场回家的路上，怀揣一沓纸票子的潘跃国，总是心里如吃了蜜一般的甜。而每每他睡到深夜一觉醒来，听到父母表扬他如何聪明勤劳时，不仅有一种美滋滋的成就感，还时常这样想：如果我以后能挣到更多的钱去孝敬父母，那该是一件多么好的事情啊！

艰苦岁月，练就田地本领，那是因为他要立志成为农村响当当的"庄稼汉"。

在20世纪的六七十年代，皖东南大地的郎川河两岸，农村后生都有自己的理想追求，那就是自己的未来，在村子上，在干农活中，必须要是

"插秧放趟子，车水打号子，耕田赶秒子"（凡年长的农村人都知道这"三个子"的意思，那就是要励志成为种庄稼的行家里手）。一向不甘落伍的潘跃国自然是其中之一，而且他也是孜孜不倦地去追求，直到村上人见到他，个个都会竖起大拇指。

　　在日常的生活中，受过良好家教的母亲，时常告诉潘跃国许多为人处世的道理："勤能补拙，熟能生巧""吃亏是福，善良为本""筷子能抵大门杆""小心驶得万年船""认不得钱不要紧，不能不认得人""做人讲礼，做事讲理"……正是在母亲这样良好的家训与家风循序渐进的熏陶下，在同龄人还是愣头青不懂世事的时候，潘跃国已经是一个身体与思想同步成熟的好小伙子了，这也使得他在村子上下的人气一路飙升。小学文化的他，先是当上了生产队里的计工员和会计，当然他大量的时间还是从事辛苦的农业机械作业。后来因为他工作出色，深得老队长的喜爱。不到两三年时间，他因为各方面条件优越，出任了万泉大队梨园生产队的队长，那时他才20多岁。

　　潘跃国就是与别人不一样。这位年轻而又精明能干的一队之长，盘活了村上的集体经济，尤其是懂得如何"投机倒把"把钱赚。那时的郎川河两岸，每到春天四月来临时，大片大片的农田里，处处是紫云英（当地人称为红花草）的世界。男孩在田间放牧，女孩在田里打猪草。更多的时间，他们如同一只只蝴蝶，在紫云英花花绿绿的大地毯上打滚、赛跑、翻筋斗。

　　而在生产队队长潘跃国眼里的紫云英，就是一种赚钱的宝。他得知临近的江苏农村紧缺紫云英这个绿肥种子，就把队里故意多种的红花草籽运过去换取郎溪紧缺的化肥，常常是"一石三鸟，一举三得"。炎炎夏日里，他带人赶抄夜路，一路耳听八方，如同《水浒传》中护送生辰纲的"青面兽"杨志一样，所不同的是，杨志只是紧张和小心翼翼，而潘跃国每次都有惊喜和激动。有时，为了集体利益，潘跃国"投机倒把"往往是吃力不讨好：赚了钱是队里分红，亏了本就得他一人扛——"谁让你这么乱来的"。就为这些有悖当时形势的举动，他多次递交入党申请书，生产队里为数不多的党员对他有"看法"，致使他的入党程序中一直没有介绍人……可由于潘跃国有经济头脑，干了几年生产队队长后，还干上了四个村的"大会计"。

1975年10月，潘跃国与本村姑娘陈红秀结婚了。当时家里穷得无法给他像样的婚房，他只能在已经离婚的哥哥家中居住。那是一个什么样的场所？只有30平方米的土坯草房，房前打着两个撑，屋撑着三根木头，真的是摇摇欲坠的情形。由于家庭人口多，一年后，从父母身边分开过日子的潘跃国怀抱着大女儿，和挺着一个大肚子的妻子，拿着分家来的50斤大米和10个残缺不全的饭碗，开始了一个小家——不，是岁月风波里一叶小舟的艰难前行。

也许是穷怕了，也许是他潘跃国善于"投机倒把"，处在计划经济与市场经济两种模式碰撞的特定历史时期，胆大且头脑灵活的他是游刃有余：从宁国贩卖木材到江苏，把本地的红花草籽运到江苏，带回来碳铵和尿素。再后来，潘跃国就专做木材、化肥和红花草籽生意了。有些时候，一天下来怎么说也有几十块钱的进账。正如他自己给自己总结的那样："是'第三产业'成就了我！"这就使得他在物质方面总是比村上人"领先一步"：别人获取新闻和娱乐只能靠听广播，而他却是手拿收音机；别人买收音机了，他家又搬回一个大电视机。那时，一到傍晚，他家里总是挤满了村子里的男女老少。到1978年底，潘跃国在村里第一个盖起了青砖到顶、天平地平的三间大瓦房，室内家具还一应俱全，每每让路过的村民投来羡慕的眼光，因为这在当时真的是凤毛麟角。

走出自我，发挥才干，今生他注定与黄酒有缘，何惧那阻力重重、行路坎坷和艰难？

1982年，潘跃国所在的万泉村要办黄砂站，当时已经30岁的他，因为出了名的知"理"懂"礼"和会抓经济，被大伙推举为黄砂站的站长。从此，潘跃国终于走出了自我的家门，拥有了他施展经济才华的第一方公家平台。就是在这样一方小小的舞台上，潘跃国精心扮演着自己的角色，为村民和上级领导展示了自己"会干事、能干事、巧干事、干成事、干好事"的本领。

1984年，万泉村发生了多年不遇的洪涝灾害，上千户的民房在大水浸泡中悄然倒塌，许多村民一时无家可归。好在党的政策暖人心，一方有难，八方支援，国家来了扶贫资金。在解决好村民的温饱情况下，村"两委"统一了思想和认识："输血"不如"造血"，发展和壮大集体经济比什么帮助都重要。于是，村里果敢挪用结余的扶贫资金办起了村级运输队。谁来当这个队长？大伙儿几乎是不约而同地认为：第一个理想的人选就是潘跃国。打那以后，万泉村里有了一个站长与队长"一肩挑"的特殊人物。刚开始是几部拖拉机，掌握了驾驶技术的潘跃国，不是口头上的运输队队长，而是风里来雨里去的"车头长"。运输队是承包性质的，必须把万泉村的黄砂拉到溧阳销售，一吨14元，大队提成3元，剩下的发人员工资和用于运输队自身壮大发展。

1986年，潘跃国把握住了一次难得的机遇：一汽车厂更新产品，他就极力争取到国家扶贫资金，赊回了5辆大卡车。那运砂的阵式，真是"黄尘滚滚喇叭响，一路高歌心舒畅"，特有一种鸟枪换大炮的感觉。黄砂滔滔，车轮滚滚，财源不断。有了钱，腰杆硬了，事儿也好办了，万泉村修建了公路和改造了电力设施。车队成员成了村民羡慕的职业，人均月收入近千元，而潘跃国拿的还是年薪制，一年只有2000多元。但他还是高兴呀，一种成就感总是让他激情饱满、精神焕发，每天清晨起床，他都觉得东边的太阳是那样鲜红明亮。

"发展才是硬道理。"至今潘跃国还十分清楚地记得：到了1988年，万泉村的黄砂站和运输队为村里获利185万元，这在当时可真是一笔不小的数目啊……

因为曾被列入村后备干部重点培养计划，1987年，慧眼识才的南丰镇党委书记想提名潘跃国任村委会主任，后来是因为典型的"东方嫉妒"而不了了之。

为此，潘跃国曾自己开导自己：如何实现自己的人生价值？改革开放，八仙过海——"东方不亮西方亮""条条大道通罗马"……但真正促成潘跃国舍弃"官"瘾的，还是他看到了一部名为《钱江湖》的电视连续剧。倒不是剧中的情节和人物怎么生动和引人入胜，而是剧中穿插的一个美丽传说打动了潘跃国：春秋战国时期，"卧薪尝胆"的越王勾践犒劳三军时，把带着酒糟的黄酒倒入河中，将士们迎流共饮后士气大振，三千越甲竟然吞了十万吴军……

这个热血沸腾的震撼场景，让潘跃国想起了当年自己跑运输时听到浙江司机挂在嘴边的一句话："跑过三江热码头，喝到爨筒热老酒。"

——这，也许就是时年已经35周岁的潘跃国今生第二次对黄酒产生浓厚兴趣的"导火索"。也许连他自己也没想到，至此，他将与黄酒真正地结缘，并渐渐成为徽派黄酒的领袖人物。

为何说这是他第二次接触黄酒呢？了解潘跃国家史的人都知道，他的祖上与黄酒也就是最初的米酒有着历史的渊源：据《郎溪县志》记载，历史上郎川河两岸自古就有"东潘西夏，南姚北吕"四大姓氏一说，潘姓主要分布于涛城及南丰地区。1930年，潘清泉先生在古涛城区创办了"潘兴裕"糯米酒坊。1957年，潘清泉先生家乡行政规划建制南丰乡，毗邻涛城。而此时潘清泉先生的大儿子潘荣辉也已成家立业，家族传承的酿造技艺和店铺自然传到他的手中。店铺地址是随着潘荣辉先生搬迁而来到了南丰乡梨园村，在家族老宅中经营"潘兴裕"的酒坊，曾在当地流传着许多美誉。

时间到了1970年，为解决郎川河水患，县政府需要开挖一条新郎川河，该河道正好经过潘氏老宅（如今，由于河水冲刷，旧址已不复存在。家族住所在梨园村是后来重新修筑的）。庆幸的是，部分当时祖宅物件和酿酒器具仍然留存至今。此时"潘兴裕"酒坊和技艺也从潘荣辉先生手中传承给了他的二儿子潘跃国。当时，喝过父亲亲手酿造的"很好喝"的米酒后，他便对父亲教授的酿酒技艺产生了浓厚的兴趣。只是由于当时的形势，不可能私人开酒坊，再说当时的潘跃国，也没指望能在黄酒酿造上做出什么大文章，充其量也就是酿点酒自家人喝喝而已。因此，这一门家传的手艺也就一直被他"闲置在胸"。

一切都是缘注定？好像是冥冥之中的约定，1988年的春节，南丰镇南丰粮油黄酒厂濒临倒闭，潘跃国认为自己的机会来了。当时有三个人公开应聘，不甘示弱的潘跃国一番竞聘演说，博得了在场员工哗哗的掌声。最后的结局是：56名员工，他以53票之高竞选获胜！此时，潘跃国这个血脉里一直流淌着家族黄酒情怀的后来人，正式开始了潘家传统与现代技艺酿制黄酒的企业发展漫漫之路。

潘跃国的指导思想是：无论什么事，不怕难干，就怕不干。要是不干，永远是零蛋；再难干，只要干了，就是满满的正能量。是正的就是增长，正数永远比零强——"一年内不扭亏为盈，我甘愿受罚"，这是他掷地有声的话语。随即，大胆地与主管部门立下"军令状"的潘跃国，把自家3000多元的建楼房的费用借给厂里做流动资金，并且还交上了5000元个人风险抵押金。

有人说他蛮干，有人说他傻，也有人说看他以后怎么收场。但潘跃国却是胸有成竹、信心满满，他的理由有三个：一是本地的粮油资源十分丰富；二是劳动力价格低廉而且资源丰富；三是黄酒是低度酒，老少皆宜，从发展的眼光看，有广阔的市场前景。

可走马上任时，潘跃国面临的却是生意上的淡季，而且不好的事情接二连三地发生。有两名工人为琐事动起了刀子……父母在他身后打起了退堂鼓，母亲流着眼泪来厂里劝他："你楼板备好就等着盖新楼了，家里的日子不是不能过，你这样折腾，到底图个什么呢？"一时间，潘跃国似乎感觉到自己的人生也陷入了萧条的冬季。那时，黄酒销不动，库存在厂里，就像一座山，压得他喘不过气来。运到上海的黄酒，连房租都不够抵，还要带钱去抵押；下脚料的酒糟也卖不掉，还得花工钱请人往外拉给别人做免费的肥料……

好在潘跃国并没有灰心丧气，反而坚定信心搞技改。他觉得不能"埋头抓生产，求人抓销售"，而是要在质量和品牌上做文章。1989年，为了将真正意义上的本地黄酒酿造技艺发展下去，潘跃国决定打造自己的品牌，正式注册了"古南丰"商标。

1989年，南丰镇黄酒厂终于迎来了一次历史性的突破，率先创优，一举填补了省内优质黄酒的空白。当年10月4日，"古南丰"黄酒荣获"安徽省优质产品"称号。也许有人要问：一个小小的乡办企业为何能产出省优品牌的黄酒？潘跃国会理直气壮地告诉你：古南丰凭借隐于在当地丘陵环绕之中的龙须湖清澈洁净之水为"酒之血"，用当地优质江南糯米为"酒之肉"，用自制的好麦曲为"酒之骨"，加上自家独特的"小缸酿造"工艺，酿出的黄酒自然清纯温和——"嗅一嗅，丝丝甘甜的香味扑鼻而来；尝一尝，醇厚滋润的柔绵入得心田……"从拿到省优品牌的第一天开始，信心百倍的潘跃国心中就有了一个决定：老厂不适应新形势的发展需要，异地扩建势在必行，要争做安徽黄酒行业中的龙头老大！1990年，潘跃国一个大胆的计划横空出世：甩掉了粮油，改为专攻"古南丰"黄酒，进行易地扩建，同时兼并了濒临倒闭的乡明胶厂。除了厂房，其余的设备一件他也没要，却承担了明胶厂沉重的债务——240多万元的不良贷款。为此，不少人不理解，也有人说他是自讨苦吃找麻烦。

潘跃国对自己这种做法给出的理由是：做粮油生意，只能赚钱，它成不了文化，衍生不了附加值；可是酒就不一样了，它富有文化内涵。文化是什么？文化是思想，文化能统治我们的灵魂。人们在欢乐的时候需要酒来助兴，在失意的时候需要酒来解愁：武松打虎十八碗，李白斗酒诗百篇，桃园结义煮酒论英雄……这应该都是甘醇的黄酒所发挥出的精神作用。

可是，1991年的金融危机如迎头的巨浪，打得潘跃国几乎是晕头转向，摸不着北。银行紧缩银根，几乎贷不到一分钱。资金链断掉了，企业似乎走进了无法回旋的死胡同。黄酒卖不掉，赊欠农民的糯米钱没有着落，许多人堵在厂门口，很多时候，他是无法进也无法出。

路在何方？到底怎么办？潘跃国在沉思，全厂的员工们在沉思。山雨欲来风满楼，一时间，空气仿佛凝固了。这时候，有人建议他宣布破产，这样就可以规避银行的债务，厂里就可以轻装上阵了，生存的曙光就在眼前。这个建议自然引来了不少附和的声音，而厂里的生产部经理张光义却对潘跃国这样说："你不要着急，只要我们每天醒来继续努力，我相信以你的能力，一定能够把厂越办越好！"

潘跃国是怎么说的呢？"从心里讲，我也不想当这个'冤大头'。可是，一旦申报破产，一是影响精力，二是影响声誉，三是创个省优牌子不容易。破产虽然能减轻负担，但外人怎么看我们呢？人家认为你毕竟是

'倒了'。我的脾气是越是艰难越向前。'没有淡季的市场，只有淡季的思想。'作为一个企业家，为了逃避银行债务而在信贷上产生负面影响，那是'小利益影响大发展'。"潘跃国与厂里上上下下一沟通，大伙儿的心也就齐刷刷地站在了一起。

不久，南丰黄酒厂在醒目的位置贴出了告示：赊欠的大米付利息，外欠的包装物和各种辅助材料按期付款，员工的工资缓一步发放。厂里除留守少数行管人员外，大量的员工外出跑市场，大家的收入与销售的绩效紧紧挂钩……

一时间，员工们"八仙过海，各显神通"，纷纷利用自己的社会关系和各种渠道，硬是像蚂蚁拱泰山那样，把优质的"古南丰"由本地逐渐推向了邻近的苏浙市场，并打开了国际大都市上海这个大市场。

两年后，潘跃国成功了！"古南丰"由低谷走出了困境。大伙儿欣喜地发现，原来外面的阳光是那么地绚丽灿烂。

风雨同舟共济。七尺男儿，家国情怀，惠泽乡梓，他一路走来，常怀感恩之心，永远不变。

在郎溪县甚至是中国黄酒界，潘跃国的"三个不变"是出了名的：做人的责任心和本质不变，以一贯勤学、思考、创新不变，为"中华黄酒之崛起奋斗"之心不变。他还重感情，有一颗浓浓的慈爱之心！

1996年，郎溪县黄酒厂正式改制为"古南丰酒业有限公司"。开始，有部分人抱着不理解、不支持、不参与的态度，甚至有阻碍工作进程的行为。潘跃国并不急于对他们进行说服，而是注重于以情暖人，以爱感人。他利用厂区里的闲置地和酒糟，办起了菜园和养猪场，改善职工伙食；通过挪、转、并、让等办法，挤出十余间宿舍，解决职工的住宿难问题……员工的情绪算是稳定了，但外地三角债主的强词夺理和恐吓威胁，部分所谓"见者有份"之徒的敲诈勒索，除夕之夜债主封门时的破口大骂……严重影响着潘跃国正常的工作和生活。

谁说男儿有泪不轻弹？那是因为没有到伤心泪落时。也许积压得太多太久，潘跃国曾在好友面前流过泪。潘跃国至今忘不了，让他人生中最痛苦的一次流泪：2003年5月25日下午，公司的机修班班长刘昌德因公殉职了。噩耗传来，公司上下160多名员工悲痛欲绝。连续几日，刘昌德的影子一次次浮现在潘跃国的眼前：这位从乡明胶厂转来的老职工，有一位在苏州当老板的同学，曾经以月薪1800元相邀，被他婉言谢绝了。公司从木榨到机榨设备的转变，从手工灌装到机械化流水作业，每次技术改造，都浸透了这位"古南丰"老臣的汗水，少说也为公司节省了上百万元支出。"千军易得，一将难求"。在公司度日如年的时候，刘昌德总是陪在自己的身边，不分早晚，不计报酬，任劳任怨。尽管，为抢救和安葬刘昌德公司花了2万多元，还给他的亲属发放了10万元抚恤金，安排他妻子到公司上班，承诺将他的孩子供到大学并承担大学学费，但潘跃国的心里还是感到深深的歉意。至今的每年春节，潘跃国都会代表公司看望和慰问其家属。

"出师未捷身先死，长使英雄泪满襟"。为了表达对刘昌德的怀念和敬意，潘跃国撤掉了公司宣传长廊里所有产品介绍的内容，为刘昌德办了一期纪念专辑，直到风吹日晒得看不清了，潘跃国还舍不得更换。更让人感动的是，潘跃国为纪念刘昌德同志，把每年的5月25日定为公司的安全教育日……

正是因为潘跃国拥有对员工们兄弟姐妹般的情爱，30多年来，员工视企业如家，爱企业如家，无论是苦是乐，是困难是顺利，大家的心始终都是紧紧地连在一起的。用潘跃国总结时的话说："'古南丰'一路走来，企业上下一条心，风雨同舟共奋进，精诚团结创辉煌。"

也许是小时候受到母亲一贯以来乐善好施的家风家训熏陶，或许是受到时代背景"无名英雄"和"学雷锋做好事"大环境影响，潘跃国自懂事后一路走来，一直把献爱心当成一件非常快乐的事情去做，并随着企业的壮大而一路激情高涨。

请看潘跃国的敬老爱老时间表：1984年，作为村办企业负责人的他，把万泉村的5名孤寡老人集中在砂站和车队的公房里，让他们老有所养；2000年，南丰镇三湾敬老院落成后，他买来了17部彩色电视机，给老人们的单调生活带来欢乐，并连续多年去敬老院进行春节慰问。

请看潘跃国的捐资办学时间表：1983年，一场宣城历史上罕见的洪涝灾害，让故乡的十三泉小学校舍全部坍塌，他把价值1万多元、自家准备建楼房的全部红砖捐给了学校；2004年六一儿童节时，参加孩子们联欢的潘跃国看见迁址的十三泉小学的球场和所有跑道烂泥一片，就拿出10万元，将跑道和球场建成混凝土面，并坚持每年的六一慰问不间断；2005年，应邀参加南丰中学运动会开幕式的潘跃国，发现学校内的主干道是泥土路，毫不犹豫地拿出10万元进行道路改造。

请看潘跃国的热心修路时间表：20世纪90年代初期，南丰至郎溪县城的7公里山南路泥路改造砂石路，他连续几年累计拿出20多万元；2000年，砂石路改成柏油路，他又拿出50万元；2002年，公司门前通往一个叫盆形村的黄泥路改造，他毅然赞助15万元；2007年，他投入20万元支持南丰至管村十三泉组道路改造；2014年，老家村民组开启了"村村通"工程，他得知后及时送去25万元表示支持。

同时，潘跃国还热心全民健身的体育事业，先后出资建立了"古南丰"足球队、"古南丰"篮球队和"古南丰"乒乓球队，并资助南丰中学建设足球俱乐部，两项投入超过了50万元。据不完全统计，潘跃国先后累计爱心捐款达到300万元，真正体现出一名优秀企业家的社会责任和义务担当！

走进新世纪，步入新辉煌，他用思想指导行动，用行动创造伟业，铸就了中国"徽派黄酒领袖"的崭新形象。

"新世纪要有新作为！"2000年，"古南丰"在地方政府的支持下对企业进行改制，潘跃国先后收购了其他股东股份，正式成立安徽古南丰酒业有限公司，自任董事长兼总经理。2004年，"古南丰"成了真正意义上的民营企业，系列黄酒也最终完成了由产品向商品、精品和名品的成功过渡。2005年5月18日，在合肥举行的中国徽商大会上，安徽郎溪"古南丰"展厅内，德国驻华首席代表葛存礼、意大利客商卡洛·伯塔雷利、智利著名侨领钱维国先生等一批境外富商，品尝了"古南丰"的"男儿壮"黄酒后连连称赞——这是央视一套当天的《新闻联播》中一组长达43秒的画面。2006年，古南丰徽派本坊小缸酿造技艺第五代传承人——潘跃国的大儿子潘仕华进入公司出任总经理，此时的"古南丰"已经确定了做徽派黄酒领袖的目标，全面启动了安徽省内市场开拓："古南丰"品牌蓄势而发！

请看21世纪10年后"古南丰"的这样一组时间表：2011年，古南丰徽派本坊小缸酿造被认定为省级非物质文化遗产；2012年，"古南丰"被国家工商总局授予"中国驰名商标"称号，同年，公司生产基地正式被认定为国家AAA景区；2014年，原国家工商行政管理总局授予"古南丰"公司"守合同重信用企业"称号；2015年，安徽省工商行政管理局授予"古南丰"众味料酒"安徽省著名商标"称号；2016年，"古南丰冰雕系列"黄酒成功入选安徽工业精品；2017年，"古南丰黄酒"被原国家质量监督检验检疫总局批准为国家地理标志保护产品。而潘跃国个人呢，先后荣获"安徽省先进工作者""安徽省优秀厂长"和"安徽省优秀企业家"等荣誉称号。

而让"古南丰"人更加激动的是：2018年9月17日，第十届"华樽杯"颁奖典礼在北京国家会议中心隆重举行，经中国酒类品牌价值评议组委会评测，安徽古南丰酒业有限公司"古南丰"品牌价值为26.93亿元，位列安徽黄酒品牌价值第一名，同时还被组委会认定为中国黄酒八大品牌之一。

要知道，"华樽杯"有"中国酒业的奥斯卡"之称，由中国酒类流通协会和中华品牌战略研究院联合举办，是中国酒行业第一家也是唯一一家针对酒类品牌进行品牌价值评议的活动啊。那晚，作为"古南丰"总舵手的潘跃国，好想与全体的员工来次"一醉不休"、不醉不归！

"古南丰"人都清楚，这样的骄人成绩来之不易。潘跃国和他的企业曾一路披荆斩棘，九死一生：历经了21世纪80年代末的"风险承包"，90年代初期、中期、末期的"关停并转""人人持股""股权重组"和21世纪之初的"公退民进"后，特别是步入21世纪以来，"古南丰"人历经30多年的不懈努力与奋斗，终于蹚过激流险滩，踏上一马平川。可谓"狭路相逢勇者胜，柳暗花明又一村"。

"一分钱，二分质，三分情"。这是潘跃国许多经典语录之一，也许是最能代表潘跃国思想境界的一条。现在这条语录，就悬挂在公司最醒目的地方。据潘跃国的大儿子、公司总经理潘仕华介绍："从广义上理解，那就是我们'古南丰'人对顾客的郑重承诺，客户购买'古南丰'的每一分钱，都饱含着我们两分的质量和三分的情感。"

"不求最大，力求最好；不求近利，立足未来"。如今的"古南丰"已经成为全省最大的黄酒生产企业，不仅占领了全省各地和上海市场，而且还打入了自诩"中国黄酒老家"的浙江绍兴。

"给我一个支点，我能撬起地球"。今天的潘跃国，还是那么推崇阿基米德的这句名言。为了寻找这个支点，并且让这样的支点承受住最重的负荷，潘跃国更多的时间是在对"古南丰"品牌发展进行战略性的思索。面对激烈的市场竞争，一向敢于自我加压的潘跃国，也感到了自己的知识面有待于提高和拓展。这些年来，他一直在学习和总结着他人之长，弥补自己的不足。作为企业老总，潘跃国先后赴中央党校"企业管理高研班"、清华大学总裁研讨班等学习深造。

为培育员工的技术素养，善于"智力投资"的潘跃国，分别从省城、山西和绍兴的几个大厂请来技术指导和高级酿酒师，还常年不定期地从中国黄酒协会和南京理工大学等院校请来"星期天专家"和教授为员工讲课，先后与绍兴和无锡等地的有关院校签订了协议，每年选送20名高才生到这些高校深造，并对公司中层干部进行轮训。同时，他还注重使用那些肯学习和善钻研的实用人才：退伍老兵潘荣干到公司没几年，就被潘跃国破格提拔重用，现在已经是公司的高级酿酒师了。

在潘跃国看来，企业就是大社会，需要积累多种应用经验。经验就是知识，知识就是本事，本事就是财富。他对"本事"一词的解释就是：把本职的事情做好。他认为："产品就是人品，质量就是素质。"潘跃国要求公司的领导层每天要与中层干部们至少要说三句话，还要做到脑勤、腿勤、眼勤、嘴勤和手勤。公司设立了"忠诚奖"，还开展评选"十佳员工"等活动。潘跃国承诺："古南丰"不会忘记对公司做出贡献的每一位员工！公司有位销售人员叫王德志，是1992年学校毕业分配来的中专生，他从当年"一店一店地谈"到"一箱一箱地进"再到"一瓶一瓶地卖"。27年来，他一路风雨兼程，从当年销售员时期的无人问津，到现在成为江南片大区销售经理,年销售额几千万元。王德志的动力何在？用他自己的话说:"因为董事长潘跃国为公司全体员工描绘了一幅美好的愿景,我们肯定是跟着他撸起袖子加油干!"

作为一个家族企业,如何处理管理上的亲情冲突,应该说是许多类似企业一道难以求解的方程题。潘跃国的原则是:对事不看人。他有一名亲戚与车间工人发生冲突时竟然"以势压人",潘跃国知道后一怒之下,限他"两天内,卷铺盖走人"。潘跃国的子女在公司也要通过各类考评,女儿虽然负责财务工作,有时因为失误扣发工资、奖金与别人也没什么区别。而像主办会计、发酵技术员这类公司"核心工种"中,却没有他的一个亲朋好友,甚至担任总经理助理的"人才引进考核组组长",也是旁落他人。

如何处理与子女们的"代沟"问题,潘跃国有自己的办法。逢年过节,他们家都要召开家庭会。小的议题放在节假日,大的运作则等到春节。每年春节,是潘家人气聚焦最旺的日子。亲属之中,潘跃国有个让他全家人骄傲的弟弟叫潘跃银,一位中科大的博士生导师,是省立医院肿瘤内科的主任医师,还有个妹夫也是一家企业的老总,他们与潘跃国一起,组成了"最高三人决策小组",更多的亲属则担任了裁判角色,及时沟通家庭内部的思想,避免了不必要矛盾的产生……

青山绵延,绿水环绕。博大精深的徽文化乳汁,滋养了"古南丰"酒业。如今的"古南丰",为中国酒业协会常务理事单位,中国黄酒协会副理事长单位,中国食品科学技术学会黄酒分会副会长单位,安徽省老字号,安徽省级农业产业化龙头企业。公司占地面积10万平方米,是一家总资产逾亿元,年产黄酒2万吨,陈年黄酒贮藏量达1.5万吨,销售收入超亿元的现代化酿酒企业。产品有年份系列、冰雕系列、绿色系列,等等,是安徽省最大的黄酒研发和生产基地,位居中国黄酒行业前列。其中,一直让潘跃国津津乐道并引以为豪的是:"古南丰"最具蕴含徽州文化的高端酒"徽州骄子"和低度保健酒"男儿壮",同时在2008年分别被安徽省委和宣城市政府指定为对外接待专用酒。

潘跃国的理念是坚持走农业产业化经营之路,如今的"古南丰"建立了万亩原料生产基地，为生产提供优质的糯米原料。公司秉承"徽派黄酒本坊酿造工艺"，以自有专利技术为核心，通过内抓管理、外拓市场，不断提升品牌的知名度和美誉度，工艺技术和产品质量持续提升，产品畅销皖、苏、浙、沪，深受商家和消费者的青睐。"南国佳酿，丰载杯庆""出自徽商故里，带着泥土的芬芳"。如今，潘跃国领导的"古南丰"，犹如一颗璀璨的明珠镶嵌在美丽的郎川河畔。有幸生活在泛徽州地区的潘跃国和他的"古南丰"人，正汲取着徽文化的精髓，秉承艰苦创业的徽商精神，创造出了属于自己的独特"古南丰"文化，丰富着企业的徽商内涵。全体"古南丰"人，与潘跃国董事长一同站在思变创新的历史起点上，面对未来庄严宣告："我们将坚定不移地把'兴民族产业，创国酒名牌'作为发展战略，以一流的质量求生存，以一流的信誉谋发展。以人为本，创造财富，造福桑梓……"

"古邑南丰兮，地孕精粮；龙须山泉兮，喷涌琼浆。得天独厚兮，酿酒之乡；应运而生兮，潘氏酒坊。千年积淀兮，百年窖藏。精雕细琢兮，十里飘香……"听，这是谁在高歌吟唱？是那样地激情高亢！看，又是谁在迎风把酒？是那样潇潇洒洒？——是潘跃国这个浑身充满勤奋、果敢和智慧的庄稼汉，他用伴着泥土与汗水的真诚付出，在郎川大地上高举"喝健康、喝幸福"的旗帜，怀感恩之心行仁爱，绘宏伟蓝图酿甘露，书写着实现人生价值、讴歌时代发展的"醉美"华章！

后 记

我与"宣散"的七年之痒

　　屈指一算，我与"宣散"（从安徽省散文家协会宣城分会到宣城市散文家协会）已经结缘七个年头了（2017年至2023年）。因为服从大局、甘于牺牲的精神，"宣城散文"已经于今年5月17日"寿终正寝"了。这突然让我想起这样一个词：七年之痒。何谓"七年之痒"？百度上是这样解释的：一般是指人们爱情或婚姻生活到了第七年可能会因爱情或婚姻生活的平淡规律，而感到无聊乏味，到达倦怠期，要经历一次危机考验。哦，危机考验，毕竟不是危机四伏啊，只要经得住考验不就没有问题了吗？百度上还说，人是高级智慧生物，与其他动物截然不同，若夫妻二人以智慧去面对这一阶段，也懂得经营婚姻，一旦度过后则会使爱情升华为亲情，这种相濡以沫之情则不会使爱情消失……可我与"宣散"的爱情呢？从今往后要去哪里找你？

天注缘分

　　最近的午后，一觉醒来的我，总是想起与"宣散"的不解之缘：那是2017年10月15日的上午，在城北宣酒集团的明德楼上，在安徽省散文家协会主席高正文先生的主持下，如同一场婚礼，"安徽省散文家协会宣城分会"闪亮登场了，我俨然成了新郎，被推选为宣城分会主席，从此与"宣散"朝夕相伴。会后，我们迅速建立了"宣城散文家"群，让刚刚诞生的小家有了一个无形但温暖的网上之恋；然后是开炉生火，创办了《宣城散文》创刊号，不久还有了自己的公众号"敬亭风"。要知道，这在当时，上级组织是没作要求的。我们是在无资金、无人脉、无人手的情况下，如新春的小笋破土而出的。实践证明，我们先行一步的作用和意义非常伟大——"伟大"这个词也许太大了，但用"可贵"总还可以吧。由于各项工作刚刚起步，协会如同一位情窦初开的少女，工作开展得可谓"羞羞答答"。正当我们的日子开始过得有滋有味时，谁也没料到的事情发生了：上任仅仅一年多时间的安徽省散文家协会主席高正文先生身患癌症病故了。后来，"安徽省散文家协会宣城分会"这个一年多的文学之子，便在蹒跚学路时夭折了。新建的家没了，可是，我们一班宣城散文爱好者却聚在群里不愿意散去。怎么办？路在何方？我痛定思痛后就想：为何不成立我们宣城市自己的散文组织？

2018年的冬天，那是一个注定要孕育宣城散文组织的季节。2019年1月19日，一个春寒料峭的上午，我们终于以另一种身份破茧而出："宣城市散文家协会"在宣城市委宣传部、市文联的关心与厚爱下，如一株早春的蜡梅含苞开放了。还在宣酒集团，只是换到了集团敬亭山西大门的那边崭新的厂区，一切都是新的，如脱胎换骨、凤凰涅槃般，我们再一次因为散文而相聚。

美丽过往

从春意融融里开始，让"宣散"的四季春意盎然。盘点走过的历程，我与"宣散"的"爱情"甜蜜难忘——

忘不了，2019年4月，我们走进宣州区的古镇水东。走在老街那幽深的小巷，踏着那独轮车曾经留下的烙印，抬眼看老字号的旗幡飘飘，耳边顿时生出人群的熙熙攘攘声，仿佛走进了《清明上河图》中。忘不了，同年的天高云淡，那瓜果飘香的季节，我们宣散人来到了美丽的宣州洪林小镇。走进那北宋"都总将军"贡祖文的贡村，来到烟波浩渺的南漪湖边，我们赏旖旎风光；走进棋盘塔农业公司，我们尝人间美味稻田大龙虾。忘不了，同年一个初冬的日子，我们来到宁国的方塘乡，看青龙湾尾部那婆娑起舞的红杉林，入住京世果园，尝特色地方美味，人人心间燃起火一样的激情，让美丽成为散文的文字飞扬。忘不了，2020年10月，也是一个秋天，我们来到"钟天地之灵秀，蕴吴楚之华英"的广德。宣散人看自然风光，探历史变故，赏坡上荷田，看天堂山篝火和别致山景、月色。忘不了，2020年12月，我们来到泾县的桃花潭，清清一河水，悠悠万古情。我们在李白脚踏的土地上追寻创作的源泉，我们在汪伦为人的故事中增添热情和友善……忘不了，忘不了，2021年的初秋，我们来到了郎溪县的飞鲤古镇。在一个古老的传说中，我们平添了要发展、要飞跃的源泉。

牢记今年3月18日至19日，我们一行40多人来到了"国际慢城"旌德。因为市文联关于整合全市文学创作协会的要求，已经做好华丽转身的宣散人再一次聚首，我知道，不，是宣散人都知道，如此大规模的活动，以宣城散文家协会的名义肯定是最后一次了。面对特定的时间节点和来之不易的活动环境，当时我的心情可谓五味杂陈。虽然不是达·芬奇油画《最后的晚餐》，也不是都德的散文《最后一堂课》，但多多少少还是有点伤感——也许，我就是一个多愁善感的人。

除此之外，我们宣散人还小范围地走进广德新杭镇的金鸡笼村、郎溪凌旦镇的下吴村，泾县蔡村镇的月亮湾村，宣州水东镇的前进村，文昌镇的施田村，溪口镇的吕辉村、东溪村，狸桥镇的蒋山村，古泉镇的桃岱崖村等地。因为有了第一手的了解接触，因为有了直接的感官刺激，特别是第一手的感悟和体会，我们创作了大量现场实战的散文作品，有的还通过《宣城散文》成专栏刊发，更多的是刊发在全国各地的报刊和网络平台，产生了较好的社会反响，得到接待单位的认可或好评，宣城散文，如同一颗星星在文学的长河里闪烁。我与"宣散"的爱情，似乎有了"结晶"。

丰硕果实

首先，我们的人数由成立之初的50多人，发展到150多人。其中国家级会员（中国散文学会和中国散文家协会）超过20人，省级会员60余人。其次是散文创作水平逐年提升，涌现了许多写精品、上大刊、发外报的会员。近两年来，我们散文家协会领导级会员时国金同志（宣州区政协主席）先后在《钟山》《清明》《散文百家》《散文海外版》《中国铁路文艺》《安徽文学》《青海湖》《西湖》《散文家》《青春》《雪莲》《生态文化》《翠苑》《太湖》《作家天地》《中华文学》《青年文学家》《散文选刊》等几十家报刊发表散文作品。他还有作品被《散文海外版》等选刊转载，多篇文章入选《母亲河的回忆》等散文集，曾获首届羡林杯生态散文大赛一等奖等。今年1月12日，他当选为宣城市作家协会主席。还有我们协会唯一的一名中国作家协会会员，也是目前宣城市最年轻的一位中国作家协会会员——宣城市散文家协会副主席黄飞松同志，他不仅是一位宣文化（特别是宣纸、宣笔）研究者，更是一名优秀的散文家，其散文作品多次荣获宣城市敬亭山文学奖。2022年，他的作品《手艺往事》还荣获了安徽省社科奖。此外，去年他还为《中华大百科全书》贡献了17个词条，共1.5万字，是宣城市唯一为此贡献词条的人。他编纂的《黄田村志》获安徽省史志类二等奖。今年1月12日，他当选为宣城市作家协会副主席。还有我们协会的副主席王延林同志，可谓高产散文家，有多篇作品在《中华文学》《散文选刊》《速读》和《中国文艺家》杂志发表。最近，他实现了跨行业写作，有小小说《孤云》在《微型小说选刊》发表。我们协会副主席杨昌森同志，2022年有美术作品《瑞雪》入选安徽省美术大展——水彩粉画展，《慈母手中线》入选安徽省美术大展——综合材料展，《祝寿》入选"新乡村　新生活　新风尚——我们的小康生活"国展，并入选"百花迎春"——中国文学艺术界2023春节大联欢。我们协会的副秘书长张秋香同志，可谓后来者居上，不仅作品的质量逐渐提升，而且为协会勇于担当，2021年夏，她代表协会参加安徽省作家协会的活动，前往皖北大地采风，创作了大散文《拨开淮海的烟云》，被收入安徽文艺出版社出版的专辑《喇叭花开》一书中。2022年12月，她还有幸参加了由安徽文学艺术院、安徽省作家协会主办的第十一届安徽中青年作家研修班。由于综合素质过硬，2023年1月12日当选为宣城市作家协会秘书长；我们协会的副秘书长吴登翔同志，摄影作品《山里红，姐弟情》获中国联通5G影像全国大赛年度总决赛优秀奖，《海之梦》入选第二届"大美中国全国旅游摄影"作品优秀奖。《绿衣天使的路》《雪中情》入选"邮政故事"全国摄影大赛优秀奖，《退捕上岸奔小康》《西村之变》入选《中国乡村》首届全国"美丽乡村"摄影大赛，《凌风傲雪》获《新时代摄影》杂志年度摄影作品大赛二等奖。我们协会的理事舒佩华同志，在自身家务活特别忙的情况下（听说要带两个孙子，常年在泾县至上海两地候鸟一样奔波），也创作了大量的散文作品，特别是儿童文学作品，深受报纸杂志喜爱。还有郎溪的协会副主席陈蓓蓓，副秘书长叶文俊，会员李瞻，宣州的协会监事长王传福，副秘书长田青、汪传明，广德的协会理事徐华敏，会员曾照元，泾县的协会会员杨立、查晶芳、裴文兵、陈虹，宁国的协会副主席鲍冬莲，理事郭燕，会员包小惠、王亚宁，等等，他们不仅写散文，还写剧本、诗歌和小说甚至书法，分别获奖或刊发省报、省刊。另外，郎溪的王玲、王红，宁国的王明明、王黎黎，可谓宣城散文战线上的两对姐妹花，她们在写作战线上花枝招展，争芳斗艳，成为宣城散文界一道亮丽的风景线。当然不忘一直为"宣散"默默奉献的摄影师周月琴和会计师张予琴，她们爱心的"双琴"弹奏出亮丽的美声。更加了不起的是：我们"宣散"的副主席——2023年1月12日当选为宣城市作家协会副主席的张旭光同志，在全国的层面上力压群雄，以最高分摘得了"第三届吴伯箫散文创作奖"第一名。"宣散"，我爱的"宣散"，创作的生活异彩纷呈，一路歌声激昂……

续办《宣城散文》杂志展示了我们协会的成果和实力，凝聚了人心，提升了水平，提高了形象，找到了自信；"敬亭风"让我们的动态和散文作品插上了飞翔的翅膀，飞向了大江南北和长城内外。后来，我们还积极呼应市委宣传部关于打造"皖南星7天"的有关文旅精神，大胆作为，主动出击，与黄山市作家协会、芜湖市散文家协会共创文学创作联盟，创办民刊《皖南文学》，让我们宣城市散文家协会蜚声省内外，得到安徽省作家协会有关领导的肯定，并在《安徽作家》杂志进行宣传，还选刊了我们的散文、诗歌等作品。此时，我与"宣散"的爱如花似玉、如胶似漆……

提升自我

特别想要说的是，我个人因"宣城散文"而"不用扬鞭自奋蹄"。因为工作的需要，每次在要求会员完成采风创作任务时，我总是以身作则带头写。这4年累计有60余篇，其中8000字左右的散文《双抢，那些被汗水浸透的日子》先后被多家家报刊发表，5000多字的散文《故乡的冬》在美国费城的《海华都市报》副刊"文学世界"整版刊发，并有多篇散文先后荣获省、市级奖，我的新鲜散文集《岁月心旅》也在胚胎里发育等待花开。我因"宣城散文"而自豪，曾多次应邀出席或参加省内外有关散文方面的活动，并于2020年7月当选为安徽省文代会代表，光荣出席了在合肥召开的第七次代表大会。值得与大家分享的，也是我引以为豪的是，在2022年秋季的一次宣城市文联全委会上，我作为协会负责人代表在大会上做典型发言，得到市委常委、宣传部部长郭金友同志三次口头表扬。我感觉：一切的付出和辛苦都值得，我因宣城散协而提升了自己，鼓舞了自己，更充实了自己，也变得更有自信。

回忆是一件折磨人的事情，一路走来，我们宣散人由陌生变成了知己。因为爱好散文，我们真诚地选择了互相尊重和信任！感谢文字，让我们相遇、相识、相知；感恩文学，让我们把烟火中的酸甜苦辣付诸笔端并呈现出来！更要感谢四年多来"宣散"同志与我的一路陪伴，让我快乐，让我豪情不减。我们一路顺风顺水，我们一起雨露芬芳向太阳。

相约未来

明天漫漫，未来可期。历史不会忘，我坚信：宣城文学史，一定会记得曾经的"宣城散协"。因此，我想说：宣城散协，不散不歇。因为散文的特征就是形散神不散，不散的精神将永存——"我们在皖南，我们在皖南，因为有一个共同的神往，文学的散文啊，让我们拥有一段丰富的柔肠。我们是散文，我们是宣城的散文啊，我们的创作包罗万象。我们在皖南，我们在皖南，因为有一脉共同的情感，文学的散文啊，让我们怀有一种奋进的希望。我们是散文，我们是宣城的散文啊，我们的创作绚丽灿烂……"这是我曾经为"宣散"创作的一首歌词，如今我只能在心底轻唱，那是因为我有一段刻骨铭心的爱情——七年之痒，没齿难忘，挥之不去……

吴生荣

2023年5月20日于皖南宣城鳌峰新村寒舍